-02-

以爱之名

重复爱你的时光

熊然／著

百花洲文艺出版社
BAIHUAZHOU LITERATURE AND ART PRESS

图书在版编目（CIP）数据

重复爱你的时光 / 熊然著. — 南昌 ： 百花洲文艺出版社，2017.5

ISBN 978-7-5500-2214-0

Ⅰ. ①重… Ⅱ. ①熊… Ⅲ. ①言情小说－中国－当代 Ⅳ. ①I247.5

中国版本图书馆CIP数据核字(2017)第091107号

出 版 者 百花洲文艺出版社
社　　址 江西省南昌市红谷滩世贸路898号博能中心A座20楼 邮编：330038
电　　话 0791-86895108（发行热线） 0791-86894790（编辑热线）
网　　址 http://www.bhzwy.com
E-mail bhzwy0791@163.com

书　　名 重复爱你的时光
作　　者 熊 然
出 版 人 姚雪雪
出 品 人 刘运东
责任编辑 王俊琴 李梦琦
特约编辑 伍 利
封面设计 刘 艳
经　　销 全国新华书店
印　　刷 长沙鸿发印务实业有限公司（长沙黄花工业园三号 邮编410137）
开　　本 880mm×1230mm 1/32
印　　张 9
字　　数 249千字
版　　次 2017年6月第1版
印　　次 2017年6月第1次印刷
定　　价 29.80元
书　　号 ISBN 978-7-5500-2214-0

赣版权登字：05-2017-142

目录

目录

楔子

CHONGFUAINIDE
SHIGUANG

坐落于北京戏剧学院北角的小剧场今日上演大二学生的联合作业《一个陌生女人的来信》，离开场还有半小时，院里学生、系里领导陆续进场入座。学校小，就那么些人，平日里抬头不见低头见，不论身边坐的是谁，都能因面熟聊起来，开场前的观众席是一片欢声笑语的海洋，无数饭局在开场前被敲定，大戏结束喝大酒，熟人朋友要叙旧，文艺工作者自带洒脱不羁的风范。

与前台的热闹形成鲜明对比的是后台的沉寂。肖琳子是个关系户，仗着有系主任撑腰硬抢了女主角，这位同学平时记词全靠吃美国进口的“脑残片”，今日上台前正打算来两粒，唤醒沉睡的记忆，摸出瓶子一倒空空如也，敢情药吃光的事被她给忘了，没了神药加持，脑袋里空空荡荡，竟是一句词儿都想不起来，想不起词儿，一会儿上台怎么演？肖琳子当着后台众同学的面，晃晃悠悠了两下，干脆利落地倒在地上晕了。

导演陆云歌正在前台确认灯光效果，被人叫到后台，一看女主角晕倒在地上，吓得脸都白了，她挽起袖子就要上去掐人中，死党廖静雅拦下了她：“没用，我们都掐过了，肖琳子死活不肯醒，也不知真晕假晕。”

陆云歌瞅着肖琳子被掐得泛青的人中不肯罢休，尖着爪子跃跃欲试地要再掐，死党兼男主角林一峰把她按在转椅上，担心她急火攻心下手没轻没重，叫了两个男生把坑爹的肖琳子抬去了医务室。

一起作业的同学们得知女主角晕倒的消息都跑到了后台。一层层的人围着陆云歌，她坐在最中心，大家都瞅着她，女主角突然没了，他们都没主意，想听导演怎么发话。

陆云歌呆坐在转椅上，一瞬间百般感想齐涌上心头，念头太多，脑子转了两圈转不过来，卡在那儿，眼神都没法聚焦。一会儿在老师同学面前闹笑话固然可怕，但更可怕的是她已经给那个人发了邀请函，那个人百分之九十九点九是不会来的，可是，在百分之零点一的概率下，万一他真的来了，看到她失败的处女作……想到此处，陆云歌就很想死。

两个死党廖静雅、林一峰狮子狗似的一左一右蹲在陆云歌面前，看出她眼神不对，分别拽了她一只手以防她突然发疯。廖静雅握着她右手轻声说：“爱是一个人的事情，而爱情是两个人的事情。”

陆云歌目光散着焦，毫无意识地接口：“所以，我爱你，与你无关。”

廖静雅瞥了林一峰一眼，林一峰会意继续念道：“我要让你知道我整个的一生一直是属于你的。”

陆云歌条件反射地往下念：“而你对我的一生却始终一无所知。”

廖静雅和林一峰眼神交汇，福至心灵，一同起身，将她扯了起来，异口同声道：“你来演女主角！”

陆云歌被他俩的大嗓门吓得浑身一哆嗦，散着的目光有了准星，盯着面前的这对贼男女叫道：“开什么玩笑！什么时候了还瞎开玩笑！”

林一峰从她的脸指到她的胸，对众同学道：“大伙儿看，她是个女的。”

廖静雅拿起化妆台上厚厚的剧本晃出哗哗的书页声响：“她还记得所有的场景台词。”

汇集在后台的同学们都明白过来，脑袋齐刷刷地点向她：“陆导，就你演吧，挺合适的，我们都顶你。”

陆云歌被这突发情况给整懵了，惊得跌回椅子，回绝道：“我是导演、编剧，不会演戏……”

未等她回绝完，负责化妆的莫西西已欺身向前，伸脚踢开转轮上的固定脚蹬，连人带椅“嗖”一下推到了化妆台前，莫西西借着化妆镜上雪亮的排灯，细细打量瘫软在转椅里一脸惊恐的陆云歌，左手拿了盒粉底，右手抓了块海绵，小指滑过耳后别了支化妆笔，唇角衔住顺手摸的一副双眼皮贴，牙缝中呼哧出声：“陆导，你来演吧，你比大嘴叉子肖琳子美多了，我乐意给你化妆，坐好，别动。”

容不得陆云歌说一个不，莫西西大刀阔斧地开始对她施工。十分钟后，陆云歌的妆容、发型一点点出来了，莫西西装扮她时，林一峰一直坐在旁边陪她对词，看她的目光亮得过了分。陆云歌平日里太潦草，几乎不拾掇自己，宽大衬衫配长裤，邋里邋遢头发一扎，致使林一峰看陆云歌化妆有如看聊斋画皮，不管她原先是什么鬼样子，妆成后令人着实惊艳。

陆云歌扫一眼镜子，确信之前对自己够狠，骨子里的风流美态被印着痘子、晒斑、黑眼圈的糟糕皮肤全然盖住，神奇的莫西西笔端轻点盖住了额头上新迸出的一堆痘子，遮瑕膏隐藏起了晒斑，海绵按压得黑眼圈遁形，一抹胭脂扫上脸颊，她像一枝含苞的桃花，在镜中绽放出灼灼的光华。陆云歌望着镜中美人在心底轻叹了口气，如果平日她在脸上多用点心，就算皮肤达不到此刻妆后的级别，也不会差太远，只是自打那个人走后，她打扮的心思就荒了。

十八岁的第二个月她放弃了外在形象上的追求，觉得那个人不在身边，再美也是无用，她允许自己花的钱不多，全用在买书学习上，任凭自身生成一蓬野草，荒芜着过孤单的日子。

廖静雅顶了导演的职，台前幕后四处乱窜，最后一轮确认舞台效果、道具次序、灯光音效，陆云歌看着身边奔跑穿梭的同学，每个人都在竭尽全力地做好手头的事，大家都想将演出完美呈现。她换好戏服，看着穿衣镜里陌生的自己，内心兵荒马乱。

廖静雅的声音在门外响起：“陆云歌，开门。”

她扭开锁，廖静雅像一尾鱼灵活地钻了进来。

廖静雅反手扣上门，在狭小的空间里面对面地问她："准备好了吗？"

她苦笑着摇头。

"你知道每一句词、每一个走位，知道幕布何时拉起，灯光何时落下，一切的一切你比谁都清楚，你在怕什么？"廖静雅摇着她的肩膀。

"我……我从来没演过戏，所以，一会儿在台前，我……我该怎么演？"她紧张得话都说不顺。

"你根本就不用演啊！"廖静雅气哼哼的，"你忘了这部戏从一开始就是你挑的。我问你，为什么你要排《一个陌生女人的来信》？"

"因为……"她空茫地望着镜子的一角，那一角映着她的唇，饱满、鲜妍，如淡粉蔷薇携着露珠，合上，关闭住一切禁忌；打开，倾吐出心底秘密。

廖静雅手指轻轻覆上镜子中陆云歌欲说还休的嘴唇："因为你很像她，你像剧里的女主角，茨威格的每一句话都是你想说而不敢说的，不是吗？"

是的。

夏日蝉鸣的图书馆，陆云歌游荡过一座座高大的书架，取下《一个陌生女人的来信》的剧本，随手翻开一页，一段惊心动魄的台词与她劈面相逢，她长久地、一动不动地原地站着，捧着剧本，站成一尊平静的雕像，而内心早已天翻地覆。

那段惊心动魄的台词，像晴天里的一个霹雳，猛然炸醒了她。她把那个人当哥哥，当妈妈，当孩子，当成生命中不可替代的一切角色，居然不知道，她的不抱希望、低声下气、曲意逢迎、热情奔放，就是爱。

可是请相信我，没有一个女人像我这样死心塌地地、这样舍身忘己地爱过你，我对你从不变心，过去是这样，一直是这样，因为在世界上没有什么东西可以比得上一个孩子暗中怀有的不为人所觉察的爱情，因为这种爱情不抱希望、低声下气、曲意逢迎、热情奔放，这和成年女人那种欲火炽烈、不知不觉中贪求无厌的爱情完全不同。只有孤独的孩子才能把全部热情集聚起来，我毫无阅历，毫无准备。

我一头栽进我的命运，就像跌进一个深渊。

从那一秒钟起，我的心里就只有一个人——就是你。

——《一个陌生女人的来信》

廖静雅双手捧住她的脸："你就是剧本里的女人，你不用演，本色地表达出自己，你把林一峰当成他，心里所有的话，上台告诉他。"

更衣室外响起急促的敲门声，催促陆云歌出来候场。廖静雅牵着陆云歌的手，走过后台狭窄的过道，领她站在幕布边，于她腰上轻轻一送，将她推上舞台。廖静雅的声音飘在耳后："去吧，去把所有的话都告诉他。"

厚重的天鹅绒幕布缓缓拉起，黑压压的观众席上座无虚席，林一峰念完独白，向她徐徐行来，她看着纯白追光里的林一峰，将他想象成那个人。

那个人，是江楚桓。

她该如何形容江楚桓？

他有一双大而清澈的眸，深邃有光，如盛着星辰和海洋，眸子在灯光下是琥珀的颜色，长长的睫毛助阵，联合双眼皮和卧蚕配成一双让人心动不已的鹿眼。这双温柔的鹿眼看久了，心会在不知不觉中融化。

他有时会笑，笑起来很好看，薄唇微微上扬，轮廓鲜明的侧脸出现刚毅柔和的线条，眼睛明亮闪着光，浓黑的剑眉舒展开。对你淡淡一笑，心会在不知不觉中融化。

更多的时候，他不会温柔地瞧你，也不会对你笑，严肃迫人的气场让你小心翼翼地回顾自己有没有干什么坏事。你若见了他严肃端正的模样，见了他清流一般的做派，心会在不知不觉中融化。

明亮的追光打向了陆云歌，她在万丈光芒中，对着眼前的江楚桓念出内心独白："可是请相信我，没有一个女人像我这样死心塌地地、这样舍身忘己地爱过你……

"我一头栽进我的命运，就像跌进一个深渊。

"从那一秒钟起，我的心里就只有一个人——就是你。"

陆云歌演得很投入，听不到观众席上被打动的啜泣，看不到一步之遥外林一峰眼中无声翻腾的火光。

她没去注意，但有人替她注意。

小剧场外的墙壁上靠着一个高瘦有型的黑影，黑影隔着墙静听陆云歌如泣如诉的独白，闭上眼，浓密的睫毛在眼睑下投下一圈阴影，在脑海里模拟出她站在舞台上的样子，他记住人们每一次哭泣或鼓掌的节点，那是陆云歌表演最好的段落。

很久后，感觉外套的左边袖子变得又湿又重，一滴，两滴，滴在地上，他低头看，鲜血浸透了厚实的外套滴落下来，他不得不蹲下身，用纸巾擦净地面的血点，再站起时，头晕地晃了下。这时剧场内响起致谢声，快要散场了。他团起纸巾装进口袋，大步出门，巧妙避开摄像头监控的区域，在一面寂静的围墙前，长腿略一助跑，利落地翻了过去。

散场了，剧场内热闹得无与伦比，持久不断的掌声令演员们多次返场谢幕，领导和学生观众慢慢散去，剧场里只留下一起作业的同学们，陆云歌被他们举起来抛上天，大家互相抱成一团，抱着笑，抱着哭，演出成功了！实在太好了！在每一个真正热爱戏剧人的心里，戏比天大，一部成功的戏带来的喜悦，是最大的喜悦。

作为导演和主演的陆云歌自然是非常开心，在每一个开心的时刻她都会想到江楚桓，习惯性地想到他，想与他分享。然而，望一眼观众已经退空了的剧场，陆云歌还是有片刻的失落，今天他终究没有来……他在哪里？就这么消失了吗？如果他也在现场，那该有多好。

见不到江楚桓的日子，陆云歌走着、坐着、躺着随时随地都能发起呆来，片刻进入静谧停滞的时空，一遍遍地温习她与江楚桓的点点滴滴，她见不到他，只能想他，无休无止地想他，不知疲倦地想他。

陆云歌在被抛上天的瞬间，又发呆了，她沿着记忆的铁轨开始了漫无目的的远行，铁轨旁芳草萋萋，白雾迷离，她循着轨迹渐行渐远，走向她与江楚桓的初遇……

第一章

无 依 之 岛

她变成一座小小的孤岛，
矗立在翻滚着孤独与愧疚的海面。

一身血的爸爸被拖出去时，陆云歌心中只有两个字“完了”。

爸爸完了，她也完了。

她痛恨吃喝嫖赌的爸爸那么久，从未想过他会是警方的线人。

她隐约感觉出了这扇门，她再也见不到他，于是不知哪儿来的猛劲，硬是从压着她的铁掌下挣了出去，连滚带爬地扑到门边，死死拉住那只还没被拖出门的左脚。

“求求你们放了我爸爸。”

“求求你们，求求你们。”

“求你们……”

额头响亮地磕在肮脏的地面上，地面上的腥味令人作呕，她顾不得恶心，只是一下下重重地磕着，希望能求得一丝怜悯。

角落的椅子响起轻微的起座声，皮鞋慢腾腾踱到她面前。陆云歌身体不受控制地发抖，顺着皮鞋惊恐地望上去，看见了乔四邪恶的笑脸。

“舔。”皮鞋伸到她脸前，戏谑又懒散的声音如同一个玩笑。

陆云歌颤抖着伸出舌头，舔去鞋面上的浮尘。

四周响起的乱糟糟的哄笑让她头脑发晕，他们笑了，是不是会放过爸爸？心底升起期盼的火苗，她发着抖困惑地跟他们一起笑，他们开心了，是不是就会放过爸爸？

她还没想完，那只被她舔过的皮鞋已准确无误地踩上了她的手。

“啊！”她发出凄厉的惨叫，依旧死死地拽着爸爸的脚。

乔四一点都不着急，勾着笑，逐渐加重力道，用鞋底反复碾压她的右手，右手转眼红肿破皮，伤口开始淌血，殷红的血迹染满手背时，手指一根根变得麻木，逐渐失了力气，再也拉扯不牢，最终松掉。

她倒在地上看着一身血的爸爸被拖走，右手传来钻心的痛。血淋淋的右手伸向爸爸的背影，突兀地顿在半空中，是个无比绝望的手势。

乔四拉住她的胳膊，一把将她提上床，笑嘻嘻地对她说：“小妹妹舔得很好，一会儿还有别的东西要舔哦。”

乔四对身边马仔偏头道：“场子里的弟兄，叫几个过来。”

陆云歌听到乔四的话，爬到床中央声嘶力竭地尖叫“救命”。

她突然想起表姐陆依依好像在这家夜总会上班，即便不知陆依依在不在，也不顾一切地狂喊：“依依姐姐，依依姐姐，救命！”

乔四置若罔闻地坐回沙发抽烟，像看戏一样看她在床上又哭又叫。

她高声尖叫了几分钟，嗓子快要叫哑时，几个混混进来了。乔四抽着烟跟他们授意，混混们淫笑着点头。

她绝望之际听到“咚咚”的敲门声。

“四爷，您在里面吗？”

听到陆依依的声音，陆云歌像见到了救命稻草狂呼起来：“依依姐姐，我是云歌，我云歌啊，救命啊！救命！”

门被推开，陆依依走进来，脸上带着紧张又谦卑的笑，小心翼翼道：“四爷，这是我表妹，她还是个高中生，您能不能高抬贵手饶了她？”

“出去。”乔四冷冷地说。

陆依依站在门口哀求：“四爷，您看我在这儿做了这么久的份上，能不能给一点薄面，放了我表妹，我……”

陆依依还没说完，烟头已弹上她额头。

“哎哟！”陆依依捂着额头，看了看冷冰冰盯着她的乔四，又看了看困在床上的陆云歌，顿了几秒，默默转身出了门。

完了，这次是真的完了。

陆云歌拼尽全力哭喊：“依依姐姐，不要走！姐姐救我！”

混混们爬上床开始撕她的衣服，她尖叫着用腿乱踢，很快被按住抽了几个耳光。

男人下手真重，她只觉得耳朵嗡嗡的，整个人都懵了，像被打入了梦里。

她什么都做不了，被踩伤的右手剧痛，四肢被压着，她只能哭着闭上眼。

她真的完了。

嘹亮的警笛响起时她脑子里一片混沌，只感觉压在腿上的手离开了，那些肮脏的手都离开了。

她一直不敢睁眼，直到感觉一件宽大的外套裹住了她，她被一把抱起，离开了那张龌龊的床。

外套里有残留的余温和干净的气息。

低沉温和的男声在头顶响起：“别怕，没事了。”

这声音让人感到安全，她睁开眼，入眼的是浅清蓝衬衫，再抬头就看到了他，不禁愣了一愣。

“你是？”

“警察。”

“你是谁？”

犹豫了一下，他还是告诉了她。

“江楚桓。”

陆云歌后来回想起来觉得自己很奇葩，都什么时候了，她还能顾得上打听他的名字。她给自己找了一些说辞，像毕竟是救命恩人，不知道名字实在失礼；像她那时耳鸣还未退，她在测试听力；像她好像被打傻了。

但她自己清楚，最根本的是因为江楚桓长得太好看，她几乎是本能未经思索地就问了他名字。

江楚桓把她抱上警车，随后女警送来了衣服，她快速穿好衣服钻出警车，四处张望，现场一片混乱，不少夜总会的人被押上警车。陆云歌在一个闪烁的警灯旁看到了江楚桓，他正在跟一个看起来像是领导的人说话。

陆云歌跑了过去，急匆匆地问："我爸爸在哪儿？"

她看对方不作声，赶紧补充道："我爸爸是陆百川，乔四说他是警方的线人，是真的吗？他之前被人拖走了，你们有没有找到他？"

周围听到这话的警察，突然间安静下来，表情都有些沉重。

不好的预感袭上陆云歌心头，她声音颤抖着问："我爸爸还好吗？"

领导沉默了一会儿，用不忍的眼光看着她："你父亲，牺牲了。"

听到噩耗的陆云歌一阵眩晕，她记不清自己是怎么跟到公安局做完笔录的。

记不清自己在公安局待了多久，又如何离开公安局的。

乔四叫人拿水晶石的烟灰缸当着她的面狠狠砸她爸爸的头，又让人拖走了爸爸的过程她说了很多遍。

她浑浑噩噩走回家时天正下着雨，她在雨中一直走，一直走，原来爸爸当场就被砸死了，难怪她拉着他左脚时，都没感到他动弹一下。

陆云歌回到漆黑一片的家里，锁好门腿就软了，她像散了架似的贴着门背滑下，哀痛如巨浪猛烈地击打着她不断袭来的巨大痛苦让她心肺疼痛，无法呼吸，坐着喘不上气，索性躺倒在地上。

哭，一直哭，一直哭，哭得睡过去，醒来时天还是黑的，头痛欲裂，继续哭，继续哭，再也睡不着，只能倒在地上无尽地流泪。

她一直很看不起陆百川，觉得他就是个老混混，如果不是很有必要，她从不叫他爸。

他怎么会是警方的线人？

他怎么可能是警方的线人？

陆云歌从小没有妈妈，记忆中老是跟着爸爸换地方，爸爸跟的大哥越来越厉害，他们也从一个城市换到另一个城市。她一直觉得爸爸是个没什么本事但挺能混的老油子，他怎么会去做线人这么危险的事呢，这怎么可能是他这种人做的事！

回想起之前因为鄙视陆百川的职业而对他的不理不睬，不闻不问，如有利刃划过心头。

爸爸，是女儿错了，对不起。

可是爸爸，我宁愿你就是一个老混混，只要你还继续活着。

陆云歌从早晨哭到中午，头都要炸了，依然止不住泪水。

泪水淹成一片海，隔绝开她与外面的世界，她变成一座小小的孤岛，矗立在翻滚着孤独与愧疚的海面。瞧不起的老混混消失了，相依为命的父亲离去了，他活着的时候，她没觉得他多好，现在他走了，她突然发现这个世界上，她唯一的至亲也没有了。

敲门声响了又响，陆云歌终于挣扎着从地上爬起开门，是房东周姐。

周姐被她的样子吓得倒退了一步，打探地问："听说出事了？"

陆云歌点点头。

周姐摇着头："黑社会就是这样，搞不好就出事，你爸没被抓吧？"

陆云歌咧了咧嘴说不出话又哭了。

周姐登时紧张起来："出什么事了？"

陆云歌哭着把事情说了一遍，周姐立刻就疯了："不行，不行，这房子不能再租给你，黑社会找上门就麻烦了，你马上给我搬走！"

陆云歌愣了，没想到周姐会说这个，她可是才死了父亲啊，一口气堵在胸口简直要怄出血来。

“你怎么可以这么说话。”低沉蕴含着怒气的声音响起。

陆云歌望向门口，江楚桓眉头紧蹙站在门边，周身袭来一股强大的压迫感。

周姐看到他，声音不自觉地降了几度：“我……我怎么了？”

江楚桓抬手指着陆云歌对周姐道：“她父亲为人民安全牺牲了，前脚刚走，你现在就要把他女儿赶出去？”

周姐底气不足道：“我看你像是个警察，你是警察你不怕，我是平头老百姓，这家人得罪了黑社会，到时黑社会上门报复，我哪里担得起，如果再在房子里出点事，我以后还怎么租给别人？再说了警官，房子合同本来也是10号到期，这次不续租了，还有三天，这三天云歌她可以继续住在这儿，三天后，我要收房子。”

周姐歉意地转向陆云歌：“云歌，阿姨也很同情你，但你要体谅阿姨啊，我儿子上补习班就指着每月的房租，不可以出事的啊……”

陆云歌虚弱地举手拦下了周姐后面的话：“不用说了，我搬。”

门关上后，整个世界才清净下来。

陆云歌一屁股坐在地上，太累了，人也累，心也累。

江楚桓打量了一眼周围环境问：“你一直坐在门口没进屋？”

她不知道他是怎么看出来的，但也懒得回应，只是微弱地点了点头。

他蹲下身，望着她，语气温和：“去沙发上坐，地上坐久了会感冒。”

她双目无神地与他对视两秒，心灰意懒地扭过头，就势想往地上躺，却被他握住胳膊半扶半拖地拽到了沙发上。

屁股刚落上沙发，她就尖叫着扭动胳膊甩开他的手：“不要碰我！”

江楚桓松开手，看着屈膝抱腿，埋首膝盖的陆云歌，语气多了两分严厉：“再怎么难过，也要有个人样。”

她埋着头不理他。

他在对面的沙发上坐下，自顾自道：“你父亲生前不管遇到什么困难，总能很快振作起来。”

听到他提陆百川，陆云歌抬起了头：“你认识我爸爸？”

江楚桓点点头，嗓音低沉：“我是他在临水的上线。”

陆云歌难以置信地望着他：“你？你这么年轻，我爸爸怎么可能听你的？”

陆百川是出了名的老油子、老滑头，陆云歌不相信江楚桓年纪轻轻，能让老奸巨猾的陆百川听他使唤。

江楚桓没有答，修长手指摸出烟点燃，缓缓吸了一口，慢慢吐出来，抽烟的手势极为漂亮。

“想知道？”

陆云歌不置可否，只是望着他，想从他烟雾缭绕的脸上看出一些答案。

他冲桌面上的一个塑料袋抬了抬下巴，是他带来的，淡淡道：“吃了聊。”

他坐在那儿一心一意抽他的烟，看样子不会轻易再吐一个字。

陆云歌把塑料袋拉到面前打开，是一碗皮蛋瘦肉粥。

她右手依旧很痛，只能用左手别扭地拿着勺子，一口口吃着，一眼眼瞄着江楚桓。

“我在吃了！”她忍不住喊道，潜台词是你是不是该说点什么。

江楚桓对着手边的烟缸弹了一指头烟灰：“食不言寝不语。”

陆云歌心想，是我在吃你又没吃，也不耽误你说话。瞄着他就是不敢说出来，这个男警官就算不穿警服也有种不怒自威的气场，她不是很敢惹他。

陆云歌吃着粥，想到皮蛋瘦肉粥也是爸爸喜欢吃的，陆百川有时深夜回来会带两份当夜宵，把陆云歌叫起来一起吃，也就是坐在沙发上，坐在她现在的位置，只是从今往后，再也不能和爸爸一起吃皮蛋瘦肉粥了，她想着有些发愣，泪水滚了下来，大颗的眼泪落进粥里，心口又开始发痛。

“擦把脸。”一条毛巾递到她面前。她木然地接过，捂上眼睛，是热的，有熟悉的洗面奶的香气，是她的洗脸毛巾，既然江楚桓能一进屋就看出她在门口待了一夜，从挂着的一堆毛巾中找到她的洗脸毛巾想来也不是难事，他们警察总有这种神奇的技能。

“加件外套出来，外面风大。”他按灭了烟头，走向门口。

“要去哪儿？”陆云歌很迷惑。

“去医院做伤情鉴定，我在楼下等你。”

陆云歌甩了毛巾跑进卧室，翻出一件外套穿上，临出门时对着落地镜瞧了眼，瞬间被自己吓到，镜子里的人肿着一双鱼泡眼，满头乱发，憔悴不堪，看起来很糟糕。

这还是擦完脸之后的样子，擦脸前涕泪横流了一夜，脸得花成什么模样，她都不敢想。陆云歌不忍心再看自己一眼，关门冲下了楼。

跑到楼下时江楚桓正站在警车外抽烟，看到陆云歌下来，将剩下大半截的烟扔在地上踩灭，坐进驾驶室系好安全带，陆云歌钻进后座，缩在驾驶座后方，让座椅严丝合缝地遮住她，在确认后视镜照不见她后，开始发问。

“你真是我爸爸上线？”陆云歌满腹狐疑。

“是。”江楚桓答得毋庸置疑。

“你这么年轻，还没三十岁吧？我爸会听你的？”她是有些不信的。

“工作不是看年龄，要看能力。”江楚桓从后视镜扫一眼，没看到人。

“我爸为什么会出事？”她把头顶在椅背上问。

“他想拿一份关键证据，被乔四发现了。”

“你早就知道他要拿证据？为什么不保护他？”陆云歌坐直身子质问。

“我让他等上面下指令了再行动，没想到你父亲提前私自行动。如果不是有人紧急通报，后果会更严重。”

陆云歌不由自主地发起抖来，昨日险些被轮奸的情景现在想起仍让她不寒而栗。

“乔四派人打死我爸爸，会被枪毙吗？”

江楚桓沉默着开车，没有回话。

这沉默让她心慌，慌得没法儿再缩着，探出头不安地问：“杀了人不枪毙吗？那是会终身监禁？”

依旧没有回话。

持续的沉默让心慌升级，陆云歌晃着驾驶座的椅背，受伤的右手用力抓在冰冷的皮椅背上，结痂的伤口裂开，渗出新鲜的血迹，好痛。

“你说话啊，不是终身监禁那是关多久？”她的声音渐渐绝望起来。

“乔四手下把罪全扛了，一口咬定是他自己的主意，跟乔四无关。”

“什么？！我现场就在那儿，清清楚楚听到乔四让人用烟缸砸我爸，怎么会跟他无关！”陆云歌在后座大叫。

“你当时有录音吗？”

陆云歌听到这个问题，惊愕地呆住，后一秒疯了似的猛踹前排座椅尖叫：“我就在那里，这是真的，他杀了人，怎么可能没事，他杀了我爸爸，他杀了我爸爸啊……”

车紧急刹住，后车门被打开，江楚桓冲进后座，一把抓住四肢乱舞的陆云歌：“你冷静一点，这样是没用的！”

“我怎么冷静？他杀了我爸爸，他杀了我爸爸啊！”陆云歌在后座痛哭流涕，情绪太过激动，瞬间哭得上气不接下气。

“我爸爸，嗯……白死了，嗯……”

强烈的刺激下胃部开始痉挛，她身子弓成一只虾。

江楚桓左右臂膀围着她，相距咫尺，将她禁锢在臂弯里。他让她哭，摇下一截车窗，放入充沛的氧气，又不让她哭得太放纵，两边都拦着，容不得她满车打横撒泼。

他低头看她，一张小花脸，大眼睛哭得肿如烂桃，嘴角吧嗒着一阵阵抽气，弓起的身子一弹一弹的，随时好像要抽晕过去，是一个可怜的小姑娘。

“陆云歌，看着我。”江楚桓一字一句地说，声音坚硬如铁。

陆云歌被他圈着，绝望的双眼望着他。

江楚桓眼中有让人战栗的冷硬寒气，如封冻了千万年的山石。

“我会抓住乔四让他受应有的惩罚，你父亲陆百川不会白白牺牲。对我有点信心，给我一些时间，好吗？”

陆云歌绝望的双眸被江楚桓的话点燃了一簇火苗。

“我爸爸不会白死？”

“不会。”

“乔四终会受到法律的制裁。”

“是。”

她一点点冷静下来，垂下眼，点点头，环在她身侧的双臂慢慢移开，江楚桓坐回驾驶室继续开车上路。

陆云歌额头抵在驾驶座冰凉的皮椅背上，无声地流泪。车开得很快，未关严的那道窗缝，吹起呜咽般的声音，好像有人在陪她一起哭。

警车停在临水市中心医院停车场，江楚桓拿着伤情鉴定文书走在前面，陆云歌紧紧跟在后面，司法鉴定中心在医院一楼。

“江警官，今天怎么亲自来了？”办公室的年轻女医生看到江楚桓，立刻起身迎到了门口。

陆云歌看到年轻女医生笑如春花般的脸，心想，他果然很受女生欢迎。

江楚桓礼貌地点头道：“董医生，麻烦帮她看一下。”

“哦！好的好的！小妹妹，快坐下。”董医生热情地让陆云歌坐下，问了一些问题，仔细查看了她受伤的右手。

“皮肉有破损，筋骨没事，按时抹药，一周左右就能痊愈。”

董医生带着陆云歌去了旁边的治疗室对护士说：“帮她治疗包扎一下。”临出门时又回头叮嘱，“仔细点哦。”

护士挤挤眼笑了：“肯定是江警官领来的人，知道啦。”

董医生哼了下鼻子，微红着脸出门了。

陆云歌举着包扎得严严实实的右手，走到董医生办公室门口时，正好听到他们在讨论。

“手指没大碍，是轻微伤，鉴定结果几天后拿。”董医生语气轻柔。

"只能治安拘留十五天。"江楚桓声音很沉。

"欺负那丫头的人是不是很坏？"

"十恶不赦。"

"1 节指骨粉碎性骨折或者 2 节指骨线形骨折，或缺失半个指节才算轻伤，才有可能量刑。"董医生犹疑着说。

江楚桓没有搭话，办公室静了下来。

陆云歌跑到医院花坛边仔细找寻，捡起了一块手掌大的石头。

她躲到花园僻静的角落，脑海里反复响起董医生的话"1 节指骨粉碎性骨折或者 2 节指骨线形骨折，或缺失半个指节才算轻伤，才有可能量刑"。

想起陆百川被人打死拖出去的惨状，陆云歌将刚包扎好的伤手放上台阶，左手的石头对准伤手，一咬牙，举起就往下砸。

左手被人凌空截住，手里的石头闪电般被夺下。

"你要干什么？"江楚桓暴喝，额头上青筋凸起。

"你知道我要干什么！"陆云歌哭喊着抢江楚桓夺走的石头。

"你是不是疯了？"他把她推开，将石头拿到身后。

"我没有！我就是想让那个浑蛋受到应有的惩罚，如果我的手残了，你们是不是就可以判乔四的刑，关他进监狱？"她又一次扑上来抢江楚桓身后的石头。

他再次将她推开吼道："鉴定已经做完，你现在再怎样也没用！"

她呆愣地望着他："你为什么不早点告诉我，那我就……"

"就让你早点自残吗？！"江楚桓看她的眼神像看一个弱智儿童。陆云歌知道自己行为鲁莽愚蠢，可没有办法，她想报仇。陆百川被活活砸死，乔四逍遥法外的消息引发她充沛的恨意和牺牲的决心，她甘愿残掉一只手，去让乔四坐牢，可现在她已经没有机会了，她蹲下身失声痛哭。

很长时间，他们间再无对话，花园小径偶尔有散步的病人经过，听到悲痛的哭声会探头望一眼，花园角落里站着身姿挺拔的帅哥和缩成一团的少女。世人皆有八卦之心，病人们围着他们一圈圈遛弯，半天了依旧是一个木头桩子似的立着，一个缩成球状痛哭。冬日的寒风刮过，扫落叶般将观众冻出了花园，只留下两个燃烧着八卦之魂的女观众，回病房取了外套，挤坐在两米开外的石凳上执着地坚守。

陆云歌的哭声慢慢地由大到小，转为低声抽泣。

江楚桓摸出随身带的纸巾，蹲下身，感觉十分为难。

他不会哄人。

眼前的陆云歌是个不大不小的姑娘，如果再小几岁是个小孩儿，他就牵了她的手，用糖果逗她开心，如果再大几岁是个成年人，他会要求她理性克制地同他对话。

这么个两边不靠的小姑娘，哭着不肯走，他没有办法。

江楚桓向来万事不求人，但也顶不住女观众如狼似虎的瞩目。他是警察，不是演员，同一个小女生待在花园里，跟演偶像剧似的被围观，算什么事。

最后，他打算求求她。

江楚桓将纸巾递到陆云歌眼前：“我答应过你父亲，会保护好你，也绝不允许你伤害自己。乔四的事我会办，再给我一些时间，先回去，好吗？”

陆云歌听出江楚桓语气里的恳求，把头从膝盖里抬起来，正对上江楚桓的目光，他眼神有坚定，有同情，还有点尴尬。陆云歌环顾四周，这才注意到前方聚精会神的女观众，脸上一红，接过纸巾擦了眼泪鼻涕，腿蹲麻了，哆哆嗦嗦地站起来，低着头，不好意思去看江楚桓，她害他丢人了。

江楚桓倒不记仇，一伸手搀了一瘸一拐的陆云歌，慢慢扶着她走向停车场。两位女观众激动得双手交握站起身，望着他们的背影，为高瘦帅哥和哭泣少女脑补了一万字的甜蜜后续，一边感叹生活真美好，心满意足地携手回了病房。

理想总是美好的，可现实总是残酷的。

第二章 茕茕白兔

她仿佛站在空旷无人的荒野，无处可躲，无从回避，
唯有麻木地直面这深入骨髓的痛楚和铺天盖地的孤独。

警车开到陆云歌家楼下，陆云歌无精打采地走下车，前方有搬家工人正在不断地搬着东西上下楼，陆云歌看着一件件正在装车的家具觉得非常眼熟，猛然发现搬得正是她家的东西！

陆云歌抓住身边正经过的一个搬家工人问：“你们怎么搬我家东西？谁让你们搬的？”

搬家工人停下手冲楼上喊：“老板，有个小妹儿说东西搬不得。”

楼上传来一个高声大气的中年女音：“搬！没得问题！小孩子不懂事，是不是陆云歌？给我上来！”

陆云歌听到熟悉的声音愣了下，挤过往来搬运货物的狭小缝隙朝上跑。

陆惠大叉着腰站在客厅中间指挥，陆依依坐在沙发上，把脚跷到茶几上低头玩手机。

“姑妈，这是怎么回事？”

“看不到啊，搬家撒，怎么回事。”陆惠斜了她一眼，语气很不耐烦。

陆依依听到陆云歌声音抬起头，拍拍身边空位：“过来坐，搬完了我们去吃饭。”

陆云歌一时竟不知说什么好，只觉得这一切太莫名其妙。搬她家的东西，没有人知会她，也没有人搭理她。

她像团空气一样站在门口，书桌经过时，陆惠嫌她挡道把她推到角落。

“别搬了，都停下。”江楚桓出现在门口，声音不高，但听到的人都听话地停了下来。

低沉而有穿透力的声音有如低音炮，不止入耳直接入心。

屋里的人一看门口那位脸色并不明朗的帅哥，突然都不大敢动，江楚桓的气场实在很强。

“江警官，你怎么也在这儿啊！”陆依依从沙发上一把弹起，奔到江楚桓面前。

“我叫陆依依，昨天在夜总会，我见过你。”陆依依探过头，眨巴着妆容厚重的睫毛。

“未经授权私自搬运他人物品属违法行为。你们搬家，经过陆云歌同意吗？”江楚桓直接忽略掉热情的陆依依，冲着客厅中间的陆惠发问。

陆惠抬头冲着天花板“哈”了一声，低头后直直盯住江楚桓。

见陆惠这个架势，陆云歌就有些害怕，她这个姑妈，嘴巴是出了名的厉害，这一声“哈”往往是她开嘴前的热身。

“你是哪位啊？姑妈帮侄女搬家还搬得违法了？她爸爸死了，我来看她，房东跟我说要收房子，江警官是吧？我不叫人把东西搬去我那儿，过几天陆云歌带着这堆家具睡街上啊？”

“您是陆云歌姑妈，从亲情上说并无不妥，但您应该提前通知陆云歌并经得她的同意，不然未免有些过于自作主张了。”江楚桓淡然答道。

“我自作主张？我好心倒成了驴肝肺了！”陆惠把脚一跺，对着旁边的搬家工人说，“放下，你们都放下，我们走！”扭头对着角落里的陆云歌咬牙切齿，“你爸爸的白事我也不张罗了，免得被别人说自作主张，你自个儿看着办吧！我不管啦！”

陆惠说完拖起陆依依就往外走。

“姑妈。”陆云歌要哭了，站在门口堵住她。

爸爸的白事，总还是要人帮忙的，她一个高中生未曾想会遇到这样的事，虽没指望陆惠出多大力，但还是得有人商量，整个临水市她也只有陆惠这个姑妈、陆依依这个表姐，不找她们还能找谁？

陆惠全面撂担子的语气，让本已心力交瘁的陆云歌再无力招架。

她对着门口的江楚桓说："江警官，谢谢你，姑妈帮忙把家具搬去她家我不介意，姑妈也是为我好，这里已经住不成了。"

陆云歌眷念地望了一眼房间，她和陆百川在这间屋子住了三年，随便一个地方都可以让她回想起爸爸熟悉的身影。

想着想着，她眼眶又红了。

"姑妈，爸爸的事，还请您多费心，我都听您的。"陆云歌用手背揉着眼眶诚恳道。

陆惠大获全胜般，得意地看了江楚桓一眼："你听我的就好，姑妈不会害你，别听外面人的闲言闲语。"

"继续搬啊，空调都卸下来，搬空，快点搬。"陆惠得意地指挥着工人，忙里偷闲还不忘冲着门口酸两句，"江警官，你要是闲得慌，也来帮忙搬点东西。"

"妈！"陆依依打断了陆惠的话，"陆云歌还是江警官救下的呢，你也太不客气了。"

"他那么有本事，怎么不把陆百川也救了？我这个弟弟也是命苦，被人活活打死。"

陆惠对着旁边搬家的工人道："你们不知道，我这个弟弟啊……"

陆惠毫不顾忌地给陌生人讲着死去的陆百川，有讲八卦的兴奋，有说隐私的激动，唯独没有对弟弟的爱和失去亲人的伤心。陆云歌见她两片薄嘴唇上下翻飞，指手画脚间说得眉飞色舞，再也待不下去，低垂着头走到门口对江楚桓说："江警官，我送您下去吧。"

走到楼下江楚桓问她："你怎么打算？以后真跟你姑妈一起住？"

陆云歌眼神空茫："先把爸爸的丧事办完，后面的，我也不知道。"

“搬家还要段时间，我们去吃点东西？”江楚桓温和地询问。

陆云歌摇摇头：“表姐说搬完家一起吃饭，我等她们吧。”

江楚桓手机响了，他接起电话：“是，我是，请讲。”

陆云歌低着头踢着脚下的碎石块。

江楚桓电话打完，陆云歌抬头带上微薄的笑容：“江警官，您辛苦半天，也有自己的事情要做，您去忙吧，我没事的。”

“你姑妈住哪儿？”

陆云歌说了一遍地址，江楚桓听完点了下头，开车走了。

陆云歌一动不动地站在原地，低下头，冬日把她单薄的影子拉长，地上的影子无依无傍，又萧瑟，又凄凉。

爸爸没了，家也没了。这是不是一个梦？如何才能醒过来？她空空落落地踢着碎石块，足尖清晰的痛感提醒着她周遭的真实。

搬家工人川流不息地忙着，隐约能听到姑妈高亮的嗓音，楼道飘出蜂窝煤炉炖汤的香气，漆黑的野猫竖着尾巴从她脚下溜过，好像是再平凡不过的一个下午，只有她知道，她的世界已全面崩塌。

一卡车的家具被拖到了城乡结合处的一栋二层楼里，这是陆惠的家，一户小产权房。空空如也的二楼被陆云歌家里的家具一点点布置上，显得不再像以前那样空落。

陆惠站在二楼满意地点头：“蛮好，蛮好。”随后向坐在一楼玩手机的陆依依喊，“依依，你明天给我打印个招租信息，家具齐全，每间五百元，到处贴一下，看有没有人租。”

陆依依玩着手机不耐烦道：“烦死了，又给我找事，我都快饿死了，你搞完了没有？”

“好啦，好啦，我们去旁边陈姐那儿炒两个菜吃。你跟陆云歌先过去，我给搬家公司结了账就来。”陆惠死了弟弟，得了堆现成的家具，褶子深处都是笑，当着陆云歌又不好真的笑出来，一脸的似笑非笑。

陆云歌跟着陆依依走到陈姐开的小餐馆，陆依依点好菜不久陆惠到了，菜上上来，陆惠一看就开始唠叨："尽点些贵菜。"

陆依依把手机往桌上一扔喊道："你自己不来点嘛，我点了你又说。"

陆云歌赶紧打圆场："姑妈和表姐今天都累一天了，这次吃饭我出钱，我们趁热吃吧。"

陆惠一听陆云歌出钱，立刻对着后厨叫唤："陈姐，加个鸡火锅。"

陆云歌不安地捏了下口袋，希望身上的钱足够付账。

陆云歌没什么胃口，吃了半碗饭停下了筷子。

陆依依吃到一半接了个电话跑了，她走后，陆惠一边吃一边向陆云歌诉苦："你看你表姐，我是管不了她了，姑妈也命苦啊，老公跟野女人跑了，我也没正式工作，辛辛苦苦把陆依依养大，也是个不成器的。"

陆云歌讷讷地坐着，不知道说什么好。

陆惠看了她一眼，语气有些酸："陆百川虽然不比我强，你倒是比陆依依强很多，会读书啊，都能考上一中。"

陆云歌想想自己半吊子的成绩有些惭愧："我在班上成绩一般。"

陆惠"嘁"了一声，拿筷子指着陆云歌："虚伪，跟你老子一样。读一中还能成绩一般？将来好歹有大学读吧，你老子也是这样，我遇到困难找他，他就说他没钱，他活着的时候也是乔四身边的红人，怎么可能没钱？虚伪！"

陆云歌闭了嘴，沉默地坐着。

陆惠独自吃了一阵突然问："你爸爸有多少钱，你晓不晓得？"

陆云歌摇摇头。

陆惠又问："他平时把钱放哪里？"

陆云歌想了下老实说："大衣柜中间有个抽屉，我爸好像把银行卡和存折都放在里面。"

陆惠听完，扒了两口饭，让陈姐结账打包。陆云歌掏干净口袋最后还差九块钱，陆惠满脸不悦地补了差。

回到家，陆惠带着陆云歌直奔大衣柜，把中间抽屉拔出来，拿到一楼反扣在沙发上，陆惠细细找了两轮，总共有两张银行卡，一张存折，存折上有一万块。

陆惠把卡和存折举到陆云歌眼前问："密码是多少？"

陆云歌有点犹豫。

陆惠看透她的犹豫把卡和存折甩到茶几上大声道："办丧事是要钱的，你不说你爸的丧事还办不办了？你后面读书生活都要花钱，我们总要把钱取出来用吧！"

陆云歌看着气势汹汹的陆惠，片刻后，说出了密码，搬家时陆惠说"姑妈不会害你"，她想相信她，她是她所剩无几的亲人。

陆惠在陆依依房里支了张窄窄的折叠床，抱来两床旧棉絮，扔在折叠床上。陆云歌独自铺好床，走到客厅，小声询问看电视的陆惠："姑妈，我想洗澡，请问在哪里洗？"

陆惠正看得起劲，被打断了老大不高兴："陆依依明天回来了你们一起洗，一个人洗浪费水。"

陆云歌退回房间，关了灯，在黑暗中脱了衣服上床。旧棉絮散发出一股霉味，床单被套触感粗糙，一道冷白的月光透过窗缝落在枕上，月光下，她受伤包裹的右手像一只畏缩的兔子，让她想起一句诗：茕茕白兔，东奔西顾。

她在心中默念，念一遍心就凉一下，在又薄又潮的被子下蜷起身，沉沉睡去。

她做梦了，梦里变成了一只白兔，奔跑在无尽的黑暗里，四处寻找陆百川。她要找到陆百川，她有好多话要对他说：

"爸爸，我一定要让乔四坐牢。"

"爸爸，误会你多年真的很对不起。"

"爸爸，你放心走，我会好好的。"

黑暗中她拼命地跑着，拼命地找爸爸。她在梦中奔跑了很久，将自己累个半死，也没找到陆百川。

她找不到他，也就无处告别。

如果知道他们父女的缘分这般短暂，她一定会在陆百川活着的时候多尊重他一点，少气他一点，学习好一点，她现在好后悔啊！

心口处一直裂着，无声的心痛不断击打着她，她仿佛站在空旷无人的荒野，无处可躲，无从回避，唯有麻木地直面这深入骨髓的痛楚和铺天盖地的孤独。

茕茕白兔，东奔西顾。

爸爸没了，家也没了，她是一座小小的孤岛，一只茕茕的白兔，偌大世上，孑然一身，孤单无助。

她是太累了吧，但也睡不深，在陌生的房间，一夜入梦无数次，醒来无数次。窗外的天色由墨黑转为深蓝最后淡淡发白。听到门外有了声响，她木然地穿衣起床。

陆依依迈着醉醺醺的步子跨进门："妈，给我做吃的！"

陆云歌顶着黑眼圈，怯怯地站在客厅边上："依依姐姐你回来了。"

"回来啦！"陆依依把包随手往地上一甩仰面倒在沙发上，踢着腿喊，"妈！我要饿死了！妈！"

陆惠端着一碗热气腾腾的面条出来，面上盖了个鸡蛋，往陆依依面前一放："吃吧，吃吧，祖宗！"

陆依依拿起搁在碗上的筷子，呼哧呼哧吃了起来。

陆惠看了站在一边的陆云歌一眼，冲厨房伸了伸下巴："我要出门，厨房里有方便面你自己去煮。"

陆云歌点头往厨房走，昨晚吃得少，她也饿了。

"陆云歌！"陆惠突然想到什么，一边穿鞋一边嘱咐她，"煮面费煤气，你干吃吧，方便面干吃也好吃！"

陆云歌愣在原地，她知道陆惠吝啬，没想到这吝啬也是分对象的，陆惠给陆依依煮面加蛋，一点儿都不含糊，到了她这儿煤气费都得省。差别对待得如此明显，陆惠哪是她姑妈，简直是她后妈。

她在厨房门边愣了两秒，认命地点头："好的。"

陆惠出去后，陆依依冲大门"嗤"了一声，回头对着陆云歌拿腔拿调地说道："干吃怎么吃啊，煮了吃吧，我不会告密哦，只要你跟我讲讲那个江警官，哎，你说江警官怎么长那么帅啊，帅得要命了，声音也勾人。妹妹，你跟我说说他吧。"

陆云歌木木地答道："我跟他也没说什么话，只知道他叫江楚桓，其他没有了。"

陆依依翻来覆去地问了两遍，发现陆云歌真是一无所知，便懒得再理她，摸出烟躺在沙发上抽着烟玩手机。

陆云歌去厨房找出包方便面干吃了几口有些吃不下去，但想到剩下没吃完的方便面姑妈又会不高兴，喝了几口冷水坚持着把方便面啃完。不过两天，家破人亡，眼下连口热饭也吃不上了。冷水灌进她喉咙很凉，心口也很凉。

陆云歌吃完面走出厨房时陆依依已经在洗澡了，她听着水声找到浴室门口，轻轻敲门唤道："依依姐姐，姑妈叫我跟你一起洗澡。"

陆依依大声抱怨："她有必要那么省嘛！烦人！"一把拉开门让陆云歌进来。

陆云歌怯怯地走进狭小的浴室，背对着陆依依脱掉衣服，一回身对上正在冲洗胸前泡沫的陆依依。陆依依饱满的身体让她瞬间走神，眼睛赶快往上看，望着热气蒸腾的屋顶。

"嘁，还不好意思。"陆依依笑道，毫无顾忌地上下打量了陆云歌一番，手探到她胸前摸了一把，"妹妹，你这么瘦，看不出来还有点料嘛。"

陆云歌被陆依依的行为吓到，一边往角落躲一边涂沫浴露，无可避免地又看到陆依依的身体。陆依依丰满的胸前有星星点点的掐痕，大腿上有烟头烫过留下的伤疤，手臂上密布着针孔，这些东西突兀地出现在陆依依年轻饱满的躯体上，让陆云歌不由得感到心惊。

“这些伤，疼不疼？”

“疼？男人都这样，一个个跟他妈畜生似的。你不会还是处女吧？”

陆云歌不想说她都没碰过男生的手，认真地洗澡。

陆依依伸来一只手，长指甲沿着她的脊椎慢慢划下，指尖停在尾椎上，张开手指不轻不重地抓了把她的屁股，意味深长地笑道：“那可值钱了。”

陆云歌顿时感到一阵悚然的恐惧。

九点左右一名女警来家里找陆云歌，告知她陆百川的遗体已经放置在殡仪馆，可以去办理丧事了。同时替到外地办理紧急案件的江楚桓带话，让她保重身体。

陆云歌送走女警，焦急地坐在客厅等了一个多小时，大门有声响，陆惠回来了。

陆云歌赶紧起身，倒了热水递给刚进门的陆惠。陆惠接过水杯一口气喝了大半。

“姑妈，我们现在是不是应该去取钱，给爸爸办丧事？”

“钱我已经取了，你爸还真没什么钱，丧事简单办下就行了。”

陆云歌愣住了，陆惠没有叫上她，私自把陆百川的钱取了。

“总共有多少钱？”

“也就……万把块吧。”陆惠按着身侧鼓鼓囊囊的小包支吾答道。

陆云歌一颗心往下沉，预感不大好，但此刻不想计较这个，只想尽快把陆百川的丧事办了，让他入土为安。

“警察刚才来找过我，爸爸的遗体已经运到殡仪馆，我们带着钱去一趟吧。”

陆惠借口拿东西，上楼去了，陆依依在床上倒头大睡。陆云歌站在楼下抻着脖子等了半天才把陆惠给盼了下来，见她按着身侧的小包郑重其事地对她说："你爸的钱都在里面，我们用这个钱给他办丧事，有剩余的都是你的。"

陆云歌看着陆惠手里瘪了一大半的小包，心中是巨大的失望，真是把她当傻子吗？一颗心冷成了冰坨子，一言不发地去了殡仪馆。

殡仪馆在郊区，很大的建筑群，正厅有一面长长的接待台，陆云歌跟接待台后面的工作人员核对了信息，工作人员指着右边大厅里摆放的白事物品让她们挑选。

各式各样的骨灰盒，不同材质不同价位，陆云歌仔细看过一遍，选中了一款一千四百八十元的黑紫檀骨灰盒，陆惠拿了一款四百八十元的普通实木骨灰盒让她买，她不同意，陆惠生气了。

"姑妈，我想让爸爸用个好点的骨灰盒。"

"不都是木头盒子，偏要白白浪费钱。"

"这个钱，我不想省。实木和黑紫檀材质不同，我愿意多出一千块钱给爸爸买个好的骨灰盒。"

"你爸就留下这么点钱，你还三文不当两文地用，读书又没有收入，花光了去喝风啊？"

"没钱我可以去做兼职养活自己，这次给爸爸办丧事的钱，一分我都不会省。"陆云歌非常坚决。

"你要买就买吧，反正你爸就一万多点，花完了没钱了，是你自己的事。"陆惠冷漠道。

陆百川留下的钱肯定不止一万多，昨天的存折就有一万块，陆惠取钱回来鼓鼓囊囊的小包也从侧面印证了这一点，姑妈什么心思，陆云歌已经明白了，她只是觉得非常失望。

陆百川生前对陆惠不错，有什么吃的用的都会记着给她拿一些过去，每回逢年过节陆百川都出钱请陆惠、陆依依吃饭。不过，陆百川唯一不让陆云歌跟她们接触。

“你的姑妈、表姐不是什么好东西，你不要跟她们来往。”

“我不行，你就可以啊？”

“我也不是什么好东西嘛。你姑妈是我妹妹，不能不管啊。都是大人的事，小孩儿别掺和。”

不能不管，直到他死，爸爸对姑妈也算有情有义了。

眼下陆惠全然不念之前的情义，一心一意盘算着如何占据陆百川最后的钱财，连一个好点的骨灰盒都不愿买给他，她怎么能这么无情、这么无耻。

殡仪馆的一条龙服务让丧事变得简便，陆云歌不顾陆惠的百般不爽在公墓选了块还算不错的墓地，整个下来花费九千八百元，她逼着陆惠交了钱。

遗体告别仪式定在下午三点，乔四早早放话，不准来人，陆百川的那帮狐朋狗友没有一个敢来，陆云歌和陆惠戴着白花、黑纱站在那儿，陆依依睡醒后也来了。

错综的脚步声传来，似乎有不少人，陆云歌抬起头看向礼厅大门，夜总会外见过一面的领导带着四五个警察走了进来，他们穿着深色便服，形容肃穆，右胸佩戴着小白花。

领导带领着警员端肃地朝陆百川的遗像敬礼，走到陆云歌面前自我介绍姓龙，是临水市公安局局长，握住她的手沉痛道：“节哀顺变。”

“你父亲遭此不幸我们都感到惋惜心痛，法网恢恢疏而不漏，作恶者终会受到惩戒，你要坚强地生活下去。”然后递上一个信封，“这是大家的一点心意。”

陆云歌接下信封道谢。

时间到了，哀乐播放，三鞠躬，瞻仰告别，焚化，安葬。

天黑了，墓地上方的天边升起一颗星，那颗星冲着陆云歌闪耀，一下午没停的眼泪终于停了，她对着那颗闪耀的星道：“如果有下辈子，别再当混混了，你如果不当混混，我就继续做你女儿。”

那颗星闪了一闪，好像在表示同意。

陆百川的丧事终于办完，陆云歌独自坐在卧室窄窄的折叠床上发呆。这几天的事彻底颠覆了她的生活，因为发生得太突然、太迅速，她并没有真正地反应过来，她被推动着前行，乍一停下来就有种亦真亦幻的恍惚感，时时觉得是一场噩梦。

几天里经历的崩溃打击，世态炎凉，令她心力交瘁，低落抑郁。

痛苦浸泡里的每一分钟都格外漫长，这一场噩梦像是做了几年。

眼下爸爸的丧事办完，她也该回到现实世界，想想接下来怎么办，姑妈根本无法信赖，她只能靠自己。明天她必须回学校上学，让生活重回正轨。

这样想着，陆云歌站起来去二楼收拾东西，用行李箱装了衣服和书，打算明天回学校向班主任申请住校。准备得七七八八时，陆云歌突然想到一个很重要的问题，她没钱了，钱在陆惠手里，既然丧事已经办完，陆惠应该把剩下的钱给她了。

陆云歌走到客厅，陆惠正坐在沙发上看电视。

“姑妈，想跟您商量个事。”

“什么事？”陆惠看着电视，斜瞥了她一眼。

“您能不能把剩下的钱给我？”

陆惠看着电视像没听到一样。

陆云歌耐着性子等了一会儿，想到这几天陆惠种种恶心人的行为，心底升腾起无法抑制的厌恶，语气随之也硬了起来：“我明天去学校，你把我爸爸的钱给我。”

陆惠“砰”的一声把遥控器砸到茶几上，吓了陆云歌一大跳。

“钱！钱！钱！哪还有钱？你爸就一万多，你今天一天就花光了，没得钱了，一分钱都没得！”

陆云歌被陆惠的话气得全身抖了起来，忍了这几天，她也不想再忍了，提高音量喊道：“你以为我三岁小孩儿啊！存折上就有一万块，银行卡里不可能只有几千，银行卡之前的金额是可以查到的，不是你说没钱就没钱，这是我爸爸留下的钱，你凭什么不给我？”

陆惠没想到陆云歌会突然爆发，话说得也有理有据，她有些心虚依旧强词狡辩：“我是你姑妈，你爸爸去世了，钱就由我管，每个星期给你一百块钱，别的你不用说了。”

陆云歌毫不畏惧：“没有这样的道理，你现在不把爸爸的钱给我，明天早上我就报警！”

陆惠没有说话，紧紧盯着陆云歌，陆云歌也狠狠地看着她，只恨眼睛不能飞出刀子，将这卑鄙无耻之人剐上两刀。

对峙中，大门“轰”的一声被推开，两个穿着暴露的女人把陆依依架了进来，高声喊着：“陆妈，快，依依发作了，不行了！”

陆依依打着摆子，鼻涕眼泪糊了一脸。她被放到沙发上时嘴里含含糊糊地喊着：“来一针，给我来一针。”

陆云歌看到这一幕很震惊。陆惠轻车熟路地从房里拿出一个针盒，陆云歌大概猜到陆依依是毒瘾发了，她闪身离开客厅，躲进卧室。

她坐在折叠床上听到外面乒乒乓乓的声音减弱，一切似乎恢复了正常。

陆云歌躺下身，拿定主意，如果明天姑妈不把钱给她，她就报警，她不会再住姑妈家，这几天的所见所闻，让她清楚地意识到自己同她们不是一路人，她就算再艰难，也不愿与她们混在一起。

陆云歌模模糊糊有了睡意，阖眼快要入梦时，卧室门被猛地推开，她惊得正要起身，已被陆依依的女同伴按压在床上。陆依依拿着手机，摄像头正对着她。陆依依偏偏头，干枯的嘴唇上下一碰，吐出一个字：“脱。”

压着陆云歌的两个女同伴闻令，一左一右动手开扒。

陆云歌大声尖叫，在床上拼命扑腾，被一把薅住头发，大力往后逮去，就这一下，她只觉头皮都要被掀翻，后背重重砸在床板上，动弹不得。

陆惠站在门口看着她，目光冰冷麻木，薄嘴唇苍白张合：“陆云歌，你不要怪姑妈，姑妈也是没得办法。”

天气冷，陆云歌穿着一套贴身秋衣裤，一时不能被脱下。

陆依依举着手机火了骂道：“妈的，脱个衣服慢慢腾腾的，老子手都举疼了。”

其中一个女人歇了手：“好脱你来脱，老子来拍。”

陆云歌拼命叫着，大喊救命。

陆依依跟歇了手的女人对调，一把拽住陆云歌衣角猛地往上翻，边翻边说：“妹妹，省点力气，这个时间，这个地点，只有神仙才救得了你，不要紧张，就拍几张裸照，不跟你姑妈提钱的事，就不会有人看到你的照片。”

陆云歌心中翻腾着无与伦比的绝望，拼命惨呼：“救命啊！滚开！”

衣服近乎被脱光之际，陆依依被一把扯开，一件外套兜头罩到陆云歌身上。陆云歌被衣服盖住头脸，本能地拽紧了外套，听到外面一阵尖叫，很快变得安静。

一个好听的男声传进耳里：“穿好衣服出来，我在客厅等你。”

这声音太具辨识力，低沉悦耳，穿透裹着她的外套，似一张不太生疏的名片递到她面前。

隔了一小会儿，陆云歌偷摸着从外套衣领处探出半张脸，瞧见房内只有她自己，才大着胆子起身整理衣服。扣好胸前的每一粒扣子后，她一脸凄惨地走到客厅，瞥见茶几上码着的几沓钞票。陆惠一眼瞧见她出来，“扑通”一声跪在她面前哭道：“云歌啊，是姑妈对不住你，这都是我的主意，跟你表姐无关，姑妈给你磕头道歉，姑妈错了啊！”

陆惠咚咚地磕了几个头，又把茶几上的钞票和两张银行卡塞到陆云歌手里：“你爸爸总共有六万三，减去今天花了九千六，剩下的五万多都在这儿，全都给你。云歌，你跟江警官说说，要抓就抓我，不要抓陆依依。”

陆云歌看着端坐在沙发上一身正气的江楚桓，头皮有点发麻，果然是他。

怎么又是他？

江楚桓抬眼问她：“现在报警？强拍裸照可判五年有期徒刑，四个都跑不掉。”

江楚桓话刚说完，客厅登时响起一片嘹亮的哭声，三个犯罪未遂的女人从各个方向快速爬到受害人陆云歌面前，发出愈发响亮的哭声和讨饶声。

陆云歌能感觉到狗皮膏药般贴在她大腿上的姑妈的手掌，薄薄的，坚硬，粗糙，掌心的冷汗一层层糊满她的腿，又潮又黏，像姑妈的生活，沉沦无望却无从摆脱。热烈激愤的情绪如海浪慢慢退潮，变得冷，变得苍凉，这就是她的亲人，为了五万多块，能对她做那样的事。

是她太蠢，对姑妈这种家庭，原本就不该有任何期望。

茶几上还丢着陆依依吸毒的针盒，稍加打量就能看出家里的破败。陆依依以卖养吸多年，陆惠为了女儿不择手段地弄钱，陆百川生前一直不让陆云歌与姑妈家接触，陆云歌对吸毒者有多堕落也没有具象的了解，直到这回，她才清楚，原来，竟会堕落到人伦和底线全部丧失的地步。

“陆云歌，要抓就抓我，是姑妈对不起你，姑妈心甘情愿坐牢，你表姐不能进监狱，她毒瘾太深了，进去了很快会死的，真的会死的。”

陆依依没有跟她们三个一样，抱着陆云歌的腿痛哭求饶，她独自坐在沙发上，摸出一个化妆镜，缓慢仔细地补妆。陆依依太平静了，仿佛这件事跟她毫无关系，抓到牢里很快会死的人跟她毫无关系。

陆云歌时不时低头看看她腿上挂着的三个人形拖油瓶，时不时看看沙发上补妆的陆依依，眼看着陆依依将一张打斗时糊妆了的脸又弄得干干净净。陆依依合上化妆镜站起身，一张美丽的脸朝向她：“我准备好了，走吧。”

“走？弄成这个样子，你没事人似的就要走？”陆云歌突然恨了起来，陆依依这么害她，现在想没事走人？没那么容易！

“我去坐牢，去死，算对得起你了吧，用命给你赔罪，还不够？”陆依依看着她，眼神里没有惊恐，没有起伏，没有波澜，一丝波澜都没有。

陆依依的话，不像玩笑。

陆惠呼天抢地地阻拦，陆依依只是直直地看着她，像一只没有灵魂也没有心的美丽玩偶。

“你就不觉得你有错？”陆云歌眼中起了火。

“很久以前我就错了，现在我去认罪坐牢，可能是这些年我干的第一件对事。”陆依依平静地回复她。

陆依依的平静像一桶水，浇灭了她眼里的火。她只觉这一夜，她被点燃，被姑妈熄灭，再次被点燃，又被表姐熄灭。她们用粗糙冰凉的汗手与平静死寂的眼神熄灭了她。一个触碰在她身上，一个触碰在她心上，都是她无法承担的重量。

陆云歌站在原地半晌，弯腰掰开一只只抱着她腿的手，转身回房拖出了她之前收拾好的箱子。她把现金和银行卡装进箱子，冲陆惠道：“手机给我。”

陆惠哭着说：“手机被江警官收走了。”

陆云歌冲江楚桓说了一个“走”字，拖着箱子出了门。她要头也不回地离开这里，与陆依依错肩而过的瞬间，陆依依的嘴唇动了动，最终什么都没说。

走到院门时扭动门锁发现打不开。

江楚桓声音在身后响起：“把锁打开。”

陆惠赶紧拿着钥匙奔过来开门，讨好地解释：“这院门自动反锁。”

陆惠打开锁站在门边，暗淡月光下她对拖着箱子经过身边的陆云歌羞惭地说了声：“对不起。”

陆云歌置若罔闻地前行。

陆惠在陆云歌走出几步后冲着她的背影喊：“有空就来姑妈家玩。”

陆云歌停住脚步，不回头：“不会再来了，从今往后，再无往来。”

她把箱子甩进后备厢，坐进副驾驶室，车开出了一段距离，才发现自己一直在发抖，她把宽大的外套拽到胸前紧了紧，才发现自己披的又是江楚桓的警服外套。

“还好吗？”江楚桓温和地问。

“你这时怎么会在这儿？”她反问。

陆依依脱她衣服时说，这个时间，这个地点，只有神仙才救得了她，心底她对这句话是赞同的，尤其那院门还严实地锁着。

“原本是要下午赶回来参加你父亲的遗体告别会，中途泥石流塌方封路，绕了条远路刚到，过来看下情况，没下车就听到你在喊救命。”

“院门锁着，你怎么进来的？”

“翻墙。”江楚桓答得简明扼要。

“哦。”陆云歌总算明白。

她想到这已经是第二次，自己衣不遮体时被江楚桓披了外套，一张脸由青转白又转红，咬了下嘴唇，轻声道：“谢谢你翻墙救我。”

“为什么放了她们？虽然犯罪未遂但性质恶劣。”

“因为……”陆云歌望着窗外，窗外是深深的黑暗。

“爸爸生前跟我说，姑妈是他妹妹，他不能不管她。表姐吸毒，是毒品害了她们，这次我不报警，希望她们能改过自新。”

江楚桓没有答话，过了一会儿道：“你太善良了。”

陆云歌缩在他外套里，车里开着暖气，整个人开始回暖。

车在黑夜里飞驰，这样的时刻，适合倾述。

“我不像爸爸，我是有底线的，今天她们对我做了这种事，我不会再跟她们有任何联系。”

“嗯，看到了，拖着箱子走得头也不回，像个女壮士。”

“那种地方，我是一刻都不想待了……”

说着说着，陆云歌突然意识到什么。对，她现在是成功出走了，可这半夜三更的她应该去哪儿啊？

车开到桥边，停了下来，江楚桓摸出刚才没收的手机：“有没有被拍下什么？”

陆云歌慌慌张张地侧身，伸长手拦在江楚桓眼前大声道：“你不许看！给我看！”

江楚桓笑了。这是陆云歌第一次见到江楚桓笑，他笑起来真好看，薄唇微微上扬，轮廓鲜明的侧脸出现刚毅温柔的线条，眼睛明亮有神闪着光，浓黑的剑眉舒展开。

陆云歌看得发愣的瞬间，江楚桓把手机抛给她："本来也没想看。"推开门下车走了。

他这话说得好像是没想看陆依依的手机，但陆云歌自动脑补为他来救她的两次都看了些"本来也没想看"的画面。

陆云歌窘得脸更红了，她拿着手机走下车，江楚桓往跨江大桥上走，她亦步亦趋地跟着，还抽空翻着手机相册。

走了一段，滚滚长江奔流在脚下，深不可测的江水在夜色里暗涌，江面上，航标灯的红色光点寂寂闪熠。江楚桓站在大桥栏杆前，对着东逝的江水低沉说道："逝者已矣，生者如斯。"

逝者已矣，生者如斯。

她哀伤地走到他身边，一言不发。

陆百川已经离她而去，不管遇到什么样的烂事，她都要坚强地活下去，让陆百川死后能得安息。

江楚桓拿过她手中的手机，一个扬手，抛出漂亮的弧度，手机像一颗流星坠入远远的江心。

"走。"他回身向着车走去。

"去哪儿？"

"回去睡觉，明天我要上班，你要上学。"

"回去是去哪儿？"

"我家。"

第三章

男神学霸

江楚桓拉开她对面的椅子，倜傥坐下，伸展两条长腿，
闲闲地看卷子，浓密的睫毛在眼睑下投下一圈阴影，
陆云歌内心核裂变般升级炸裂着，顶级的阳光校草啊！

江楚桓的家在一个绿化很好的老小区内，下车后，江楚桓径直走到后备厢提了陆云歌的箱子往楼上去，陆云歌跟着他爬楼，感应灯一层层亮起。江楚桓打开三楼右侧的房门，她跟着他进屋。江楚桓开灯，找出两双拖鞋换上，在厨房洗完手后，提着她的箱子进了卧室。

陆云歌跟着他换鞋，洗手，在客厅看了一圈。

“你，平时住这儿？”

“是的。”

“每天都住这儿？”

“出差就不在家。”

“你这房子，”陆云歌东张西望看了一阵儿，“也太整洁了！”

客厅没有一件乱摆的东西，厨房的灶台明亮如新，屋里整洁得不像日常生活的地方，倒像个摆拍的样板房。

陆云歌跟着江楚桓进了卧室，一眼瞥见床上的被子，惊愕地指着被子问：“这是你的被子？”

一床四四方方跟豆腐块一样的被子端端正正地摆在床尾。

“是的。”

“被子可以叠成这样啊？”陆云歌蹲下身近距离观察床尾的被子，标准九十度棱角，折在里面的被子长度一致得像拿笔尺量过。

陆云歌惊叹地问：“你是处女座？”

陆云歌感叹的间隙，江楚桓已把枕头被子抱到椅子上，迅速换下床单，从衣柜拿出一套新的床具换好，动作如行云流水一气呵成，看得人赏心悦目。

陆云歌见他没答，不甘心地又问：“你是处女座吧？”

江楚桓抱起之前的枕头被子看了她一眼：“少见多怪，照你的说法，我们学校毕业的都是处女座。”

他抱着枕头被子走向隔壁，陆云歌跟着他过去，隔壁是书房，依旧十分整洁，书桌上干干净净，书架上的书一本一本码得整整齐齐。

江楚桓在书房的小床上利索地铺床，陆云歌从来没想过男人做家务可以帅成这个样子，好奇地问道：“你们学校毕业的都有这样的技能？”

“整理内务是最基本要求。”

“是什么学校？”

“中国人民公安大学。”

陆云歌被威武的校名瞬间圈粉，脑海里浮现出一系列国之重器、铁血风采、人民卫士、罪犯克星的词条。

陆云歌深深地“哦”了一声，又问：“你在里面学什么专业？”

“研究生学的侦查。”

陆云歌又深深地“哦”了一声。

难怪江楚桓能一进屋就看出她在门口待了一晚，一进洗手间就能准确找出她的洗脸毛巾，侦查专业的啊！

江楚桓长得帅不说，上这么牛的学校，学这么酷的专业，陆云歌心中充满了景仰，又问：“你今年多大啊？”

江楚桓已经铺好了床，从五屉柜取出毛巾，牙刷递到她手上：“同学，你查户口啊？问题太多，改日再答，洗洗睡吧。”

她才注意到江楚桓眼里布满血丝，浅清蓝衬衫有些起皱，她突然意识到江楚桓在外办案几日，又连夜赶回一定很累，赶紧一边往房门外退一边说：“好的，我去洗了！”

陆云歌漱了口，洗了脸，花了不到五分钟，走回书房换江楚桓去洗却发现他已经靠着枕头睡着了。

江楚桓眉头微微蹙着，睫毛长长的，闭着眼的样子多了几分温柔，偷偷看看，还，蛮可爱的。

她犹豫要不要叫醒他，站在旁边偷偷摸摸看了一分钟，最后把被子给他盖好，轻手轻脚地出了书房。

这一觉陆云歌睡得很沉，从爸爸出事到现在，头一回睡得安稳，也不知是因为床单被子有干净的太阳气味还是因为住在警官家里，她惶恐不安的神经终于松懈下来。

醒的时候外面响起一阵叮叮当当，香气从门缝飘进来，她穿好衣服出门，看到已经换好衣服，收拾妥当的江楚桓在煎鸡蛋。

看到她走出门，他声音淡淡的：“醒了？洗漱完过来吃饭。”

陆云歌小声“哎”了一声，跑去洗漱，想到这么一个大帅哥在给她做早饭，心情不免有些激动。她保持着激动的心情坐到桌前，看到桌上摆着面包，牛奶还有煎蛋，她咬了下面包，喝了口牛奶，最后夹起了煎蛋，拿到碗里一瞧，心里“咯噔”了一下，煎蛋有半面全煳了。

煳了也许也好吃呢，陆云歌想着咬了一口，忍住了没吐出来，太咸了。

她偷眼看江楚桓，他吃得挺好，一口一口的，都要吃完了。

陆云歌心里流着泪，坚持着把煎蛋吃完，在要被齁死前灌下一大杯牛奶。

“走吧。”吃完早餐，他起身招呼她。

陆云歌把卧室的箱子拖出来放到门边。

江楚桓看了眼她的箱子，她自觉地解释：“我今天去学校跟班主任申请住校。”

江楚桓手搭在大腿上弯下腰，俯身正对了她的眼睛温和道：“学校住不惯就回来，这儿有地方住，当自己家一样。”

她突然就很想哭，手指攒在箱子提手上，低下头。

忍了又忍，硬生生把眼泪憋回去，对自己说，陆云歌，你唯一的父亲已死去，信任的亲人背弃你，现在有人肯对你说这样的话，他真是非常好的人，但每个人都有自己的生活，你不要给别人添麻烦，自己的问题自己解决。

她抬起头，换上一个淡淡的笑容：“嗯，我自己可以的。”

江楚桓在学校门口放下陆云歌，她拖着箱子去到老师办公室。班主任胡老师正在批改作业，看到她进来，腾地站起身，陆云歌走过去，发现办公室的老师都在直接或间接地看她。

“家里事，办完了吧？”胡老师斟酌着语句，走上前帮她拖箱子。

所有人都看着她，他们好像全知道了。

迎着老师们的目光，陆云歌从头不自然到脚，像一个犯错的小孩儿，低着头，声音讷讷的，像只蚊子：“办完了。胡老师，我可以申请住校吗？”

胡老师一脸同情地看着她：“可以，我来帮你办，你身体还好吗？”

陆云歌点点头：“还好，谢谢胡老师。”

胡老师看着她，轻轻摸着她的头：“都会好起来的。”

陆云歌抬了头，看着胡老师，眼泪簌簌地掉下来。胡老师抽出桌上的纸巾替她擦眼泪，抽了七八张纸巾，眼泪才止住。

来学校的路上，陆云歌反复告诫自己要坚强，可心上的伤口想要愈合并不容易，痊愈之前，稍加触碰，就是一阵漫长又牵扯不断的疼痛，让她忍不住要哭。

胡老师带着陆云歌办完住宿手续，又陪她去寝室收拾好床铺，临近十点才弄好，下一节是语文课，胡老师领着她一起去了教室。

一进教室，迎来四面八方齐刷刷的注目礼，她拿着书本垂眼走向座位，同桌女生见她过来，赶紧把桌子往外搬了搬，原本靠在一起的两张桌子中间隔出了一道楚河汉界，陆云歌装作没看见，坐下听课。

这一天的课稀里糊涂都不知怎么上下来的，她像一只珍稀动物，承受着各种各样的目光，其他班的学生还组团来窗外参观，上个洗手间一路有人在背后指指点点。晚上同寝室的女生回来，打了个照面，看到她很是吃惊，一声不吭地住了一晚，隔天就搬了出去。

同桌女生的桌子搬得越来越远，时时戴着一副口罩，用来隔绝臆想中会传播的病毒。陆云歌遥看一臂外的小眼同桌，两道细细的缝隙上横一对鲜艳浓烈的眉毛，眉端终日绞扭在一处，说不出的苦大仇深。小眼同桌把桌子拖得太开，挡了一大半正常通道，她们所处的是条要道，饮水机在她们后方，通道一挡惹得怨声载道。

小眼同桌在挡道的埋怨里发了飙："叽歪什么，有本事跟我换座位啊。"

埋怨的人只能闭了嘴，绕着路去打水，没人愿意跟陆云歌坐，心底都有些回避嫌弃。

陆云歌伏在桌上休息，听到小眼同桌跟别的女生低声抱怨："我觉得她好脏，被那么多男的上，我真是倒了八辈子霉要跟她坐，也不知会不会被她传染上什么病。"

陆云歌不知道这些谣言是从哪里起的，又如何传成现在这个样子，她该如何去解释？有善良的同学，抱着同情来安慰她，她努力跟她们解释其中的误解，那些同学也只是半信半疑地继续安慰她。

什么问题都解决不了，同桌隔离她，同学嫌弃她，没人相信她，流言蜚语长了脚似的疯传，离奇的言论不断涌现，援交、性病、艾滋……

更离奇的是，这样的话，都有人信。

夜晚陆云歌独自在寝室看书，手机短信响个不停，全是猥亵下流的询价短信，书摊在桌上，一小时过去，还在那一页，一个字都看不进去。

她想好好读书，可这书有点读不下去了。

流言的恶意中伤和同学的孤立排挤，令心上的伤口一寸寸加深，深到她对整个世界产生了厌倦。

茕茕白兔，东奔西顾。

她是一座小小的孤岛，一只茕茕的白兔，偌大世上，孑然一身，没有指望，没有依靠，只有痛苦和孤独。

振作起来好好学习是她先前一厢情愿的美好想象，现实是，自父亲死的那一天起，她就待在无边的噩梦里，再也醒不过来。

陆云歌的学习状态持续低迷，无力感深深地侵袭着她。期间有一次年级统考，两周后统考成绩出来，她考得前所未有的糟，原本中游的成绩掉到倒数第五。

拿着排名表，陆云歌感到绝望而茫然，她之前一直憧憬读一所好大学，中游的成绩努努力，高考发挥得好还是有希望读个一本的，但照现在的情况来看，能有大学读就不错了。

她对着排名表感到非常灰心。

班主任胡老师站在讲台通知明天家长会的时间，瞧到陆云歌颓然的样子，挂心地多看了她几眼，放学后本想找陆云歌单独聊聊，一个没留神她就不见了。

胡老师回到办公室收拾东西准备下班，收拾时想到什么，翻出陆云歌申请住校时填写的信息表，紧急联系人上留了个名字，胡老师对着号码拨了过去："喂，您好，请问是陆云歌的哥哥吗？我是一中306班的班主任胡红燕……"

江楚桓接到电话时市局正在开会讨论案情，知道是陆云歌老师打过来的有一点意外，他走出会议室找了个安静的地方。

胡老师在电话里解释在紧急联系人上看到他的联系方式，知道他是陆云歌的哥哥，陆云歌这次月考成绩很不理想，希望明天家长会后能跟他单独谈下陆云歌的情况。

江楚桓略微一想就明白了，陆云歌除了填他，没人可写。

他一口应了下来。

回到会议室龙局正听完前面的案子，见江楚桓进来便让他做乔四案件的分析。

江楚桓拿起记号笔走到宽大的白板前，在乔四的照片上圈了一圈道："乔四，临水势力最庞大的黑社会老大，经营多家娱乐场所，放高利贷组织卖淫，同时进行毒品交易。"

他侧身在陆百川的照片上圈道："陆百川是我方安插在乔四身边的线人，几周前被乔四察觉出身份，被灭口。"

江楚桓在最后一张照片上重重画上两个圈，照片上是一个二十来岁，容貌猥琐的男人。

"他叫李福原，也是我方安插在乔四身边的线人，陆百川被杀时李福原曾向我通报情况，警方赶到现场时，陆百川已不幸遇难，李福原不知所终，据乔四那边传出的消息，乔四还没有找到李福原，所以他目前应该还活着，只是藏匿了起来。陆百川被杀前李福原给我的电话里语气比较奇怪，似乎知道了什么。我怀疑李福原已掌握了一些关键信息，但不知出于什么原因，让他觉得恐惧，于是，他选择消失。"

江楚桓又回身在照片下画了两道线，看着照片上的李福原道："因此目前最关键的，就是找到李福原。"

龙局听着点点头。

江楚桓在白板上以李福原为中心往四周标了几个箭头，继续道："根据对李福原关系网的排查，初步锁定安福、宜市、利川这三个地方是他较有可能藏匿的区域，这几周我已分别去跟当地市局请求协调帮忙，他们都同意派人蹲守，一旦李福原露面，我们可实施抓捕。"

龙局笑道："北京禁毒总队有所求，这个忙他们当然要帮，你上司方大队长那可都亲自打电话了。"

在座的都笑了起来，北京市公安局禁毒总队侦查大队，从组建到现今战绩辉煌，从侦查员到大队长，平均年龄三十多岁，对事业执着，对工作认真，是缉毒战线上的一把尖刀，公安战线上听到他们的名头，都会在心里比个大拇指。半年前，北京禁毒总队在缉毒抓捕中逮到了一个云南毒贩，毒贩为自保，供出几名有过往来的大毒贩，乔四是其中之一。

禁毒总队派江楚桓到临水协同市局办理乔四案件，在线人陆百川的协助下，收集证据进展得很顺利。直到两周前，陆百川激动万分地告诉江楚桓，他将拿到一份极为重要的证据。江楚桓让陆百川先等上方指示，不料陆百川私自行动，被乔四察觉，惹来杀身之祸。眼下陆百川已死，报信的李福原潜逃，证据不知所终，案件一时陷入僵局。

龙局冲江楚桓道："该做的都做了，后面咱们就等消息了，来临水办案这段时间你工作表现很出色，稍事休息下，后面还有硬仗要打。"

龙局望着白板上李福原的照片："就等他露面了。"

陆云歌安静地坐在座位上，身边来往着找座位的家长，家长们陆续落座，陆云歌一个高中生就显得很扎眼。

前排的阿姨转过身同她聊天："你是媛媛的同学吧，我是她妈妈，以后多帮助我们家媛媛啊，都是前后座。"

"嗯。"陆云歌点点头。

"你家大人怎么没来？"媛媛妈好奇地问。

"他们有事，来不了。"陆云歌低着头，声音小小的。

"我来晚了。"低音炮在身侧炸响。

陆云歌先瞥见一双大长腿，慢慢抬起头，穿黑色皮夹克的江楚桓微笑着立在她面前。

"你，你怎么在这儿？"陆云歌结结巴巴地问。

"来开家长会，我不是你哥哥嘛。"江楚桓冲她挑了下眉毛，吩咐道，"起来让位。"

胡老师刚帮一个家长找好位置，遥遥看到陆云歌身边挺拔站立着一个黑皮衣高个子背影，绕过一个个家长，走过来问道："请问是陆云歌的哥哥江楚桓吗？欢迎你来参加这次的家长会。”

江楚桓回头微笑：“胡老师好。”

胡老师看到江楚桓的笑容先是一愣，随后眸光大盛地殷切笑道：“您先坐下吧，家长会马上就开始了，云歌在外面等吧。”

胡老师对陆云歌一向挺好，不过称她云歌倒是第一次。

陆云歌看了江楚桓一眼，他已大摇大摆地端坐在课桌后，她只能木讷地走出教室，刚走到门口就被班上的女生围住。

“陆云歌，那个穿黑皮衣的是你哥啊？”

“你有个这么帅的哥哥怎么没听你提过啊？”

“你哥是干吗的？气质好像明星哦。”

……

冻了几周的气氛瞬间破冰，女生们对她很热情，挽住她胳膊，挂在窗边羞涩地往里瞧，叽叽喳喳地向她打探江楚桓的信息。

她知道江楚桓长得好看，但没想到他这么招女生喜欢，把她的班主任和女同学全收了。

教导主任经过，将围在窗边的女生们轰走。她离开窗户时看到江楚桓正在翻看老师发下的排名表，英俊面容上的眉头慢慢皱起，她情不自禁地捂住了脸，她那丢人的分数！

家长会开完后，胡老师跟江楚桓单独聊了很久，陆云歌在办公室外徘徊到天都黑了，一颗心七上八下了几十回，终于听到他们走出办公室的脚步声。

江楚桓手上拿着一沓纸，站在门口问：“不用送您吗？开车挺方便的。”

胡老师颇有憾色：“老公说他在来的路上，多谢了。”

江楚桓点点头：“好，那先告辞了。”

他走到神情紧张的陆云歌面前，轻轻提了她的后衣领：“拿几件要穿的衣服，跟我回家。”

胡老师在她身后大声喊道："云歌，要听哥哥的话，加油啊！"

这个时间，学校已没什么人，几盏昏黄的路灯聊胜于无地亮着，勉强照亮两米内的空间，向地面投射出一堆枝叶斑驳的光影，光线暗淡的长长甬道，一阵寒风吹过，陆云歌不禁缩了缩脖子，提着她后颈衣领的手伸展开，隔着衣服，能感受到手心传递来的温度，依稀是一只大大的修长的手。

"江警官，我在学校住得挺好的。"陆云歌嗫嚅。

"你可以在学校住，但每天要去我那儿报到。"江楚桓语气很淡，口吻却是不由分说。

"为什么？"

"我和胡老师一致认为，得有人管着你。"

"我自己能行。"

江楚桓停下脚步，站在路灯下看着她："陆云歌，我还可以信你吗？"

路灯下江楚桓的眸子闪着琥珀色的光芒，他说话的语气很平稳，说出的话却像打了她一个耳光般让她难受。

"你父亲是我的线人，他因为我们的工作付出了生命，无论如何，我都会替你父亲管着你，直到你真正长大成熟。"

陆云歌的眼睛开始湿润，她多希望自己能不受外界环境影响，进入最佳的学习状态，一举考个好大学，来告慰陆百川的在天之灵。

但她的能力配不上她的野心。

她学不进去，心思繁杂，一团乱麻，除了感到痛苦与孤独，一天比一天更加厌世。

什么都做不了，什么都做不好。

"走吧。"他隔着衣服轻拍了下她后颈。

她一声不吭地往寝室方向走，转弯处光线昏暗，她被一块翻起的地砖绊了下险些摔倒，江楚桓手疾眼快地拎住她后衣领给拽了回来。

他轻轻的笑声响起："我说什么来着，得有人管着你，一刻不看着都不行。"

陆云歌收了几件衣服拿了两本书跟江楚桓回了家，江楚桓在书桌上把带回来的那沓纸展开，是她这学期历次的考试卷子。

江楚桓拿了个软抄本，随手拈起支钢笔，一张张地翻看试卷，落笔在本上写下一行行字迹，陆云歌的视线不由自主地落到江楚桓的手上，很有气质的手，手部皮肤白皙如玉，手指修长不粗不细，隔着衣服放在她后颈上感觉温暖，摔倒时拖她的那一下又很有力。

江楚桓一张张翻着试卷，写得很快，陆云歌的视线又移到他写的字迹上，是劲拔潇洒的行楷方形字。

陆云歌盯着江楚桓的字："你字写得真好。"

江楚桓笔下不停："小时候练过一段时间毛笔。"

陆云歌"哦"了一声，无所事事地坐着，一会儿看看江楚桓的手，一会儿瞧瞧他的字，全身心投入到审美上，直到江楚桓伸手在她眼前打了个响指，惊得她一哆嗦，方才回了魂。

江楚桓放下笔，带着好笑的眼光问她："看够了没？分析试卷了。"

陆云歌咽了咽唾沫，红着脸点点头。

江楚桓把陆云歌历次的考卷做了一个统计分析，他把软抄本上做的表格放到她面前。

"你数学很差，从来没有及格过，英语一般，平均分在105，语文不错，基本都在120分以上，文综不稳定，遇到熟悉的题目会考得好点。"

"一中文科班一本上线基本是在班级二十五名之前，你正常水平三十五名，有一段差距。这次月考我相信是因为特殊情况影响了你的发挥，只要把状态调整好，读二本没问题。"

陆云歌听他讲着，垂着脸，攥紧拳，小鸡啄米般点头。

江楚桓察言观色，觉得她同自己抓的犯人一样，对话时一副认罪的嘴脸，心中不解地问：“我又没批评你，紧张什么？平常该怎样怎样，不要怕。”

陆云歌结结巴巴道：“可能，可能是衣服的原因，你穿警服像在审讯，穿黑皮衣又太有杀气。”

江楚桓没说话，站起身出了书房，再过来时，换了身淡灰套头衫。

“行不行？”他遥遥站在门口问。

“嗯！”陆云歌重重点头。穿着淡灰套头衫的江楚桓远看像个朴素的学长，她深呼吸几口气，内心趋于平复。

江楚桓离开门口走过来，她内心平复了没几秒，随着两人间距离的拉近，她看清了他的样子，内心瞬间炸裂，天啊！套头衫怎么可以穿得这么好看！

江楚桓拉开她对面的椅子，倜傥坐下，伸展两条长腿，闲闲地看卷子，浓密的睫毛在眼睑下投下一圈阴影，陆云歌内心核裂变般升级炸裂着，顶级的阳光校草啊！

压根不是衣服的原因，是江楚桓本人的原因，她被帅出一脸血，心跳加速，呼吸不畅，紧张拘谨是无法控制的自然反应，要想恢复常态，看不到他的脸才行。

但她总不能让他把脸蒙起来吧。

罢了，还是慢慢适应吧。

陆云歌无可奈何地捧着升温的脸，艰难地移开目光。

“大学想学什么专业？”江楚桓单手横插在连帽衫口袋问。

“没想过，现在只想能不能考上一本。”

“有没有比较喜欢做的事？”

“我，”陆云歌想了想，“我喜欢写东西。”

江楚桓听了，挑了下眉头，把陆云歌的语文卷子翻出来，一篇篇地看作文。

他认真看了一遍：“文章写得不错。”

“还好吧，”陆云歌不好意思地晃了下脑袋，“我就这点本事了。”

“胡老师喜欢你，也跟你作文写得好有关吧。”

“嗯，胡老师说我写的东西有灵气，通常拿我的作文当范文。不过，考试作文限制还是很多，周记我交的都是小说，胡老师更喜欢看，还留言催文呢。”

“给我看看。”

“呃，我写得比较重口味呢，你要看？”陆云歌不好意思地犹犹豫豫。

“你写的什么？”

“世间八大畸恋。”

“要看。”他不由分说地在她面前摊开一只手。

陆云歌把带回来的周记本拿过来，摆在他手上。

江楚桓一言不发地看完周记，合上本子，闭目抬手按着太阳穴问她：“你多大？”

“6月底满十八，怎么了？”她被这问题问得摸不着头脑。

江楚桓把周记本卷成一个圈，在她头上轻轻敲了一记：“一篇写自恋，一篇写同性恋，写了篇异性恋还是师生恋，你还未成年这小脑袋瓜一天到晚想什么呀？”

陆云歌往后缩着头辩解：“我马上就成年了，我写的本来就是世间八大畸恋啊，要在文中描写这些情感啊。”

江楚桓把周记本放在桌上，靠着椅背：“看你写的就知道你没谈过恋爱，异性恋是模仿《洛丽塔》在写，学了个壳子。但自恋那篇情真意切，主角爱上镜中的自己，最终自杀，你本身也比较自恋吧？这部分描写得很传神。”

陆云歌不好意思地嘿嘿笑：“胡老师也很喜欢自恋那篇呢，她跟我说，她都看哭了。”

江楚桓淡淡笑了：“你们胡老师，也是个三观不正的，不过，”他顿了一下，“文笔和故事都不错。”

陆云歌突然就开心了起来：“我喜欢写故事，对好的电影、电视剧的台词听一遍就记住了，有同学漏看了哪集就来问我，我可以把剧情和台词大致讲出来。”

江楚桓琥珀色的眸子看着她，怀疑地问：“你在学校有学习吗？不是写世间八大畸恋就是背电视剧。”

陆云歌心虚得声音降了八度，像安慰江楚桓又像自我安慰：“有学的，有学的。”

江楚桓看看表：“不早了，洗一洗睡吧，明天再聊。”

陆云歌想起上次江楚桓等她洗完时已经困得睡着，赶紧说：“你先洗吧，我整理下试卷。”

江楚桓走了，陆云歌独自整理试卷，手下不停心中微动，一粒种子在心间破土发芽，绽放出一朵喜悦的花，花很小，喜悦也淡。

她一张张收着试卷，伴着窗外清冷的夜，悄悄咀嚼心口处细微的感觉。今天早上她还孤零零地坐在教室孤单绝望地等着开家长会，晚上就被江楚桓领回家来教导。

原来，世上能有个人来管着你，真的很好。

第四章
艺考三侠

“努力！奋斗！为了理想前进！前进！前前进！”
她们的声音在黄昏的风里飘得很远，
壮怀激烈的情绪像天边的火烧云，燃遍了整个天际。

中国人民公安大学的训练馆内校特警队正在进行格斗训练，队长秦刚一副浓眉大眼好青年面相，亮着肌肉虬结的膀子，在两人一组拳来脚往的队员旁不断巡视，时不时纠正下队员的不标准动作，收获下队员们信服景仰的目光。正当他自我感觉良好时，听到身后响起一声呼唤：“秦队长，过两招？”声音中性却包含着渴求。

秦刚听到这熟悉又饥渴的呼唤，全身就开始发疼，他身体记得这个女人的声音，以前每回她这么问完，都把他弄得很疼。

浓眉大眼的秦刚龇着嘴转过身，就看到一头齐耳短发的张小北将一沓犯罪学资料塞到他手里，迫不及待地脱起了衣服。

张小北将外套挂到秦刚脖子上，仅着的贴身长袖T恤勾勒出她健美的身形，她利索地卷着T恤的长袖，露出两段小麦色肌肉分明的小臂，抬手拨弄了下头发，偏头问他：“来吧。”

秦刚脸色变了变，紧搂着张小北扔给他的资料和衣服不肯撒手，吼道：“张小北！你都读博士了，怎么还喜欢打架？”

“读博士就不能打了？过两招吧，点到为止。”张小北眯眼笑得像只狐狸般循循善诱。

秦刚紧抿着嘴唇，做着激烈的思想斗争，是应战？还是不应战？这真是个问题，如果应战在一堆学弟学妹面前输了多没面子，如果不应战身为堂堂公大特警队的队长也忒没胆了。

纠结之际一个仰慕传奇的男生闻风而来，“啪”的一声立正站好道：“是张小北学姐吗？听说您之前是我们公大特警队的政委，身手了得，之前无缘拜会，今日得见，不知是否有机会与学姐切磋交流？”

张小北大笑着点头道好。

双方站上训练垫，男生自我介绍：“我是跆拳道黑带，学姐是女生，我会注意分寸，以免误伤。”

张小北松活了下肩颈，露出狐狸般的笑容：“黑带啊，很好啊，咱也别拘着了，按自由搏击打法来吧，先倒下的为输。”

训练场上风闻即将有一场随性的单挑，顿时呼啦啦围上一圈人，秦刚一脸同情地看着圈内的黑带学弟，仿佛看到三年前的自己，一个不知深浅的愣头青。

三分钟激烈打斗后，张小北以一招接腿飞膝 K.O 了男生，男生重重摔倒在训练垫上。

秦刚跑过去扶住男生：“要不要紧？肋骨有没有断？”

张小北走过去伸手给男生，将他拽起：“我收了七分劲，没事吧？”

男生一脸痛苦表情：“三分劲还这么猛？”

秦刚认真解释道：“小北学姐从小跟着她爷爷学内家拳，擒拿格斗技能满点，泰拳自由搏击那是皆通。”

男生按着胸口一声呻吟：“你怎么不早点儿告诉我。”

秦刚蔫坏地笑着：“兄弟，你现在不是知道了嘛。”

围在旁边的几个女生议论纷纷：“难道她就是传说中的张小北学姐？”

“啊！就是那个网络票选男友力 Max 的张小北？”

“是啊，最适合做男朋友的公安大学女生，成绩好，身体强壮，干练，有腔调，会摸爬滚打。四处旅游，家里有钱，会享受生活，发图水平极高，你不得不承认，她是男朋友中的模范。”

女生们一群群围了过来：“小北学姐，可以留下联络方式吗？”

张小北大手一挥指向秦刚：“问他要！”挥一挥衣袖出门，不带走一片云彩。

张小北走出训练场，吹着猎猎北风只觉神清气爽，她虽久不出山，江湖上依旧流传着她的传说。她走在浩荡北风里自我陶醉地哼唱：“无敌是多么，多么寂寞……”

还没唱第二句，手机响了，她一看来电人，先呛了一口冷气，咳了几下，接起电话：“喂。”

低沉悦耳的声音传来：“又遇到什么值得嘚瑟的事了？”

张小北大笑两声：“也没什么，不过是完胜了一个跆拳道黑带学弟，被一帮学妹追着膜拜而已。”

低音炮幽幽道：“抓紧嘚瑟，我回来你就没这么风光了。”

张小北捏着手机：“你回来我们再打一场。”

电话那头低低地笑：“打了多少场了，还不死心？问你个事，你爸是不是戏文专业的教授？”

“是啊。”

“我给你发了封邮件里面有几篇文章，你拿给你爸看看，水平够不够考他们学校。”

“得咧，问了给你回话。”张小北一口答应。

张小北中午跑回家，兴冲冲地拿着打印出来的文章去给她爸审阅，张均之在客厅沙发坐下，呷了一口茶问：“谁啊？还能使唤得动你中午专门跑一趟？”

张小北倒在沙发上啃着苹果：“还能有谁，我生平唯一的敌手，江楚桓。”

张老爷子“嘿”了一声，惊讶道：“每次邀他切磋都要帮他办事，怎么，你到现在都没赢他？”

张小北沉着脸：“快了。我觉着吧，再交手两回我就要赢了。”

张老爷子一边戴眼镜一边拿起文章道：“咱老张家内家拳的底子都快被你掉光啰。”

张小北抓狂道：“他是一般人嘛！江楚桓九岁起每年暑假待在武当山学艺，我们家虽自称是张三丰门下第N代弟子，我打小都没去武当修行过，底子就差他一截。”

张老爷子细细看着文章：“他湖北人去武当方便，你一个北京女孩儿小小年纪哪舍得让你跑那老远。”

张小北还想说点什么，张老爷子抬了根手指制止了：“看文呢，待会儿聊。”

张小北啃完苹果，张老爷子把文章放下道：“有一定天分，可以来考，依我看过二试没问题，三试就看她面试表现了。”低头在纸上写了个书单拍到张小北面前，“下回好好比试，别给老张家丢人。”

张小北一跃起身抱拳道：“得咧！多谢父亲大人审文，我现在对泰拳已颇有心得……”

张老爷子端起茶杯，摆摆手：“打赢再吹吧。”

张小北像苍蝇一样被张老爷子轰走了。

张小北的电话打过来时，江楚桓正带着陆云歌在外面吃饭。

张小北大剌剌地说：“我爸看了文章，说有天分可以来考，文章水准应该可以过二试，三试看面试发挥了。”

“好的，多谢你和你父亲的帮忙。”

“别谢了，回京后跟我打一场啊！”

“回来给你消息，时间地点你定。”

“好咧！”张小北在电话那头欢呼，突然想起来又问，“那文章是谁写的？男的女的？”

江楚桓看了坐在对面吃菜的陆云歌一眼，淡淡道：“打听那么多干吗？”

张小北察觉出苗头不对追问：“女的吧？高三小女生？江楚桓你不是从不搭理女的？怎么跟个小女孩儿混一起了？”

江楚桓淡淡道：“是我妹妹，不多说了，以后再聊。”

张小北握着电话双目放光：“这去临水才几天啊，都有妹妹啦？韩逸云知道肯定就疯了，哈哈哈……喂喂喂？”她还没哈完，那边已是“嘟嘟”的忙音。

“这孙子，重色轻友，下次比试看我不揍死你！”张小北一边撂狠话一边把张老爷子列的书单给江楚桓发过去。

陆云歌老老实实吃着饭，耳朵一直竖着，江楚桓淡淡说的“是我妹妹”四个字在她心中引发巨大回响。她是独生女，没有兄弟姐妹，那天胡老师让她填信息表，紧急联系人那栏她实在无人可填，最后写了江楚桓的名字，注明为哥哥。

这是陆云歌心底的一点小念想，在没人可以信赖的世上，江楚桓在危急关头救了她两次，她心底希望自己能跟江楚桓有所关联，哪怕只是信息表上的一栏资料，她写下他是哥哥，就感觉自己好像还在他保护之下。

她的这点小念想根本不敢同江楚桓讲，江楚桓那么优秀应该是不屑于做她哥哥的。陆云歌只敢偷偷地想，一点都不敢表露，怕他会看不起她，觉得她麻烦。

江楚桓波澜不惊的四个字，让她感觉如梦似幻般不真实，她这么倒霉催的女生，所有人唯恐避之不及，江楚桓会愿意当她的哥哥？

越不真实越像梦，心头升起一堆色彩缤纷的气泡，一颗心在七彩斑斓的气泡间轻盈地跳跃着，或许她上辈子拯救了银河系，得神明护佑，心头的念想能成真？

问，要问清楚。

陆云歌放下筷子，正襟危坐，对着江楚桓一字一字地问：“江警官，我以后，能叫你哥哥吗？”

这句没头没脑的话刚出口她就窘了，手指在桌面下抠着桌布的小洞，抠一下，鼠头鼠脑地瞧江楚桓一眼。

江楚桓停了筷子看着她，他的目光深邃又温暖，像看到什么好玩的景象，又像听到什么有趣的笑话，摇摇头笑了起来，他的笑容是冬日里最灿烂的一抹阳光，磁性温和的声音细碎地铺洒在她心上：“当然可以。”

陆云歌微红着脸点头，小声道：“那以后，我叫你楚桓哥？”

“好。”江楚桓答得简短，陆云歌心中却欢喜得开出了漫山遍野的花。

江楚桓打了一碗乳白的鱼汤放到她面前，淡淡道：“之前遇到不好的事，别被它们困扰住，你还很年轻，拥有无限可能的未来，我会帮助你，找到你的未来。”

江楚桓此番话似一阵不期而遇的春风，融化开她孤独世界里的冰川，令她感受到巨大的能量与温暖。

她一口口喝着江楚桓打给她的鱼汤，感觉她漫长的噩梦在这个中午即将结束，眼前的楚桓哥带来的，是无限可能的未来，即便目前她并不知这未来是什么，但她相信，他帮助她找到的未来，一定可以安慰之前种种的不如意，熨帖平心口上深深浅浅的伤痕，她会很好，很快乐，那一定是非常好的未来。

吃完饭江楚桓载着她跑了市里几家书店，买了几本与戏剧编剧相关的书，回到家江楚桓把书放在书桌上问她：“你有没有想过读戏文专业，以后做编剧？”

“什么？”

“编剧，你喜欢写作又喜欢看电视剧，我觉得编剧这个职业适合你。”

“编剧是不是写剧本，然后导演把写的给拍出来？”

“对。”

陆云歌立刻发怵摇起了手：“我不行的，那些编剧都那么厉害，我差好远。”

“你写的文章，我发给戏文专业的老师看了，他认为你有天分，可以尝试去考下。”

“戏文老师，真的觉得我有天分？”陆云歌难以置信，黑白分明的眼睛亮晶晶地望着江楚桓。

江楚桓被她一脸不敢相信的吃惊样儿逗笑了，点头道：“是啊，你现在的考试成绩上一本有点悬，艺考不失为一个选择，又可以读喜欢的专业，又能上好学校。如果艺考没考上，回来复习一段时间，考个二本喜欢的专业应该不是问题。”

江楚桓的一番分析直接点燃了陆云歌澎湃的激情，编剧！如果真能当编剧，以后她写的东西大家都可以在电影电视上看到，想到这就觉得太棒了！

“楚桓哥，如果我想考戏文，现在应该怎么做呢？”她着急地问，她是什么都不知道啊！

“先把这几本书看了。”江楚桓指尖敲击着刚买的书。

“参加艺考的话是不是要去外地？”

“去北京，艺考在两周后开始。”

“两周啊？只有两周的时间了！我行不行啊？”陆云歌瞬间紧张起来。

“行不行要去试，不试怎么知道行不行。这两周好好在家看书准备艺考，争取顺利考过。”他气定神闲地宽慰她。

“学校那边不上课会不会有问题？”

“我来解决，你安心复习就行。”

“嗯，谢谢楚桓哥。”什么都不说了，全听江楚桓的得了。

周一江楚桓去学校替陆云歌请假，胡老师一听陆云歌想考戏文专业以后做编剧，十分支持，感慨着：“这丫头以后要真当了编剧，她的作品我一定守着看！”

江楚桓微笑着点头：“艺考竞争很激烈，最后能否成功犹未可知，陆云歌现在有了梦想和追求，我会尽力协助她实现。”

胡老师欣赏地看着江楚桓：“云歌真是很幸运，有一个你这么好的哥哥。”

江楚桓淡淡道：“这是应当做的。”

陆云歌关在家里复习了两周，闻鸡起舞，悬梁刺股，把书看了一遍，梦想巨大的吸引力摄住了她的心魂，人生也似乎有了方向。

痛苦、孤独和厌世统统让道，在发光的梦想照耀下，它们消失得无影无踪。陆云歌整个人都好了起来，打了鸡血一样活蹦乱跳。这么多年她头一次有心潮澎湃的感觉，每天一睁眼满是憧憬，一想到读戏文骨子里都迸发出激情。

她终日沉浸在精神世界里，江楚桓做的黑暗料理也吃不出味儿，喝鸡汤嚼到几根半长的鸡毛也是毫无知觉地咽了下去，她顾不得形象，每天穿着小熊棉睡衣，蓬乱着头发，耳后别支笔，坐在书桌前看书，躺在沙发上看书，最喜欢的是站在阳台上看书。

三楼阳台外有一排几十年的老香樟树，枝干虬曲，叶片常青，枝叶延伸到眼前，探探胳膊就都能摸到一手香樟叶片的清香，书房有只八音盒，简单的《今宵多珍重》曲调，江楚桓上班后，她独自在家看书看累了，会拿着八音盒上好弦，听着曲子，对着阳台外浩瀚的绿意发呆。

江楚桓不说她，任由她蓬头垢面，行为艺术。每天收拾好屋子，按时赶回来做饭，像一个润物细无声的母亲。

去北京的前一天，陆云歌在床上摊了一大堆衣服，江楚桓坐在床尾帮她参谋如何搭配，陪着她一套套地试衣服，点评建议，不厌其烦。

在此之前，陆云歌不知道，一个男人的耐心是如此动人。

她犹豫了一番还是忍不住说了出来：“楚桓哥，你知道吗，我爸爸不会照顾人，我从小都没有母亲，你让我觉得，你好像我妈啊，妈妈是不是就是这样有耐心又很温柔？”

“傻儿子。”他笑着睇了她一眼，拿起一件纯白棉服递给她，“试试这件。”

陆云歌换好走过来给他看。

“去把头发扎起来。”

陆云歌跑去洗手间扎好头发，她已经近两周都蓬着头了，梳好头她跑回江楚桓面前笑盈盈地跳跃问道：“怎么样？怎么样？”

江楚桓目光在她身上顿了顿，笑着点头：“大方得体、干净清纯，很好。”

他站起身，单手按住她跳蚤般跃动的身躯，另一只手从衣服堆里挑出一条枣红色厚围巾，修长温暖的手指绕过她颈项，缠了两圈整理了一下，淡淡道：“北京风大，在外面要围好围巾包住耳朵，知道了吗？”

“嗯！”她重重地点头，心口处怦怦地跳。

“加油。”他离得近，清淡好闻的呼吸喷在枣红色围巾上，隔着两圈厚围巾，陆云歌的耳朵尖都烫了。

她羞赧地垂下睫毛，不好意思看他，咬着下嘴唇表态：“我会加油的！”

第二天一大早，江楚桓送她去机场，行李托运好，拉她到一边嘱咐：“飞机到北京降落后不要马上打电话，容易暴露个人信息，下了飞机找一个人少的地方再打。”

“如果打了会怎样？”陆云歌傻傻地问。

“就不用张小北接你了，自有人接你。”江楚桓抽出一支烟，偏头点燃。

“谁啊？”陆云歌很好奇。

江楚桓吐出一道淡淡的白练似的烟气，瞧着她，淡淡道：“坏人。”

“哦！哦！江妈，受教了！”陆云歌恍然大悟，外面原来这么复杂，听江楚桓一讲还真是长知识。

“傻儿子，出门在外，机灵点儿。”江楚桓没拿烟的手，修长食指微曲在她额头上轻轻弹了一记。

待在一处的时间过得真快，感觉没聊多久，就响起了登机提示音：“各位旅客请注意，飞往北京的CA1342次航班开始登机，请携带好随身物品到5号登机口登机，祝您旅途愉快，谢谢！”

“去吧。”江楚桓朝安检处偏偏头。

陆云歌一脸兴奋地点点头，向着安检处跑去，又回过身倒退着冲他喊：“楚桓哥，我去闯荡江湖啦！”

他手指比在唇上做出“嘘”的手势。

陆云歌慌忙捂住了嘴，不好意思地笑着冲他挥手告别，一路不停地回头望他，直到过了安检再也看不见为止。

江楚桓在原地抽了一支烟，掏出手机。

“陆云歌九点四十到T3航站楼，你提前二十分钟在出口处等她。”

张小北在电话那头呼天抢地：“哎哟，我去，江楚桓，这都打电话说第三遍了，我知道了，你怎么唠叨得跟个妈似的，要不要我现在就出发在那儿候着？”

“小女孩单独出远门，当心点儿好。”

“陆云歌小姑娘到底什么来头啊，能让咱江帅哥如此上心？”

隔着电话，江楚桓都能看到张小北揶揄他的那副损色。

“她是我线人的女儿，父亲因为我们的任务被当地黑社会杀害了。”

张小北嘻嘻哈哈的声音安静了，沉静道：“明白了，江楚桓，你放心，我会照顾好陆云歌的。”

“好，我查了天气预报，北京明天局部地区有阵雨，出门记得给陆云歌带上伞。”

“你真是个妈啊！”张小北呻吟着，“都到我的地界了，您就甭操心了，万事有我了，好好上班吧啊。”

张小北果断挂断江楚桓电话，报了之前被挂电话之仇。

江楚桓走出航站楼，望了眼略显阴沉的天空，开车回了局里。

陆云歌刚下飞机取了箱子，手机就响起来，她记着江楚桓的话，走到一个人少的角落接起电话："喂？"

"陆云歌吗？我是张小北，我在出站口瞅半天了，怎么没见你出来？"

"小北姐姐，你好，我刚取了箱子，现在正在往外走，马上就出来。"陆云歌一边说着一边走到了出站口，她还在人潮中张望，一只手已利落地接过了她的箱子。

张小北右手晃了晃还没挂断的手机，哈哈笑道："陆云歌妹妹，久仰啊。"

陆云歌一回头看见眼前的张小北，齐耳短发，身形健美，挽起的袖子露出一截肌肉分明的小臂，轻轻松松地单手拎箱，一举一动说不出的英姿飒爽。

陆云歌被张小北的气质所折服，不禁赞道："听楚桓哥说小北姐姐是女中豪杰，今日得见，果真名不虚传。"

张小北大笑着，一手提着箱子，一手拽着陆云歌往停车场走："那小子极少夸人，女中豪杰？你是不是听错啦，我估摸江楚桓原话不是说我是女汉子就说我是男人婆。"

陆云歌咧嘴笑了起来，想起出发前一晚，江楚桓给她介绍的原话："张小北是一个响当当的女汉子，喜欢健身，热爱打架，人送外号'魔鬼筋肉人'。"

看来张小北和江楚桓是一对损友。

陆云歌的行李被锁进后备箱，张小北一打方向盘，黑色路虎汇入奔腾的车流。

"江楚桓什么时候回北京？"张小北问身边坐着的陆云歌。

陆云歌正望着窗外的车水马龙，感觉着陌生帝都的新奇，听到问话迷惑地扭头："回北京？楚桓哥不是在临水工作，他会来北京吗？"

"你不知道啊？他是外派到临水办案子，其实是北京禁毒总队侦查大队的人。"

"啊，楚桓哥原来在北京禁毒队工作啊？"陆云歌此刻才知道，江楚桓是做禁毒的警察。

"对呀，禁毒工作非常危险，打交道的都是丧心病狂的毒贩，这些毒贩什么都干得出来，能进禁毒总队侦查大队的都是百里挑一的精英。”

陆云歌张着嘴，惊讶道：“百里挑一啊？这么厉害。”

张小北笑了：“丫头，你都叫江楚桓哥了，怎么他的情况你都不知道啊？”

陆云歌认真想了下：“因为他从不主动跟我说，我也不好意思问，怕显得太八卦。”

张小北嘿嘿地笑：“那小子嘴严，你想知道啥问你小北姐，赶紧的，这不在这儿嘛。”

要说陆云歌对江楚桓不好奇，那是假的。她跟江楚桓在一起，大部分时间都绷着，让自己表现得教养良好，不惹人讨厌，但实际上她也有小女生爱八卦的一面，与江楚桓有关的很多问题她都想知道，今天遇到了惺惺相惜（臭味相投）的张小北，势必要好好地八一八。

“小北姐姐，楚桓哥，他有没有女朋友？”陆云歌微红着脸问，这是一直以来她最想知道的问题。

“没有。”张小北摇头，“这小子不知哪根筋错了，坚决不谈恋爱，出了名的守身如玉。你看他长得那招人样儿，勾勾手指都能有一群女的扑上来，可他硬没这想法，让多少女粉丝扼腕叹息，尤其是头号粉丝韩逸云。”

“韩逸云？”陆云歌重复了下名字。

“对，韩逸云是我导师的侄女，家里很有背景，见过他一面后就要死要活地要跟他好，人江楚桓就是不答应，韩逸云也不放弃，吭哧吭哧追了八年，现在还在追呢，我们都说八年啊，抗战都赢了，也很同情这位小姐。”

“韩逸云长得丑吗？”

“不丑啊，挺漂亮的，以前是她们学校的院花呢，那身材也很火爆，我摸至少34C。”

“你……摸？”陆云歌结结巴巴地打断她。

“嗨！有次逛街韩逸云穿了双恨天高，路上没走稳差点摔一跤，我眼疾手快搂住了，意外摸了一把，小丫头不要‘腐眼看人基’哦。”张小北冲陆云歌挤挤眼，继续说道，“逸云的爸爸是高级干部，老北京人，家在北京 N 套房，还有一套四合院。”

陆云歌想了想又问：“韩逸云是不是气质修养不好？官二代骄狂女？”

张小北露出谜之微笑：“云歌啊，这我就要说你了，你不能听到她胸大，穿恨天高，又是官二代就推断她肤浅骄狂吧。韩逸云是高校英语老师，修养品位符合她的身份。”

陆云歌完全听傻了：“韩逸云长得好，身材棒，家境优渥，高校工作，有修养有品位，听起来这么完美，江楚桓为什么不同意？”

张小北耸耸肩：“谁知道了，江楚桓反正是不谈恋爱。”

陆云歌看着车窗外变换的景色，猛地侧转身，对着张小北弯了手指：“他不会是弯的吧？”

张小北摇了摇头：“有 Gay 向他表白过，也被拒了。”

陆云歌靠上椅背，觉得关于江楚桓单身一事，真是个千古之谜，一时半刻也搅不明白，暂时放下了对难题的探寻。

“云歌，看右边，我们现在在长安街，前面是天安门。”张小北介绍着降下车窗。

陆云歌睁大眼睛看着缓缓逼近的天安门，重檐歇山式，黄琉璃瓦顶的巍峨城楼，威严庄重，气势宏大。江楚桓在北京工作的消息，莫名地增添了几分她对帝都的向往，她盯着天安门，觉得怎么看，这都像一座梦想之城，车辆快速驶过天安门时，她在心中大声呐喊：“北京！我来啦！”

张均之好客，对张小北带回来的小友陆云歌很热情，知道陆云歌读了他开的书单便提了几个问题，陆云歌答得有条理，张老爷子甚是满意，让她只管放心大胆地去考。

第二天，陆云歌带着张老爷子鼓舞出的两分底气，早早地来到考点报名处，一看现场确认排着蜿蜒的长龙，全都是竞争对手，两分底气登时漏了一半，心里打着鼓也排进了队伍。张小北接到导师电话要回去一趟，嘱咐陆云歌忙完跟她联系。

张小北走后，陆云歌站在队伍间越发不安，深呼吸几口，原地蹦跶几下，试图舒缓下紧张的情绪，一个不留神脚后跟踩到身后人的脚面上。

“对不起，对不起。”陆云歌忙不迭地回身道歉。

“往哪儿踩了？我这鞋，两万多。”头上的声音有些跋扈。

陆云歌惊惶地抬头，正对上一双斜长微凉的眼。

那双眼看了她一会儿，移开目光问：“你考什么专业？”

她诚恳地回答：“戏文。”又补问了句，“你呢？”

“一样的。”

听到他们说戏文专业，陆云歌前排戴眼镜的圆脸女生也回过身：“你们俩都是考戏文的？我也是哎。”

三人就这么聊了起来，各自报了家门。被踩鞋的男生叫林一峰，北京小爷，戴眼镜的圆脸女生叫廖静雅，四川妹子。

三人从喜欢看的书聊到喜欢看的剧，竟聊得很投机，说着话时间过得也快，不一会儿就轮到他们现场确认，三人互相等着确认完也不大想散，觉得能遇到同考戏文，又聊得来的同伴也是缘分，找了家附近的咖啡馆，接着聊了两个多小时。直到张小北的电话打进来问她在哪儿，他们三人才依依不舍地离开了咖啡馆，互换了联络方式，商定在初试考场外再会。

“踩了你那么贵的鞋，真是对不起了。”临别时陆云歌再次向林一峰道歉。

林一峰一巴掌拍到她肩上：“都是朋友了，还说这个干吗？”

廖静雅好奇地问：“林一峰，你一双鞋都两万块，是不是富二代啊？”

林一峰勾着唇角邪魅一笑，扬手：“走了，云歌、静雅，咱们初试再见。”

廖静雅抖落了一地的鸡皮疙瘩吼道：“别瞎喊，叫得那么肉麻！”

陆云歌忍不住笑了起来，很高兴认识了两个新朋友。

初试那日，三人在考场外再次碰面，互相提示等会儿答卷字迹要写工整，注意卷面整洁度，先后进了考场。

陆云歌考完离场，出门就看到林一峰靠着不远处的树干抽烟，她跑过去，兴冲冲问：“你考得如何？”

林一峰勾着嘴角吐出一个圆圆的烟圈：“随便过。”

廖静雅也出考场了，看到他们走了过来，一脸沮丧：“我好像没考好。”

陆云歌安慰她：“有时候感觉也不一定准，最后兴许不错呢。”

廖静雅撇着嘴不说话。

林一峰弹远了烟头，直起身子：“多大点儿事，走，小爷带你们去happy。”

“过两天还有考试了，现在出去玩合适吗？”陆云歌有点不安。

“叙事散文写作直接考就行了，你看静雅这沮丧样儿，且先调整心情吧。”林一峰说。

“那……”陆云歌看着廖静雅问，“去转转？”

廖静雅现在满腔抑郁只想发泄，单肩包反甩上肩，号了一嗓子：“走！”

陆云歌和廖静雅站在路边等林一峰时，江楚桓的电话到了。

“考完了？”江楚桓的声音向来有磁性，低沉动听，现在贴在耳边更觉清醇似酒。

“嗯。”他的声音太近，陆云歌听着就有点醉，脸颊红了起来。

“考得怎样？”淡淡的腔调。

“感觉还行。”她顺着人行道的边沿慢慢行走。

“现在回小北家吗？”电话那头耐心地问她。

“我想跟考戏文认识的两个朋友一起逛逛再回小北姐姐家。”她轻轻地解释。

“轰……轰……”

发动机响亮地轰鸣着，一辆大红捷豹跑车停到她们面前。廖静雅张着嘴望着林一峰：“靠，真是富二代啊，开这种车，太招摇了吧！”

林一峰叼着烟，左臂懒懒搭在窗边上，伸出两根手指朝她们勾勾。

江楚桓好像听到了跑车轰鸣声和廖静雅的话，语气平淡却不容商议：“出去逛逛不是不可以，为安全起见，把你朋友的车牌拍了发过来，另外，最晚八点要回小北家，好吗？”

“好的。”陆云歌乖乖同意。

“如有特殊情况，第一时间给我电话。”

“嗯。”

“陆云歌，快上车啊。”廖静雅坐在车上叫她。

陆云歌走到车前拍了车牌照给江楚桓发了过去，开门上了车。

“你男朋友啊？怕我拐了你。”林一峰含着烟一踩油门，捷豹蹿上公路。

“我哥哥，他是警察所以比较小心。”陆云歌微笑着解释。

林一峰的神情微微滞了一下。

廖静雅第一次坐跑车很兴奋，这里摸摸那里看看，啧啧称赞，八卦地问：“林一峰，你家里做什么的？”

林一峰往窗外弹了弹烟灰：“做生意的。”

“做生意的就是有钱，我爸妈是公务员，吃不饱也饿不死。陆云歌你家里是做什么的？”廖静雅说着说着话题就扯到她身上。

“我……”她不想骗他们，老老实实地回答，“我爸爸是个混混。”

车内的气氛变得有些奇特。

廖静雅打着哈哈道：“混混挺好的，我最喜欢古惑仔系列了，我的梦想，就是做黑社会大哥的女人。”

林一峰深深吸了口烟，侧头把烟气吐到旁座的廖静雅脸上，呛得她一阵咳嗽。

“这么二，还想做大哥的女人？”

“怎么了？二就不能做大哥的女人了吗？谁规定的！”

两人打着嘴仗，陆云歌为了救火岔开话题：“一峰，我们是去哪里逛？”

林一峰一边跟廖静雅呛声，一边抽空回答："到了你就知道了。"

火没能救下来，林一峰和廖静雅围绕着"二，能不能做大哥的女人"这个话题辩了一路，陆云歌听他们各自的说辞也是开了眼，这二位能说会辩，花言巧语，强词夺理，一路上滔滔不绝。在瞎编乱造的水平和不好好说话的造诣上，她深深地觉得自己差得好远，要学的还有好多。

林一峰把车停到地下停车场内，领着她们走上人潮汹涌、繁华热闹的街面，开启了暴走模式。

从地安门外北大街出发，先晃过了钟鼓楼。顺着钟鼓楼往南走，到了被各种特色小店、餐馆、酒吧装扮得热闹非凡的烟袋斜街。

走出斜街就是有名的银锭桥，这一天是晴天，在桥上，已不见西山，唯有在脑海里遥想当年燕京八景的"银锭观山"。

过了银锭桥，逛进什刹海的胡同。随便走过一家不起眼的院门，都可以发现历史的踪迹。恭亲王府、醇亲王府、宋庆龄故居、郭沫若故居，柳荫街曾住过十大元帅中的三位。豆汁儿、焦圈儿、咸菜丝儿爆肚、褡裢火烧和卤煮，胡同深处的京味尝不尽。

一整个下午，林一峰带着陆云歌和廖静雅，徜徉在红墙绿树的胡同里，悠闲地行在人来人往的巷道中，下午的阳光又暖又亮，悠长浓厚的京味文化融化在空气里，不知不觉间渗过毛孔，浸透了每一个细胞。

陆云歌和廖静雅抱着圆滚滚的肚子，坐在捷豹上动弹不得。

廖静雅呻吟着："我觉得肚子马上就要炸了。"

陆云歌哼哼道："我也不行了，一不留神吃撑了。"

廖静雅伸手拍了正在开车的林一峰："峰爷，今儿玩得太好了，胡同都让我们踏平了，承蒙款待。"

林一峰勾着嘴角笑："这就踏平了？北京四九城内胡同多得去了，改明儿慢慢逛吧。"

廖静雅下了极大的决心："回去了我就好好准备后面的考试，一定要考上，来北京，你们都会在这儿，对吗？”

他们三个相视望了一眼。

陆云歌伸出手掌：“对，我们一起加油，一起考上，一起念戏文，我们都会在一起。”

廖静雅毫不犹豫地对着她手掌猛拍下去。

林一峰左手把着方向盘，看着她们这赌咒盟誓的架势，嘴角一直翘着，右手探过来，凑热闹似的搁在上面，他们的手叠在一起，黄昏高速行驶的跑车里，两个女生跟打了鸡血一样高喊：“努力！奋斗！为了理想前进！前进！前前进！”

她们的声音在黄昏的风里飘得很远，壮怀激烈的情绪像天边的火烧云，燃遍了整个天际。

没两天初试放榜，他们挤在榜单前核对考号，看了一遍又核了两遍，一颗心落地，都过了。

二试紧随着而来，三人铆足劲，互相鼓励着又冲过了二试。

三试的现场，有的老师严肃，有的老师和善，陆云歌扎起高高的马尾，穿着江楚桓陪她选的白色棉服，围着枣红围巾走进考场，心里不是不害怕，可围巾绕在脖子上就让她想起，江楚桓低着头，修长温暖手指绕过她颈项，替她围好围巾，说的那声“加油”。

他是光，黑暗深渊谷底唯一照亮她的光，光像是勇气，驱散恐惧，指引她穿越荆棘丛生的谷底，一往无前地走下去。

每年的面试会出现两大类选手，规矩型选手和奇葩型选手。陆云歌面试表现得落落大方，能答的都答了，不会的就老实说不知道，给老师留下值得培养的规矩学生印象。

今年奇葩型选手的代表是廖静雅和林一峰，不知怎么聊的，廖静雅就把问题扯到了她对黑社会题材的兴趣上，立志做大哥的女人，去亲身体验生活，写出超级棒的作品。

林一峰的面试成了一个经典段子。

老师问：说下你长这么大做过的最有毅力的一件事。

他答：坚持看了几千部三级片和A片。

老师故作镇定：看三级片、A片需要很大毅力？

他答：需要，男生看这种片子都在耗费卫生纸，我是拿着A4纸整理剧情框架、关注矛盾爆发点、解析人物心理、记录经典台词，分析镜头语言。全身心放在艺术鉴赏上，非常需要毅力。

三试放榜前，张小北带着陆云歌去了天坛，告诉她，这儿是宇宙电波最强的地方，多少代皇帝在此祭天，她若虔诚祈祷梦想就能实现。张小北当然没有告诉她人家皇帝祭天时得准备多少三牲五畜，燔炉烧起松柏木和祭文，她把陆云歌领到圜丘坛的中心，陆云歌就傻乎乎地闭着眼在那儿开始许愿。

“上帝、佛祖、安拉，小女子有三愿，一愿我与廖静雅、林一峰同过三榜，二愿杀父仇人乔四受到法律制裁，三愿江楚桓平安顺遂。”

张小北在旁边听着，打趣道：“许那么多愿啊，愿许多了就不灵了。”

陆云歌站在宇宙电波最强的中心纠结了下，拿定想法，缓缓闭目，双手合十，重新许过。

张小北这么八卦的人，得了空就给江楚桓去了电话：“喂，今天啊，我带着陆云歌小妹妹去天坛祈祷了，人家陆云歌小妹妹站在圜丘坛诚心许愿呢。”

“忽悠小孩儿。”

“陆云歌等发榜，心中挂着，吃不好睡不好，带她求个安心不好啊？我跟你说个事哈。”

“讲。”

“她最先许了三个愿，第一个是希望三试考上，第二个是希望抓住杀她爸爸的仇人，第三个是愿你平安顺遂。我开玩笑说愿许多了不灵，人家陆云歌小妹妹就只许了一个愿，你猜是什么？”

“希望三试考上？”江楚桓淡淡问。

“不对，再猜。”张小北音调拉得长长。

“抓住杀她爸爸的仇人。”江楚桓已基本确定。

“不对，你再猜。”张小北味儿玩得十足。

他要再猜不对，就是猪了。

“有事情，以后再聊。”他没再说什么，挂断了电话。

“喂喂喂？”张小北抱着被挂断的电话怒道，“这孙子，又挂我电话，下次见面看我不揍死你！”

一转念，想到江楚桓无言以对，只能挂断电话的情景，就觉得自己成功地调戏了江帅哥一把，张小北扭着腰得意地唱道：“我得意地笑，又得意地笑，笑看红尘人不老。”

江楚桓挂完电话，站在窗边，抽出一支烟点上。缭绕的烟雾中，他仿佛看到陆云歌穿着白色棉服，围着枣红围巾，站在圜丘坛的中心认真地许愿，含着烟的唇角就微微扬了起来。

上帝、佛祖、安拉，也许接收到了陆云歌的祈祷。三试的榜单上，他们三个赫然在列。陆云歌和廖静雅指着红榜，激动得抱头痛哭，林一峰在她们哭得鼻涕眼泪齐飞时，站在边上递纸巾。

在京的最后一顿饭是在张小北家里吃的，张均之让陆云歌叫上了廖静雅和林一峰。

饭桌上张均之率先敬酒：“恭喜三位同学过五关斩六将成功拿证。”

大家兴致很高，站起来举起酒杯，一饮而尽，第一杯就辣得陆云歌伸出了舌头。

后面一轮轮吃菜，聊天，喝酒，陆云歌就发现自己跟他们的酒量不是一个级别，那几位喝酒跟喝水似的，张小北看她不行，把她的酒换成了水，她就跟着举杯凑热闹。

酒喝多了，大家话也多。

张均之对着林一峰和廖静雅道："正剧要人写，警匪黑帮片，情色伦理片也需要人来写啊，百花齐放嘛。录你们首先是你们有才华，以后，廖静雅能不能写出《无间道》这样的本子，林一峰能不能比肩日本园子温、韩国金基德，看你们了。"

林一峰和廖静雅起身又是一大杯，说一定好好努力，入校后跟着老师们认真学习，争取若干年后成为黑帮片和情色片的大拿。

张均之提示道："你们仨儿，回去后给我好好复习文化课，证发了三十五张，只录二十个，仗才打了一半呢，别在文化成绩上让人给怼下去。"

三人起身又是一轮酒，陆云歌在最后几轮主动换成白酒，喝完只觉得头阵阵发晕，去洗手间对着镜子一瞧，脸红得像苹果。

"云歌，得准备走了，十点半的飞机，再晚怕迟了。"张小北过来叫她。

她拖着箱子走到客厅跟廖静雅、林一峰告别，三人眼中都有水光，也不知是喝酒喝的还是离愁别绪，她像上次盟誓那样伸出手掌，摊在他们面前："我们一起加油，一起考上，一起念戏文，我们都会在一起。"

是上次说过的誓词。

廖静雅对着她手掌清脆地拍下去，林一峰的手叠了过来。

"九月，北京见。"陆云歌看着他们。

"九月，北京见。"他们微笑应诺。

第五章
学渣进击

陆云歌搞了个写着“数学是只纸老虎”的白布带，
复习数学时就绑在额上，还有三个多月，拼了！

坐在的士上，陆云歌微醺，半个月的艺考经历，整个人如脱胎换骨一般，在追逐梦想的道路上前行，还结识了志同道合的同伴，她看着车窗外斑斓如琉璃的夜色，不久前还一塌糊涂的生活，在江楚桓的把控下，发生了逆转。

如果没有江楚桓，她现在会在哪里？在做什么？

凄哀无助的小女孩，能做的只有在夜里哭。

她突然很想他，很想快点见到他。

“云歌，在想什么呢，这么安静。”张小北问。

她红了脸，好在喝了酒，张小北也分辨不出，她不好意思说她在想江楚桓，小声地打着马虎眼：“在想文化课，我功课最近掉下很多，比较担心。”

“嗨，这有什么好担心的。”张小北一声感叹，用一种瞎操心的眼神看着她，“你身边有个现成的学霸还犯得着担心。”

“学霸？”陆云歌有点懵，“谁啊？”

“江楚桓啊！我看你真是喝醉了。”

她益发迷惑：“楚桓哥学习很好吗？”她只知道他字写得很好。

“你又不知道？他是我们公大那一届的状元。”

“状元啊？”陆云歌小小地惊呼了下。

“他高考分数很高的，全省前几名，单科扣分都没超过 10 分。”

陆云歌听傻了：“他成绩那么好，去清华北大也没问题吧？”

“那当然了，他都去不了还有谁能去，不过他是义无反顾地来了公大，哈哈！”张小北咧着嘴乐。

“当警察一定是楚桓哥的理想。”陆云歌由此及彼，觉得如果自己能去清华北大，还是更愿意来念戏文，当然能去清华北大只是她单方面的幻想。

张小北撇了撇嘴：“跟这种学霸在一起，那是相当痛苦，你时常会怀疑自己的智商。”

“我觉得小北姐姐很聪明啊，都读博士了。”

“算了吧，我可是领教过他，你说他一个理科生，邓论都能考 98，扣的那 2 分还是批卷老师不想他太骄傲扣的。”

陆云歌保持在目瞪口呆的状态，心想，这就是传说中开挂的人生吧？

江楚桓原来这么无敌。

她再对比下自己，觉得人和人的差距真的好大，她那稀烂的文化课。

飞机深夜十二点抵达临水，陆云歌在座位上晕晕乎乎的，白酒后劲大，刚开始不过是微醺，现在一颗头都要裂了 . 她踉踉跄跄走下飞机，东南西北都摸不清，跟着人流拿了箱子，又跟着人流往外飘，她真的是在飘，头重脚轻打着滑。

她飘着飘着被一双手拉了出来，本来就轻飘飘底盘不稳，一拉之下直接失重，往旁边栽去，就这样栽进了一个怀抱里。相比较她一身酒气，怀抱有清冽好闻的气息。

“你喝酒了？”低音炮般低沉磁性的声音在头顶响起，她听见这清醇似酒的熟悉声音，醉意又加重几分。

“唔。”难受，头疼。

江楚桓一手拉着箱子，一手扶着怀里醉意蒙眬的陆云歌，眉头蹙起。

这丫头，怎么醉成这个样子。

他蹲下身，让陆云歌趴他背上，打算把她背到车上。陆云歌晕晕乎乎地爬上他的背，却像汪水似的眨眼又沿着背溜了下来，试了两回不成功。江楚桓想到了公主抱，可公主抱的问题在于他没有手拿箱子，而且举止太过奔放，实在不是他的风格。

几番思忖，他右手拉了箱子，左手轻轻环上她腰际，这才发觉她腰很细，盈盈一握，他这么不动如山的人也有了两分不自在。

她头歪在他胸前，靠着他，被他带着走，依旧像汪水，边走边往下滑，他只能扶着她的腰往上提，就这么边滑边提走了一路，进了车才安生。

开车回程的路上，他问她："你喝了几杯？"

她眼都睁不开，掰着指头数，数也数不清。

张小北电话打进来："接到陆云歌了吗？"

江楚桓一腔子火，责问张小北："幸好接到了，醉成一摊泥，你们给她灌了多少？"

"我跟你说真没灌她，我瞧出她量不行把酒都换成水了，这孩子实诚最后一起喝的几杯又自己换回来了。"张小北印象里江楚桓很少发火，心底就有点发怵。

江楚桓在那边不说话，张小北就更发怵了，这么大火？

"陆云歌今晚喝了不到一玻璃杯，真不知道这么不能喝啊，以后再也不敢让她喝了。"

"多少度的酒？"

"56度二锅头。"

"胡闹。"

江楚桓挂了电话，侧脸去看陆云歌，她小脸烧得红扑扑的，间或睁一下眼就泛出潋滟的波光，像暗夜的蔷薇，兀自开放。

陆云歌被窗外的鸟啼吵醒，头很疼，迷迷瞪瞪地坐起身，就发现了件让她更头疼的事。穿着浅清蓝衬衫的江楚桓，正一脸严肃地坐在椅子上，看着她。

他从来就是一个气场强大的人，严肃起来周遭都会有种逼人的压迫感。

她心理素质并不好，之前那么想见他，但此刻真的见到了穿着制服，严肃、迫人的江楚桓，却又被吓得想上洗手间。

“楚桓哥，早。”她畏缩地扬起手掌向他问好。

他看着她，不说话。

她就更慌了，也更想上洗手间了。

“我，我是不是犯错误了？”她按着头问。

“犯什么错了？”标准的审问语气。

她歪头斜眼努力回想着，发现从临水下飞机后的记忆是一片空白，她就是在这儿断片儿的。

“我不记得了，是不是干了什么不好的事儿？”陆云歌很紧张。

“你是做了一些不好的事儿。”江楚桓点到即止，他也不大想跟她说，昨晚她像摊泥黏了他一路。

“啊！我做什么了？”陆云歌吓得快哭了。

“做了什么不提了，知道自己错哪儿了吗？”标准的审问语气。

“我，我不应该喝醉，不知道醉了会什么意识都没有。”陆云歌很懊恼，她到底干了些什么事儿，能让江楚桓一大清早审她，可她也没脸再问了。

“以后别人再让你喝酒，还喝吗？”继续提审。

“不喝了，再也不喝了。”头摇得像个拨浪鼓。

“女孩子喝醉酒很危险，除非我陪着，以后不许随便喝酒，记住了？”

“记住了。”她老实地点头。

“做得到吗？”

“做得到。”她再一次老实地点头。

江楚桓站起身，修长的手指拂过她头顶蓬乱的碎发：“换衣服，去学校。”

陆云歌考上戏文专业的事在学校引发不小的轰动，毕竟那是一所知名学府，多少大家皆出自于此，陆云歌焕发的精神面貌也让人无法小觑，真是士别三日当刮目相看。同学们跑来跟她说说笑笑，恭贺她艺考成功，提醒她入校后多发帅哥的照片给她们欣赏，已然忘了先前的不愉快。小眼同桌更是积极主动地把两张桌子紧紧并在一起，再也没有丝毫之前的嫌弃。

陆云歌很感慨，古人云，锦上添花易，雪中送炭难，一句话道破多少道理。

在不久前，在最低落、最无助的那段日子里，雪中送炭的又有谁？陆云歌觉得这一切过分虚伪，单手支颐，将头转向窗外，带着爱搭不理的神情，观赏晚霞从浓烈变为暗淡。

江楚桓，她在心底念起这个名字。

她看着窗外渐渐黑下去的天色，还有多久下晚自习呢？

好想快点回家。

书桌上的台灯倾洒着淡黄色的光，一尘不染的桌面整齐地归置着书本和试卷，文具由短到长间距标准地摆成一排，凸显出强烈的江楚桓风格，但这风格在陆云歌坐在桌前起就被打乱，拿起一支笔，扫乱了一排笔，翻出一本书，弄塌了一沓书。

江楚桓打了杯水过来，拉开椅子坐在旁边问：“今天课上得如何？”修长手指探过去把放乱的笔一支支摆正。

“不好，”陆云歌苦着脸，“好像越来越跟不上了。”

“正常，底子不好，又掉了半个月的课。”他把坍塌歪斜的书一本本扶正码好，立起一栋书本摞起的楼，指着书楼问，“看到这堆书，你想到什么？”

“我想，你不是处女座就是有洁癖，对了，也有可能是强迫症。”陆云歌看着方方正正的书楼，仔细思量后答道。

他伤神地按了按额角：“陆云歌同学，我在跟你讨论学习，认真一点，

OK？”

她意识到偏题，囧囧地点头：“OK，OK！”

“想要学习好，基础很重要，你记住一句话，基础不牢，地动山摇。”他指着那摞整齐的书楼道。

“所以我应该打好基础？”她有点明白了。

“对，认真梳理一遍知识点，不会的全补起来，拿稳得分题。”

“是你帮我补吧？”陆云歌企盼地望着他，口气却有八分肯定。

“我很久没看高考题了。”他看着她淡淡道。

“你肯定行的！小北姐姐都跟我说了，你成绩可好了！”陆云歌握拳攥在胸前，像只小仓鼠，急切又可怜巴巴。

他被她的样子逗笑了，摇着头道：“张小北还真是什么都跟你说啊。”

她可怜兮兮地望着他，嗫嚅着：“楚桓哥，求求你……”

他受不了她这个可怜样，抬手制止：“好了，好了，帮你补课没问题，可你一定要用心学。”

她立刻竖起手掌，义正词严：“我保证认真学。”

他本来就打算教她，故意卖个关子敲打下，以让她更努力。

还真好骗啊！

按照江楚桓的计划，先补数学。

陆云歌的数学实在太差，从没及格过，是最大的短板，但如果能补起来，分数也会大幅提高。

他测试她的真实数学水平，在纸上出了两道函数题让她做。

她对着纸看了一分钟，交了白卷。

“知道一次函数和二次函数不？”

“很耳熟。”

“就是不知道了，圆的面积怎么算？”

“有印象。”

“写出来。”

“有印象但写不出来。”

“你知不知道我刚问的是小学数学知识点？”他抱臂看着他。

“小学数学……是小学学的？加减乘除我还是会的。”她小声吭着。

江楚桓忍不住摸出一支烟含上，他知道她基础差，没想到差到这个地步，这愁人的孩子。

她像个无辜的小傻子，充满愁绪的眼睛亮晶晶地瞅着他。

江楚桓轻轻叹了一口气，把烟收回烟盒，捡起一支笔，在纸上边写边讲：“我们在数物体的时候，用来表示物体个数的1，2，3……叫自然数。”

从小学开始，从头教吧。

人的天分很不同，一首诗陆云歌念一遍就可以背出来，而且几乎不会再忘，一道数学题她就很难解出来，解出来了也很快就忘了。

江楚桓说她缺乏逻辑思维，又不愿学恶性循环导致数学越来越差。

要提高成绩就一定要攻下数学这只拦路虎。

陆云歌搞了个写着“数学是只纸老虎”的白布带，复习数学时就绑在额上，还有三个多月，拼了！

江楚桓也见识到了什么叫勤能补拙，陆云歌虽然没数学上的天分，但每次听讲都很认真，不懂就提问，问到懂为止，如果第二天忘了，就再问一遍，有两回跟在他后面提问都跟进了洗手间，被他给赶了出来。死磕了一个多星期，小学数学通了。

月末统考陆云歌从倒数第五升回到了第三十三名，江楚桓看着她的名次点头：“状态稳定了。”

“可我的数学分数还是很低啊。”她皱着眉头。

他伸出食指，用指端揉散她皱着的眉心：“哪那么快，你才学通小学数学，量变积累到一定程度才能发生质变，继续努力。”

“嗯！”她坚定地点头，同时觉得被他指尖轻触到的眉心发着烫。

语文、英语、文综在平时上课时跟着老师学，数学晚上开小灶，又过了三个星期，初中数学拿下了。

江楚桓把笔记整理在一个厚厚的笔记本上，她有空就抱着看，看得滚瓜烂熟，谙熟于心，习题集做了两本子，开始摸到门道，数学的一次小考虽然没及格但分数上升不少，数学老师表扬她有进步。

她拿着卷子跑回家给江楚桓看："楚桓哥，你看，我数学成绩进步了，老师今天还表扬我了。"

他看了一遍卷子，笑了："不错。"

她便觉得这段时间天天熬更守夜，凌晨两点睡，早晨六点起，吃的苦受的累都不算什么，只要他微笑着表扬她一句，她开心得都要上天。

"主要是楚桓哥，你教得好。"她向他致谢。

"是你以前没好好学。"他不贪这个功劳。

"我以前的数学老师，讲得让人听不懂，你讲得比他们好多了。"

她心里想的是，以前的数学老师都是老头子，如果是江楚桓这样的，她早就对数学拥有了无上热情。

以前的数学书她根本懒得看，现在那本厚笔记她看了有八百遍了吧，是江楚桓写的呀，上面全是他写的字，她要看懂他写得是什么，他知道的她也想知道，他会的她也要会，她想了解他所了解的一切。

"最近会出差办案子,晚上有时间视频讲题,保持学习进度,不要松懈。"

"办案子啊，危险吗？"她不由得感到担心。

"不危险，别管旁的，好好学习。"

李福原在利川露面了，利川市局跟江楚桓联系让他过去商讨案情，他赶去利川参加案情研讨会，发现事态有了新变化。

"3 月 24 日侦查员在丰达汽修厂外发现了李福原，李福原个性警惕，有一定的反侦查能力，短暂露面后，迅速消失，根据对情况的分析，我们初步怀疑李福原跟本地的一个盗车团伙有联系，有可能藏匿在团伙内部。”利川刑警队队长刘向东介绍了案情。

“盗车团伙是什么情况？”江楚桓询问。

“我们目前对这个盗车团伙掌握的信息比较有限，了解到的是涉嫌倒卖赃车。”

“看来李福原在利川还有一些我们不知道的人脉，这次抓捕最好能尽快，如果他再度逃窜，后面就不好找了。”江楚桓分析道。

在座的都点头表示赞同，又就盗车团伙进行分析，一上午下来进展甚微，大家都有了压力。

当晚，刘向东请江楚桓在当地一家油焖大虾馆子吃饭，喝完两瓶白的叹道：“时间紧，任务重啊。”

“李福原隐藏的人脉关系我们没掌握，他在利川会待多久也不清楚，盗车团伙情况尚不明确，我们缺乏突破口。”江楚桓喝完杯中酒。

刘向东看酒喝完了，起身去柜台取酒，江楚桓要去洗手间同他一道出了包厢。

在穿过宾客满满，人声喧哗的大厅时，江楚桓站住了。

刘向东有所察觉，靠近江楚桓，顺着他的视线去看。

在大厅东边的角落坐着一对男女，年龄看起来都只二十出头，男生穿着牛仔裤，条纹 T 恤，女生穿了一条红色背心裙。女生正剥好一只虾，伸直身子送到对面男生面前，男生看了下左右，腼腆地摇着手，女生便不依，一直直着身子，男生半起身一口吞下了虾，表情有点尴尬，笑容却很幸福。

“怎么，想女朋友了？”刘向东打趣，“来利川才一天，年轻人啊。”

“你不觉得穿条纹 T 恤的那个人看起来眼熟？”江楚桓打断刘向东的玩笑。

刘向东看了看摇头，江楚桓用手机不动声色地拍下照片，对刘向东说：“麻烦刘队盯着他，我找人查一下。”

江楚桓走回包厢把照片传给临水信息科的同事，让他们在公安网“全国在逃人员信息系统”内进行快速查询比对。十分钟后，江楚桓走到刘向东身侧附耳道：“周自强，二十二岁，网上逃犯，涉嫌倒卖赃车。”

刘向东摸出手机调人，周自强和女友吃完饭，买单离开了油焖大虾馆，去外面拦下了一辆的士。刘向东和江楚桓开车不远不近地跟着，的士停下周自强和女友进了一家宾馆。

等他们上楼后，刘向东在接待台出示证件，向当晚的值班经理了解房间情况，值班经理找来宾馆房间的图纸，刑警队的一名女警，两名男警相继赶到。

江楚桓看着图纸分析：“房间只有一个出入口，周自强住在十二楼，窗户是上悬窗，只能推开十五度角，不可能从窗口逃脱，清洁楼道的阿姨反馈，房间内只有周自强和女友两人，唯一不明确的是周自强是否随身携带有武器。”

刘向东问值班经理：“你们宾馆服务人员在哪些情况下可以进到房间又不显突兀？”

值班经理想了想：“客房清洁在中午已经做过，比较合理又不显眼的就是换绿植了。”

“换绿植？”刘向东问。

“对。”值班经理指着办公桌上一缸泡在水里的白掌，“我们宾馆会定期更换房间里的水培植物。”

“他们住的期间有更换过？”

“我查询下。”

值班经理电话询问过情况后答复：“换过一次，那次换绿植，他们都在房间，女孩子还自己挑选了一盆。”

刘向东和江楚桓对视一眼，江楚桓点点头。

刘向东对女警说：“小卢，该你上了。”

“咚咚”的敲门声响起。

“您好，宾馆更换房间绿植，请开下门。”

背带裙女生一把将门拉开：“又换绿植啦？你们宾馆真重视绿化啊。”

服务员装扮的女警小卢从推车上端下一盆新鲜的白掌，微笑着边朝里走边说：“我们宾馆的特色是着力营造家的感觉。”

背带裙女生跟着小卢一起走到房内，冲坐在床上看电视的周自强说道：“阿强，这盆白掌比之前的大，是不是更好看？”

周自强抬头看了下白掌笑着想说什么，看到小卢表情定住了。

小卢察觉不对，将白掌往旁边桌一放，欺身向前一把扭住周自强的胳膊大喝：“不许动！”

与此同时，刘向东和江楚桓等人一同冲进了房间，立刻将周自强扣押起来。背带裙女生站在一边惊慌地喊道：“你们是谁啊？你们要干什么？快来人啊！快报警！”

小卢轻轻拍了拍她肩：“亲，不用报了，我们就是警察，一起去趟警局吧。”

周自强坐在羁押室接受询问，二十分钟后刘向东黑着脸出来。

江楚桓递上一支烟：“不顺利？”

刘向东接过烟，江楚桓打燃火机给他点上，他深吸一口摇头：“硬得很，什么都不说。”

小卢提前问完汇报情况：“女孩子叫徐丽，二十岁，本地人，跟周自强是情侣关系，原计划这两天带周自强回家见父母，关于周自强的违法行为，她说都不知道。”

刘向东吐了口烟：“看她嚷嚷要报警的样儿，应该真不知道。”

一支烟抽完他返身回了羁押室，过了半小时再出来脸更黑了。

“那小子嘴比鸭子还硬，死活不说销赃渠道。”

江楚桓从椅子上站起来：“你歇会儿，我去试试。”

周自强双手交叠坐在座位上，耀眼的白炽灯下他一直半低着头，条纹T恤胸前显出大片汗渍，他以沉默不配合的姿态做着坚硬的抵抗。

江楚桓落座后没有说话，安静地打量着他。

几分钟过去，周自强对这安静的氛围感到疑惑，抬头看他。

江楚桓淡淡道："徐丽很担心你，一直在外面哭。"

周自强的目光在听到这句话后转瞬发生了变化。

江楚桓继续淡淡道："她好像很爱你，知道了你的真实情况也没说要分手，不断求警方对你宽大处理。"

周自强的额头上的汗淌到睫毛上，眼睛一酸闭了起来。

江楚桓看着周自强："我们告诉徐丽，你什么都不肯讲，她跟你关系又密切，不仅没有办法宽大处理，她也成了我们重点关注的对象。"

周自强突然激动起来，重重一拳捶在桌上喊道："她什么都不知道！你们不要难为她！有什么冲我来！"

周自强辩解着："你们也知道，我弄车是去年的事情，我俩才认识不到半年！"

"你盗车是去年的事，你今年在做什么？逮捕你的女警说你看到她反应就不对，为什么？"江楚桓顺势问道。

"你如果做警方的线人，协助我们侦破案件有了立功表现，你的案子相应地会宽大处理。如果你坚持什么都不说，也许很多年后你会得到一点补偿，但请相信，对比你失去的，得到的不值一提。"

江楚桓伸手指着关着的房门："别忘了，还有人在等你。"

周自强心防攻破，主动要求做警方线人，争取戴罪立功。

江楚桓走出羁押室道："来个人，去做笔录。"

外面顿时一片雀跃。

刘向东一拍大腿迎过去攀了江楚桓肩道："江哥，我刘向东今儿个是服你了！"

江楚桓笑道："刘队，您比我大，别叫错了。"

刘向东攀着江楚桓走到干警堆中："诸位，先别忙活，都来拜见下福尔摩斯·江，这位江楚桓同志，人家吃个饭，就吃个饭哈，都能逮到个网上逃犯，三言两语就能把这鸭子嘴给撬开，大家快抓紧时间向福尔摩斯·江取经。”

大伙儿跟着起哄提了一些关于办案的问题，江楚桓一一回复，聊了一阵儿后回了酒店。

回到房间已接近凌晨，他给陆云歌发消息：“睡了没？”

一秒就收到回复，好像那边一直在守着。

“没睡，等你给我讲数学呢。”

他点开手机上的视频，又是一秒就接起，屏幕上出现了陆云歌的样子。

“楚桓哥。”看到他，她欢天喜地叫，好像想问点什么，最后也只是笑眯眯地看着他，眼里放着光，像一只不睡觉的夜猫。

“办案子，弄晚了，我们开始吧。”他好像知道她想问什么。

一个小时补下来，挂断视频前她绕着弯子问他：“办案子挺忙的，得多几天才能回吧。”

“看情况，说不准。”

“哦，哦。”她点着头，一时无话，就对着屏幕看一眼低下头，再看一眼又低下头。

“睡吧。”他说。

“好，晚安。”她冲着屏幕点点头。

等了一分钟。

她的视频还开着，只是低着头，不敢再看屏幕。

又等了一分钟，她的视频依旧开着，她在另一端安安静静的，也不看他。

江楚桓向来有耐心，再等了一分钟，最后发现陆云歌像只窸窸窣窣的小动物，她什么也不干，纯粹和他一道杀时间，他知道再这么耐心下去可能会莫名其妙地消耗掉整个晚上，因为视频另一端的少女似乎比他还有耐心，死活不关视频。

“挂了。”他淡淡道，关了视频。

靠在床上看电视新闻，想起干警问他，如何跟他一样能在审讯中快速突破。

他说，要观察对方的弱点，人都有弱点，把握住对方的弱点就能控制住局面。

另一个干警问他，一个真正强大的警察是怎样的？

他说，不怕牺牲，没有弱点。

第六章 天网恢恢

这是一个恐怖的魔盒，我就是害怕里面的东西才逃跑，
你要我揭开盖子，可谁都不知道里面会是什么。

第二天一早江楚桓被刘向东的电话吵醒，一晚上问出不少重要信息，让他赶紧来局里详谈。

“兄弟，这回咱们是逮着大鱼了！”刘向东一见他就攀了上来。

“什么情况？”

“周自强在的是一个网络销赃车团伙，他最先因为盗车跟团伙里的老大李军有了联系，打交道久了，李军看周自强比较机灵发展他做马仔，来利川跟他们进行网络销赃车，据周自强交代，他给李军做下线不到一年，他所在的群已经销售了五十多辆赃车，李军还有好几个类似的销售赃车群，这回涉案金额保守估计千万。”

“有没有李福原的消息？”

“周自强反映，李军前几天接了个人，藏得很深，对手下都封锁了消息，李军让他去买些吃的放办公桌上，他买了回来李军不在，一时内急用了办公室单独带的洗手间，听到李军进办公室打电话称对方复原老弟，他不敢出来，等到李军拿着吃的走了，才出洗手间。现在看，很可能是李福原。”

“派人跟着李军，一旦他私下去见李福原，我们就能确定李福原的位置，再制定抓捕计划。”江楚桓说道。

“现在还有一事比这更急。周自强交代，他最近联系好了一个湖北买主，李军让他安排明天跟买主网上视频，我们昨晚把他抓进来，不能老扣着，今早几个电话打进来找他，给搪塞过去了，但时间再拖久，李军就要起疑了。”

“买主？这倒是个收集证据现行抓捕李军的好机会，派人假扮湖北买主，引李军出来销赃，人赃俱获。”江楚桓想了一下。

“哎呀！”刘向东一拍大腿，“我就说英雄所见略同啊！我也是这么想的！不过小江啊，你看这原本应该我们利川出人扮买主，但还真出了点特殊情况。”刘向东又攀了过来。

江楚桓笑着打掉刘向东攀过来的手：“刘队，有什么要我办，直说吧。”

刘向东努力不懈地又攀了过来：“兄弟，兄弟，真不是老哥不出力，你不知道这帮孙子有多贼，周自强那天看到小卢为什么愣住了？他们早把我们利川警局的人员情况摸透了，周自强说他们办公室一面墙放大贴着局里警察的照片，李军反复强调碰见就溜，你说我还能派谁去？谁去不都露馅嘛。”

江楚桓握住刘向东殷勤攀过来的手：“我面生，又是湖北人，请刘队派我去吧。”

刘向东重重点头：“江楚桓，好同志，组织上答应了你的请求。”推着江楚桓往办公室跑，“快去跟周自强对好口径，我们得放人啦！”

江楚桓跟周自强对好口径后，刘向东放了周自强，利川市局和临水市局沟通后决定由临水信息科布置视频场地，对IP地址进行设置，录制网络交易过程。江楚桓上了最近一班高铁赶回临水，为明天跟李军的视频通话做准备。

上了一天课，陆云歌拖着疲惫的身躯回家，以前回家的路很短，穿过两条马路，等过十字路口的交通灯，走一个上坡，就进了香樟成群、绿树掩映的老小区，江楚桓住在三楼，他不加班时，三楼的窗口会亮起淡黄色光，她一放学回来就可以看得到，不管晴天雨天，绿意掩映的窗口透出的淡黄色光芒，又温暖，又温馨，是家的感觉。

他不在家，那窗口就黑着。她慢腾腾地走，这段路就变得很长，长长的马路压完，久不变换的交通灯，好大的一个上坡，进了香樟成群、绿树掩映的老小区，三楼的灯黑着吧，她懒懒地抬头。

咦？灯亮着？灯亮着！他回来了啊！

她三步并作两步往楼上跑，感应灯一层层快速亮起，打开三楼右侧的房门，一股黑暗料理的味道扑面而来。

呃，他果然回来了。

“楚桓哥！”她兔子般蹿到他旁边，江楚桓正在把锅里的粥往碗里盛。

“回来了？我做了点粥，凉会儿吃。”他把装好粥的两只碗放在厨房台子上，洗了手，走回客厅。

陆云歌也洗了手，跟着走到客厅，看到沙发上放着两个大袋子。

“你买什么了？是给我带的特产吗？楚桓哥你真好！”她凑上去扒开袋子。

“特产？这回太忙了，下次吧。”

啪啪被打脸，好吧，他根本就没想到她，不过袋子里的是什么呀？

她看了半天也没闹明白，24k镀金的拴狗链？黑龙贴纸？蓝色喷雾？非主流服装？

他看她傻乎乎的样子淡淡道：“明天执行任务的行头。”

“任务？你是要装成什么人吗？买这些奇怪的东西。”她好奇地问，脑子里浮现出香港电影里的场景。

不待他回答，电光石火间，她闪过一念：“你是不是要去做卧底？！”

他笑着微微颔首：“这都能被你猜到，真是太聪明了。”

“做卧底很危险吧！一定要你亲自去吗？”她脑子里突然就想到《无间道》里梁朝伟牺牲的情景，顿时一颗心提了起来。

“不亲自去，还找个替身替我去？”他倒还有心情开玩笑。

“你是要装成混混打入敌人内部？”她再次跟他确认。

“嗯。”他点了下头。

“不行！”她一下冲到他面前，“我不准你去。”

“为什么？”他问她。

“因为……”她绞尽脑汁想理由，他是警察，这是他的工作，她凭什么拦他？

“因为你根本就不像个混混！”上帝、佛祖、安拉保佑终于让她想到了。

江楚桓坐着没说话，她看他一声不吭，顿时长了气势，有种旗开得胜的感觉，滔滔地发表言论：“我爸当了那么多年混混，我可以算是在混混堆里长大的，什么样的混混我没见过，楚桓哥，你根本就不像混混，你整个人的形象气质太不同了，假扮不了的。”

他好像认真在听，陆云歌趁热打铁：“楚桓哥，你去扮混混会被识破的，任务完不成还会很危险，我不能让你去。”她展开胳膊拦在他面前，细细的胳膊像春天新抽出的枝条，柔嫩纤细，却不自量力地试图筑起防护，用自己的方式保护他。

“给我二十分钟。”他避开她拦着的胳膊，拿起袋子进了房间。

陆云歌觉得自己刚才说得很好，很有道理，江楚桓无言以对，他应该不会去了，想到这儿，提着的心慢慢落了下来。卧室门“啪嗒”一声被拉开，看到江楚桓的那一眼，她整颗心猛地又提了起来。

这种惊心感来源于人的本能，她从看到他的第一眼就觉得危险，江楚桓的手半插在裤兜里，手臂上的黑龙文身凶狠狰狞，紧身的黑T恤勾勒出他乖张跋扈的身形，几缕挑染的深蓝发丝下有一双冷漠的眼睛，她看到他的目光就觉得心底发寒，他朝她一步步走来，明明还是江楚桓，但整个人都变了，浑身透着一股戾气。

他离她越来越近，脖子上的粗金链碰撞出声响，她控制不住地往后退，心底觉得害怕，又不知道在怕什么，就是很怕他，她一直退到后腰被厨房的坚硬灶台抵住。他离她越来越近，双臂拦到她身后，那目光如此骇人，一点点逼近她，她忍不住扭头叫了起来："走开啊！"

江楚桓淡淡问道："过关了？"

拦在她身后的双手，端起之前放置的两碗粥走向客厅，遥遥地招呼她："过来吃粥了。"

陆云歌乏力地坐在沙发上端起碗，有些懊恼自己一下就被唬住，又隐隐觉得江楚桓的表现不能用像不像来形容，他传递出的感觉与平日截然不同，却丝毫不显生硬造作，倒像是，她未曾见过的另一面。

她一边喝着粥一边小心翼翼地问："楚桓哥，你以前是不是真的做过混混？"

他反问她："我像坏人？"

她摇着头，语气肯定："你是好人。你都不是好人，世上就没好人了。"

"好坏之间的界限，也不是那么绝对。"他搅动了下碗里的勺子。

这句话让陆云歌想起了她爸爸，陆百川生前也说过，人没有绝对的好坏，但一个秉性好的人，做不出太坏的事。

陆百川就是一个例子，他秉性并不坏，一直混在黑社会当老油子，陆云歌这么多年一直搞不懂她爸爸为什么不脱离黑社会，他那样不抖狠又婆妈的人，当个出租车司机，打份工不挺好，偏要做混混。

吃完夜宵开始补数学，今晚的课她听得尤其认真，题做得特别仔细，生怕惹恼了面前的"混混"，江楚桓批改她做的习题，吊儿郎当地转着笔，红笔在指尖辗转腾挪，一个钩接一个钩打过去，全对了。

他敛了眸光看她："这行头还挺有用，以后补课就穿这身。"

"求放过！"她哀号。

黑社会补课实在太刺激了，偶尔为之就好了，长此以往她的小心脏真受不住。

临水信息科最后一轮电脑调试无误后，江楚桓坐到了视频前，等了一会儿，约定时间到，登录QQ，进入销赃车群。没过多久，对方发来视频邀请，江楚桓接受，视频对面是一个穿粉红色衬衣的青年男人，不是李军。青年男人问了江楚桓对车的要求，约他第二天再聊。

第二天准点，江楚桓又接到了对方的视频邀请，QQ号换了，视频的人也换成个戴眼镜的男人，依旧不是李军。眼镜男接连盘问了几个问题，江楚桓将手上拿着的罐装啤酒狠狠摔到桌上，啤酒喷出的浮沫溅上视频。

“弄个车，都他妈这么磨叽！行不行，不行给老子滚！”

两句话一骂，眼镜男语气立刻软了：“做生意嘛，总要谈一谈嘛。”

江楚桓把一只脚跷到桌面上，吐着烟：“你们没货就不要卖俏，老子有的是渠道买。”

眼镜男推了下镜框嘿嘿笑道：“没货？不是我夸口，本田车无论什么车型，无论新旧，要多少有多少。”

江楚桓不耐烦地弹着烟灰，对着摄像头挑眉道：“哪个有空听你扯淡，按之前谈的三万块，你定时间地点，老子带钱来，搞就搞，不搞就滚。”

眼镜男往旁边看了下，似乎得到了指示，对着摄像头说：“行，两天后利川火车站见，你带现金来，交车地点见面说。”

临水的引蛇出洞计划进展顺利，利川那边刘向东也报来好消息，连日蹲守跟踪李军后终于找到了李福原的藏身之所。临水市局与利川市局制定出联合计划，两天后分头对李军和李福原实施抓捕。

去利川的前夜，江楚桓给陆云歌补完数学，独自走到阳台上抽烟。

4月初，乍暖还寒时候，老香樟吐露无数新芽，绽放出隐隐绰绰的小白花，小白花洁白清芳，默默无闻，不被知晓。

陆云歌在窗内专心地做着习题，台灯暖黄的光晕打在她小小的脸上，看上去认真、纯净、美好。无知无觉的小傻子，一直简单下去就好。

那些血腥、残忍、恐怖，留给他。他是站在黑暗与光明交界上的人，他曾对陆云歌说，对他有一点信心，给他一点时间。

他掏出三支烟点燃，青烟袅袅升起，眼前浮现出陆百川的音容笑貌。

江楚桓对着洁白清芳、默默无闻、不被知晓的小白花深深三拜，起身时英俊面容过了霜一般，凝固起坚硬戾气的神情。

陆叔，你不会白白牺牲。现在，时间到了。

江楚桓按约到了火车站，看到了来接他的周自强和跟他视频过的青年男人，简单打了招呼后上车。江楚桓的外套内侧别着通讯器，无线耳麦放在耳内用于向暗处跟踪的刑警队通报消息。

青年男人车开得很彪，很是巧合地压线过了几个红灯，原本跟在后面的刘向东车队被甩开了。

江楚桓开始跟周自强聊天："你们这儿也有万达啊？我们那儿也他妈有一个。"

周自强心领神会地接话："万达全国都有，前面那个富凯大厦有六十层，你们那儿没有吧。"

江楚桓接茬："没有，这你妈四车道平时不堵？"

周自强接上："贾哥，咱们去哪块啊？过人民路，学院路不？这两片最爱堵了。"

开车的贾哥答道："跟我走操毛心？走泗水路绕环城大道不得耽误。"

江楚桓只希望刘向东通过无线耳麦听到消息能跟上路线。

车一路疾驰开进一个村子，地方越来越偏僻已没有路标可以透露。

"这你妈是去哪儿？开到个什么犄角旮旯。"江楚桓骂道。

周自强问开车的贾哥："贾哥，这地儿我都没来过，可没走错？"

贾哥骂道："老子还能走错路？老大说了在前面高速路口旁交货，别他妈瞎BB，过十分钟就到了。"

江楚桓大声重复："选你妈的高速路口旁交货，被别人看到怎么搞！"

周自强打着圆场也重复："高速路口你试了车不正好回家嘛，都方便。"

这下，刘向东他们应该不会跟丢。

骂骂咧咧了一路，车到了高速路口旁，已有两辆车停在路旁，其中一辆是约定要买的赃车，五个男人站在路边，看到他们车到迎了过来。

走在最前面的男人个子不高，理了个寸头，蓝色长袖T恤，身体很结实，看走路的步子，应该有练过，他就是李军。

江楚桓快速估量了一下局面，对方六个人，车里可能有器械，他和周自强两人，局面不占优势，现在到了这一步，只能先拖延时间，希望刘向东的车队能根据刚才的提示尽快赶到。

“查子，这是我老大军哥。”周自强主动介绍。

江楚桓给李军递上一支烟，自己也点了一支，边抽边问：“之前视频没见过你。”

李军接过了烟：“你见的是我小弟，会有个两三轮验证身份，如果情况不对，我们宁可不做，你也知道，现在条子查得严，别介啊。”

江楚桓笑道：“就你妈买个车还被审几轮，你们再折腾，老子就去别处买了。”

李军走到赃车前，叼着烟拍拍车身：“你去别处三万块买不到这么好的车，不信来验验。”

江楚桓慢悠悠地抽着烟：“抽完再验。”

一支烟慢慢抽完，江楚桓走到车前，蹲下身查看轮胎，手指在前轮擦了一下：“轮胎磨损不均匀，车需要校正或对悬挂系统进行修理。”

江楚桓一个车轮接一个车轮地慢慢地审看：“要对悬挂系统进行修理的话，又你妈不便宜。有没有磁铁？”

李军对跟着的马仔使了个眼色，马仔从车上找了块磁铁拿来。

江楚桓接过磁铁，将磁铁轻轻放在车身部位上下移动。

马仔看不懂问李军：“他在干吗？”

李军吸着烟看着江楚桓靠着车身一寸寸移动磁铁："这回真遇到行家了，他在用磁铁查验有没有其他填充物，车之前如果发生过事故，会有填充物存在，磁铁就吸不住。"

马仔嘟囔："头一回见这么过细的，他要验到什么时候，要吃午饭了。"

江楚桓站起身直直瞪着马仔："怎么，买车还不许验了？我这三万块钱的东西，不看好了回去怎么跟我老大交代？你想吃饭你先去，别跟这儿耗着烦人。"

周自强过来帮腔："买车都会验的，不过，军哥，现在确实是饭点了，让小吴和小简去买点吃的来吧，我站这儿陪着验，您去车里坐着歇会儿，验好了查子就把钱给您。"

李军想了下转头对两个马仔说："去买点吃的来，这还得有会儿。"

两个马仔开车走了，江楚桓不急不缓地打开行李箱、引擎罩和车门，检查有无油漆修补的情况，看完了开始检查散热器液体，又将手伸到汽车下的油箱摸索检验是否在水中淹过，检查所有脚踏板的状况。

李军一直站在旁边看着，突然问道："能查的你全查了，我这车不错吧？"

江楚桓拍拍手上的灰："要跑一段看看。"

李军走过来拍了他的肩："兄弟，你真是个仔细人，我看你不错，有兴趣来跟着老哥干，跟我做可是很有'钱途'的。"他做了个点钞票的动作。

江楚桓拉开车门坐进驾驶室："很赚钱？跑完聊，强子，上车帮我指路。"

周自强跑过来正要进车，李军把他拦下："我来。"拉开副驾门坐了进来，"前行一公里有个口子，切进去是山路，去那儿试吧。"

江楚桓一踩油门开走了，车速开得不快，他快速思考着，情况变了，不知什么原因刘向东的车队跟丢了，支走了李军两个人，现在局面是四对二，他原本想拉周自强上车，车开远点来跟刘向东联系，再跟周自强商量后续行动，现在李军插了一杠子，计划再次被打乱。

江楚桓心里着急，面上却是不动声色，冷静分析后，决定不再等刘向东支援，单独实行抓捕，李军是练过的，动起手来要先发制人。江楚桓谋定而动，看着前方的山路入口，加大油门飙了上去。

这段山路路面狭窄弯道甚多，如蛇般蜿蜒盘旋，江楚桓正常行驶着，交替试着刹车油门，李军坐在旁边看他在山道上跑得流畅写意，过弯精准，心下欣赏，开始继续游说："查子，老家里还有什么人？"

"没什么人，就我一个。"

"一个人好啊，做事没牵挂，没牵挂正好做大事，待在小地方混日子完全是浪费时间，你如果来跟我做，保管你不是之前的层次，男人，眼光格局一定要大。"

"我在老家有个仇家，跟他的事儿还没了。"

"什么仇家？跟你军哥说，军哥替你想法儿办他。"

江楚桓看了李军一眼，向他招招手。李军侧身凑过去，前面一个大弯道，江楚桓一添油门，在弯道处猛地甩尾急刹车，强大的惯性下，李军的头"咚"的一声重磕在挡风玻璃上。江楚桓也撞向方向盘，安全带的勒扯和前臂的格挡，减少了一部分冲力，嘴角在方向盘上磕了一下。

江楚桓推门下车，吐出嘴里磕出的鲜血，朝李军走去。李军跌跌撞撞地从副驾座位爬出来，脚一沾地拔足狂奔，江楚桓在后面紧追不舍，就快追上时，一辆货车减速绕弯下来，李军不要命地横穿过货车车头，拽着侧面的绳索翻上货车，江楚桓以百米冲刺的速度追着货车，扯住了另一侧坠下的绳索，翻身跃进车厢。

高速行驶的车厢里，两人对峙着。

"你是警察？"

"是。"

"操！"李军一把脱下衣服，身上肌肉虬结，大喝一声开始运气。

江楚桓把袖子捋到肘部，朝他招招手。

李军看江楚桓又在向他招手，想到刚才就是这么被诓了，不禁怒火中烧，三步并作两步跃了过来，拳腿并上攻势凶猛。李军一身硬桥硬马，刚劲有力，步稳势猛，江楚桓四两拨千斤，以静制动，借力打力。十几个回合下来，李军渐渐势颓，江楚桓瞅准空隙，快速近身，紧贴李军腹部，一个背摔，抬脚猛踹李军肋骨，顺势别臂折腕，膝盖顶压住李军后腰，掏出带的绳子“8”字形捆绑好，一举将其制伏。

江楚桓全身汗湿，摸出手机拨了出去：“刘队，你们去月球了？”

刘向东在电话那头高呼：“江楚桓，你怎么样？我们跑到高速路口没看到你们，就知道跑错了，你们是在旧高速路口！利川这片儿有两个高速路口！我们还有半分钟就到旧高速路口。前面的人站住！别跑！警察！”

江楚桓听到电话那头一片混乱抓捕的声音摇头笑了，走到驾驶室后窗敲响玻璃。货车司机停下车，绕到车厢一看，什么时候上了两个人？得知是警察同志在抓捕坏人，二话不说把他们拉回高速路口跟刘向东碰头。

江楚桓见到刘向东的第一句是：“李福原抓到没？”

刘向东奔过来攀他：“还能跑得了他！很顺利。”

江楚桓耸肩避开他的手，侧目看着刘向东。

刘向东嘿嘿笑着心虚道：“来晚了，我们来晚了，谁知道这孙子跑旧高速路口交车，新旧两个高速路口隔得老远，我们一路拉着警灯闯过来的，得闯了二三十个红灯吧，是吧，小卢？”他向身边取证的卢警官求援。

卢警官转身大声道：“队长，你是路痴别拉我垫包，投票选路六比四，我是坚持真理的少数派，你要听我的来老高速路口，犯得着现在给人赔礼道歉吗？”

刘向东作着揖：“是我错，是我抉择失误。事实证明，真理往往掌握在少数人手里，下次行动，小卢，我听你指挥！”又恭敬地给江楚桓递上烟，“江楚桓同志，你在等待我们赶到的这段时间，已经在心里问候我一千多次了吧？”

江楚桓笑着接过烟走向警车：“没那么多，问候到六百三十五次，你们就到了。”拉开门坐进副驾驶位，“刘队，太累了，劳烦你开车，去见李福原。”

刘向东“啪”的一声立正敬礼：“是！”乖乖地去做司机。

李福原的长相普通，戴着手铐的双手放在桌下，佝偻着腰，皱巴巴的衣服透出股酸臭，让人想到待在网吧角落，天天看女优的屌丝，这份猥琐邋遢的气质在他身上沉淀多年，历久弥新。他木然地坐在审讯室，时不时地拨弄下手铐，已经担惊受怕了许久，此刻被抓住，心下竟有几分轻松，江楚桓坐到对面时，他并不意外，闲话家常般道：“你来了。”

“你知道我会抓到你，当初为什么要逃？”江楚桓一眨不眨地看着他，抓捕李军是帮利川市局的忙，李福原才是他真正要抓捕的人。

“为什么要逃？江警官，你觉得我为什么要逃？逃，逃命，逃的是命，说没就没了的命。”他把铐着的双手搁到桌面上喃喃道。

“你对警方没信心？认为我们保护不了你？”

“你们保得了我一时，保得了我一辈子？”李福原转动着手上的镣铐，“不过这些日子我也想明白了，如果被你抓住，我就全说了。这段时间，我没有一刻是安宁的，一直在担惊受怕，又怕被你们抓住，又怕被乔四抓住，这种感觉真是生不如死。”李福原双目无神，面色灰暗。

“陆百川被杀前你通报了消息，我们赶到时陆百川已遭乔四的毒手，好在救下了她女儿。”

“陆云歌？她现在还好吗？陆百川最宝贝的就是他女儿。”李福原说道。

“她很好，不用担心。陆百川死前是不是跟你说了什么？”江楚桓问道。

李福原重重叹了一口气，举手抱头，坚硬的手铐紧压在额头上，也无知觉，半晌方说：“这是一个恐怖的魔盒，我就是害怕里面的东西才逃跑，你要我揭开盖子，可谁都不知道里面会是什么。活着的与之相关的人，我，还有陆云歌，会是什么后果。”

“陆百川死前到底跟你说了什么？”江楚桓上身慢慢前倾，眼神变得凌厉。

“我刚说了，被你抓住我就全说了，我已经不想去想后果，只想能得一点点安宁，可以给支烟吗？”李福原把镣铐的双手放在桌上，右手做出夹烟的动作。

江楚桓左手摸出一支烟递给他，右手掏出打火机点上火。

李福原跟着乔四混的那年是十九岁，在此之前他已经做过餐馆服务员、工厂普工、发廊小哥，还有保安，每一份工作过不了几个月他就感到厌倦，后来索性不再做事，天天混在网吧打游戏，跟朋友吃喝玩乐，父母多年前都已下岗，经不住他天天啃老。一个早晨，和平常并没有什么不同，他包夜回来，并没有看到父母，他倒头睡到下午起床也没看见他们，最后在卧室的床头柜上找到一张字条：儿，我们走了，最后留两千块给你，别找我们。

他拿着最后的两千块出门，钱花光后经人介绍做了乔四的马仔。那以后他真的没再见到父母，他们可能是搬到农村或是哪儿，他不打算去找，别找我们，这是他们对他的最后的愿望。

他其实也不适合混黑社会，可也不知道还能做什么，生命像一粒尘埃，飘浮着，飘荡着，随波逐流。

陆百川是他认识的乔四手下最说得来的人，有个喜欢文学的女儿，每次守夜场无事，陆百川会念几句诗，说提高下大伙儿的修养，马仔们一片操你妈的笑骂声，他倒是跟着念，他喜欢诗。陆百川后来常找他聊天，熟识了之后发展他做了线人。

陆百川对他说：“小李，你还这么年轻，真要做一辈子黑社会？争气一点，学门手艺，养活自己。”

他问陆百川：“你教训我，你都混了一辈子黑社会。”

陆百川说：“我跟你不同，我这是命。”

他之前并不懂陆百川说的命是什么意思，直到那天陆百川急急忙忙来找他，逼着他发誓，一定将一句话带给江楚桓和陆云歌，他记下了那句话，几个小时后乔四就让人把陆百川抓进房开始打。他偷溜出来打电话给江楚桓报信，揣摩着陆百川让他带的那句话，感觉到有巨大的危险，是死亡的阴影。

陆百川说的命，最初他以为是宿命，后来细想觉得是使命，使命比命重，必要关头，得豁出命去。

陆百川到底有什么样的使命让他不惜送掉自己的性命？那句话的背后意味着什么？他会不会因为牵涉其中最后跟陆百川同等下场？他害怕了，逃去乡下藏起来，钱花光了，跑来投靠远房表亲李军，李军安排他躲起来避风头，但其实他已许久不得安宁，今日被捕，如同尘埃落定，不用再飘浮了。

都说出来吧。

陆百川最后的遗言。

陆百川甘愿用性命去达成的使命。

“七月流火，东莱不似蓬莱远。”李福原一字一句念了出来。

“陆百川让你把这句话带给我和陆云歌？”江楚桓站起身，手压在桌面，上身前倾，一瞬不瞬地看着他。

“是的。”他看着江楚桓回答。

江楚桓拉开门快步走出审讯室，刘向东见他出来大声问道：“审好了？局长刚过来说晚上摆庆功宴。”

江楚桓脚步不停，直接走出门：“我有事先回临水了。”

刘向东扭头道：“那哪成！抓李军你是头等功臣，你不去还叫什么庆功宴啊。”

大门口空空荡荡，哪里还有江楚桓的影子……

第七章 惊魂之夜

“你别过来，有鬼拉住我了，你再不走也走不了了。”
她哭了。

陆云歌在暖黄的台灯下做题，窗外下起了雨。这一天她都心神不宁，现在看着窗外敲打在香樟树上的夜雨，心里更乱了。

江楚桓卧底还顺利吗？千万不要出事啊。

她很想打电话问问他好不好，又担心影响他工作，纠结了一个小时，打了过去，电话里是柔和的机械女声：“您好，您拨打的电话已关机。”

白纠结了。

题目也没心思做，干脆扔了笔，靠着椅背，看窗外淅淅沥沥的夜雨，看雨水一片片冲刷香樟叶片，嗅着湿润空气里弥散的花香，把八音盒拿到手边上满弦，听着简单的曲调，倒平静了下来。

八音盒是一个正方体棕色木头盒，看起来有些年头，只有一首《今宵多珍重》，没有后来版本繁复的编曲，是最简单的曲调。江楚桓是很简约的人，家里除了必需品没有额外的装饰品，有个八音盒已是难得。她喜欢听这首曲子，在累的时候，在慌的时候，听着听着就能获得了一种很深的安宁。

很神奇，也不知为什么。

江楚桓到她旁边时，她还陷入在沉眠般的安宁里，直到感觉有东西挡住了光线，方看到眼前高瘦的身影，带着潮湿的雨气，站在她旁边。

他没说话，沉着眼，看摆在她面前的八音盒。

“你，回来了？”她还没缓过神。

他看着八音盒又看了眼她。

“我……我就是随便听听，你是不是不喜欢人动它？”她见他安静不语地看着八音盒，思忖自己是不是冒失了，不该动他的东西。

她动过好多次八音盒，只是这次碰巧被他看到了。

见他不说话，陆云歌心中翻书似的，翻过一阵儿懊恼，又覆过几页后悔，翻来覆去都是“不该”两个字，不该动江楚桓的东西，不该惹他生气。

隔了一会儿，听到他淡淡的声音：“没事，喜欢听就听，不弄坏就行。”

她如蒙大赦立马担保：“我会很小心的，不会弄坏它。”担保过后，逐渐缓过神，才打量到他全身湿漉漉的，嘴角还有一小块淤青。

陆云歌跳了起来：“你受伤了！谁打的你！”

微光掠过轮廓分明的面庞，映射出清晰的五官棱角，以及嘴角的小块淤青，他的眼神时时带电，她目光接触被电得有点发晕，现在看到他英俊的脸上留伤，整个人直接发狂。

“是哪个王八蛋打的你！这么帅的一张脸，他居然都下得去手！还是不是人啊！不是说打架不打脸嘛，真没道德！”她狂呼着奔到厨房，拉开冰箱找出冰块，用小毛巾包裹了，奔回江楚桓面前，举手将冰包按上他淤青的嘴角。

他微微皱了一下眉，她手上力道顿减，不停地道歉：“对不起，对不起，我轻点，你太高了，坐下好不好？乖啊。”

她根本不知道自己在说什么，只是看到他受伤了，抓肝挠肺地心疼，想保护他，想安慰他，想痛骂伤他的人，甚至想替他挨那一下。

江楚桓拽开椅子，坐了下来，调整身体姿势方便她冰敷伤处。他严肃凝眸有威严的气场，眼下乖乖坐着，还矮她一截，感觉就完全不同了。

她垂首靠近，敷着他嘴角的淤青，却不由被他明亮有神的双眼所吸引，忽略掉他坚毅的五官，只看得见他大而清澈的眸，深邃有光，如盛着星辰和大海，眸子在灯光下是琥珀的颜色，眼底倒映着她的影子，长长的睫毛，联合双眼皮和卧蚕配成一双让人心动不已的鹿眼。她盯着这双大大的鹿眼看久了就生出对方是个孩子的错觉。

她手下轻柔，轻言细语："痛不痛啊？可怜的宝宝。"她说这话都没过脑子。

他受不了，咳嗽一声，接过冰包，淡淡道："我自己来吧。"

陆云歌手上停了，短路的大脑才运转过来，反刍了方才的话，直想钻到地里去，她刚才都说了些什么。

"你父亲的案子有进展了。"江楚桓一句话把她拉回现实。

江楚桓把李福原交代的情况跟她说了一遍，问她："七月流火，东莱不似蓬莱远。这是你父亲留下的暗语，我想应该是有重要的信息隐藏在里面，你有没有头绪？"

"七月流火，东莱不似蓬莱远。"陆云歌一边思索一边念道。

"七月流火出自《诗经》，指大火星西行，天气转凉。东莱不似蓬莱远出自李清照的《蝶恋花》，表达希望家人寄信东莱，互相联系的深厚情感。"她在纸上写下句子，仔细分析着，一时无头绪，陷入了苦思。

"这句话中有没有一些细节，是你和你父亲才知道的？"江楚桓提示她。

"细节，七月流火，东莱不似蓬莱远，七月，七月流火，我知道了！"陆云歌猛地站起身。

"绿萝游泳馆！"她捏着拳，亢奋道，"是绿萝游泳馆！"

"爸爸每年夏天都会带我去绿萝游泳馆游泳，他总说七月流火，游泳消暑最好，他跟门卫蔡叔是老朋友，蔡叔给我们专门留了一个柜子，给了我们一把钥匙。"陆云歌激动地说。

"钥匙在你这儿？"江楚桓问道。

“钥匙，钥匙放在大衣柜的抽屉里，大衣柜在姑妈家。”说着说着陆云歌声音变小了，陆惠的家，那真是她这辈子都不想再去的地方。

江楚桓看她突然低落的情绪，知道她又想起了一些伤心事，宽慰她：“我们可以先去绿萝游泳馆看看有没有备用钥匙，不行再想别的办法。”

“不行。”她摇头，“我没有记柜子的号码，如果问蔡叔要备用钥匙，要先去找到柜子，记下号码再问他拿钥匙。另外，今晚如果不是蔡叔值夜班，又要拖到明天，还是去姑妈家取回有编号的钥匙最方便。”

江楚桓看了下手机时间，凌晨一点四十三分：“现在去？”

“现在去。”陆云歌坚定地回答。

江楚桓去卧室换了身干净衣服拿了两把伞和陆云歌出了门。

下雨的深夜，车开进城乡结合处的小路几乎是一片漆黑，全靠车前灯照亮，车开到陆惠的院门口停下，屋里传出鸡喊鸭叫的K歌声，江楚桓敲了半天门无人应，又按了十几声喇叭，里面的人才出来开门。

陆依依打开院门骂道：“半夜三更的，谁他妈吃饱撑的按喇叭！”看到撑伞站着的江楚桓语气立刻变了，“哟，江警官，今儿怎么来了？”同时整了整身上的衣服，捋了捋头发。

“陪陆云歌拿点东西。”江楚桓带着陆云歌往院内走，没看她一眼。

屋里有三男两女，对着电视唱K，歪七斜八地躺在沙发上，见有人进来都看了过来。

“快去拿。”江楚桓低声对陆云歌说，陆云歌径直跑上二楼。

“依依，这是哪里来的帅哥哥呀？快介绍介绍。”一个女的从沙发上站起来朝江楚桓走来。

陆依依拦住走过来的女的，一把推回沙发：“别他妈发骚，他是警察。”

房里的人都静了一下，一个眼尖的混混说：“警察还能文身染头发？是道上的吧。”

江楚桓回来得匆忙，贴的文身和染的发色还没处理掉，他放下卷起的袖子，遮挡住文身。

陆依依凑过来："江警官，你这个打扮是唱哪出啊？"

他没搭理她。

陆依依掏出手机："留个电话呗，以后可以联系联系。"

陆云歌拿到了钥匙，跑下楼，停在江楚桓和陆依依中间，隔开了他们。

江楚桓撑起伞，没说一句话，带着陆云歌走出院子。

陆依依看着他们离去的背影，恨恨骂道："小婊子！"捡起沙发上的话筒吼着唱歌。

车到绿萝游泳池时是凌晨两点半，门卫室里黑漆漆的，陆云歌附耳在门上听了会儿，没有一点声响，蔡叔今晚没当班，当班的那个家伙不知溜号去哪儿了。

"怎么进去啊？"陆云歌犯愁地看着紧锁的大铁门。

江楚桓顺着大铁门的围墙走了十几米，把她叫过去，冲一段略矮的围墙抬下巴道："从这儿进。"

"翻进去？"她还在感受围墙的高度，江楚桓已把伞扔过墙，走到墙脚蹲下身："踩着我肩上。"

她还在体会踩肩翻墙的动作要领，江楚桓对她招手道："上来。"

她走到他身边脱下鞋，将鞋丢过墙，扶着墙踩到他肩上。

"扶稳了，一点点来。"他告诉她。

她应着，腿肚子却打着哆嗦。他握紧她小腿慢慢站起身，她提腿跨了过去，骑坐在墙头上。

"坐好别动。"他嘱咐她，往后退去。

她头一回坐在墙头，感觉很奇妙，就想到一个很重要的问题。

"我重不重？"她问。

"很轻。"他答。还真有心情问这个。

江楚桓一个助跑，迅速翻过墙头，陆云歌都没看太清楚他就落到了另一边，只知是身形矫健，帅得掉渣。

“跳下来，我接着你。”他向她招手。

她并拢腿面向他，看着这高度很发怵。

“别怕，来。”他展开手臂。

“我应该怎么跳？横着还是竖着？”她问道。

“随便你怎么跳，都接得住。”

她便闭了眼睛，横了心往下蹦。

她被接住了，头却跟江楚桓的头不轻不重地撞了一下，又在反作用力下快速分开。

他小心把她放下，蹲下身给她穿鞋：“真是个人才，还能脸朝下向下蹦，也不怕摔毁容。”

她头被撞得有点懵，木木地说：“是你让我随便跳的。”

一颗心在胸腔里扑通乱跳，他给她穿鞋，背影对着她，看不出什么，她依稀觉得，在额头撞到一起的 0.01 秒，她的唇好像也撞上了他的唇角。

她也不敢确定，只是 0.01 秒的记忆里有扎人的胡楂和淡淡的烟味，还有种莫名的柔软。

他站起身，面不改色地撑开伞递给她：“走吧。”

小径左右响着叮咚的雨声，雨水汇成小溪流，穿流在他们脚边，小块地砖上零零碎碎长了青苔，又湿又滑，她几次差点滑倒都被他从前面回身拽住。

“把手给我。”他侧身道。

她纠结了一小下，羞答答地把手伸了过去。

他没碰她手，避开容易产生暧昧的手指，向下握住她手腕，扶着她走。

她那一点小表情他好像看到了，脸上牵起了柔和的线条，似笑非笑的样子仿佛在说，小姑娘，你想多了。

手指虽没有相碰，手腕还是感受到他修长手指传来的力度，每一次她步履不稳，江楚桓都快速有力地把住她，触碰的手腕肌肤温度似乎有升高，斜落的雨水时时浇上来温度似乎又在降，这样热一阵冷一阵的，让人分不清所以然。

凌晨三点，他们站到了那几排长长的储物柜前，黑灯瞎火的空旷游泳馆内，只有一束来自江楚桓手机的照明光打着亮。陆云歌的手攥成拳头，紧紧跟在江楚桓身边，脑子里控制不住地冒出以前看过的恐怖片场景，眼睛一点都不敢往四周看，生怕看到什么不该看到的东西。

他好像知道她害怕，进了室内也握着她的手腕没放，手腕上温暖有力的触感让她稍感心安。她看清钥匙上刻的编号 1507，寻找着记忆中 1507 储物柜的位置，应该是第二排靠内的一个，她凭着印象走过去，江楚桓松开她手腕，举高光线照着她。

1505，1506，1508，1507！果然在这儿！她指着 1507 大呼："在这儿，在这儿，我找到了。"

突然感觉脚踝被什么东西扫过，她瞬间石化，站在那儿，一动也不敢动，是错觉吗？还没想完，脚踝处又被准确无误地扫了一下，那东西，沿着她脚踝一点点向上攀。她头顶的毛孔全部炸开，背后的汗毛全竖立起来，江楚桓打着灯走过来。

"你不要过来！"她凄厉喊道，"快跑，快跑！"

他停了一下问："怎么了？"

"你快离开这儿，有东西。"她的表情很恐怖。

这回他没再停，径直走过来。

"你别过来，有鬼拉住我了，你再不走也走不了了。"她哭了。

他像个不怕死的英雄大步行来，灯光照在"鬼"身上，一脚踢飞抓着她裤腿往上攀的"鬼"。黑黑的"鬼"发出惨痛的叫声"喵呜"，快速蹿没了。

她腿一软就栽到他怀里，三魂有两魂都吓出了窍，一个劲儿地哭。

他修长的大手抚在她背后："不怕，是只黑猫。"

她拽着他的衣襟狂哭："吓死了啊！"

他笑着拍她的背："胆子这么小，我在呢。"

她哭得上气不接下气："你刚刚又不在，它沿着我的脚往上爬，我以为我就要死了。"

他看她出这样的洋相，笑意更浓，一下下拍着她，貌似安抚："哪那么容易死，你想象力也太丰富了。"

她被拍得打起了嗝："你手重，拍得我，嗝，拍得我好疼，嗝……"

他停下手："好了，不哭了啊。"

她没哭了，嗝却停不了，一直打着。

她打着嗝开了 1507 储物柜，里面放着厚厚一沓资料。江楚桓把资料全部取出，又把储物柜仔细搜查了一遍，确定无遗漏，握着她的手腕拉着她走出游泳馆。

回到家，她都惊魂未定，这次真的吓到了，独自在浴室洗澡都感到怕，她冲着门外问："楚桓哥，你在不在？"

门口传来他低沉温和的声音："在呢。"

她心里稍微轻松了一点，洗着洗着又怕了，又冲着门外问："楚桓哥，你还在吗？"

依旧是他低沉温和的声音："在呢。"

洗澡的过程，不断地在问，打开门出去，看到他搬了个凳子就坐在门外，翻看着拿回来的资料。

轮到他洗澡，她也不敢离开，坐在之前他放在门口的凳子上，等着他。

他看到磨砂玻璃门外，蜷缩在凳子上的身影，三下五除二全身冲了一遍，开门出来。

"你洗完了？"她惊讶地望着他。

"嗯。"他用毛巾擦着头。

"洗得好快啊，五分钟都不到。"

他拿起刚才放在桌上的资料走进卧室："进来睡觉，明早还要去学校。"

他打开床头小灯，在床旁边椅子上坐下看资料，她爬上床，犹豫了良久问："爸爸的案子有希望了？"她知道江楚桓很尽心，她心底即使很着急也努力压制着，不想再给他施加额外的压力。

他看着她淡淡道："放心。"起身给她掖好被子。

她略微有点不好意思，背对他睡，过了不到一分钟又转过身，还是要看到他才不害怕。

她对他说了声"晚安"。

他没抬头，看着手头的资料，"嗯"了一声。

她看着他坐在灯下的样子，觉得很安心，忘记了恐惧，慢慢睡着了。

李福原说，这是一个恐怖的魔盒，揭开盖子，谁都不知道里面会是什么。

他说对了。

江楚桓坐在龙局对面汇报完情况，将那沓资料递了过去。龙局根据江楚桓刚才的汇报翻阅着资料。

证据，全是证据，乔四多年来实施犯罪的证据。

还有一张微微泛黄的纸，龙局把那张纸拿出来，薄薄的一张纸似乎有千钧之重："这上面的信息太重要，要严格保密，等我跟你北京的上司方队通气后，报上级部门处理。"

龙局把剩下的材料放到江楚桓面前："乔四的案子可以办了，这些证据够枪毙他十回了。"

临水市局召开紧急会议，部署了周密的抓捕计划。一周后，乔四涉黑团伙这颗生长在临水市多年的毒瘤被公安部门一举铲除，相关涉案人员全部落网，社会和媒体高度关注，群众无不拍手称快。

抓乔四的那天下午，陆云歌专门请了假，亲眼看着乔四被押上警车。

江楚桓站在她身边："如果不是后续任务要保密身份，我会亲手抓他。"

陆云歌目送闪灯驶离的警车："你已经做了很多，乔四被绳之以法，爸爸也可瞑目了。"

后续任务？保密身份？她回味他刚说的话，压低嗓门问他："楚桓哥，你后面是不是又要去做卧底？"

他笑了笑，没有回答。

任务结束后，江楚桓陪她去了公墓，陆云歌把一束洁白的菊花放在陆百川的墓碑前，痛哭失声。

"爸爸，杀你的乔四被抓了，他会被判死刑，你高不高兴？"

"爸爸，我考过了戏文专业考试，是不是很争气？"

"爸爸，楚桓哥一直在帮我补课，我很努力地在学，是不是很棒？"

"爸爸，你放心，我会听你的话，好好读书。爸爸，我好后悔以前没多听你说话，现在想听都听不到了。"

"爸爸，我最后悔的是这么多年都看不起你，不知道你是警方的线人，替警方收集了这么多的证据，我一直不知道，你是个默默无闻的秘密英雄。"

陆云歌泣不成声，对着墓碑磕头。

"爸爸，对不起，如果有来生，我可以再做你女儿吗？"

江楚桓把她扶起来，她靠在他肩上哭了很久，天色向晚，墓地上方的天边升起一颗星，那颗星一直冲着她闪耀，好像在冲她点头。

第八章
终极逆袭

他一直是她的光，光像勇气，
驱散恐惧，照耀她勇敢地走下去。

乔四被抓后，陆云歌全身心扑到学习上，摩拳擦掌准备迎接不久后的高考。她的数学在江楚桓的指导下实现了飞跃，模拟考与之前成绩相比提了近四十分，名次升到了班级第二十二名，已经到了上一本线的水平。

攻下数学这只拦路虎，极大地提升了她的信心。

按她的说法，这么难搞的数学都被她搞定了，还有什么是搞不定的。

翻译成书面语是：天下无难事，只怕有心人。

江楚桓也懒得戳破她现在的进步，不过是及格而已，实在是之前数学太烂，才显得进步如此显著。

看她士气正旺，顺带帮她把语文基础知识和英语语法都捋了一遍。江楚桓高中学的是理科，但并不妨碍他对文科有着极强的理解力，花了一个星期把政治、历史、地理教材看完，答出的题已是标准答案，对照考试大纲给陆云歌串了一遍文综，模拟考前随便押了几道大题也中了，导致陆云歌名次升到了前所未有的第十二名，同学们见陆云歌最后几轮模考一次比一次猛，惊叹她步上了开挂的人生。她却知道，这一切都是仰仗着江楚桓这位名师，他才是彪悍的人生不需要解释，硬把她这块废柴给练成了高徒。

高考考场外，江楚桓跟许多父母站在一块，轻拍她肩道：“去吧，照平时一样考。”

她点点头，随着人流走进考场，半道上回头看他，他站在原地目送她，目光深远，穿越人群，照进她心里。他一直是她的光，光像勇气，驱散恐惧，照耀她勇敢地走下去。

第一门语文的作文命题是：“人生中会遇到很多人，经历很多事，有没有一些人或事对你来说具有特别的意义？”

她毫不犹豫地写了江楚桓，标题是《光》。

写着写着就哭了，掏出餐巾纸一边擦泪一边写，她有那么多东西要写，这短短千字怎么书的尽？只能捡最紧要的主干落笔，分枝写不了，但她都记得。

四五月暮春时节，花叶疯长，雨水甚多，南风搭乘着夜色前来，翻越南岸磨山，暗渡过江水，拂遍临水的大街小巷，吹响窗外老香樟的叶片，阳台外香樟叶片浩瀚摆动，似碧绿翻滚的海洋。暖黄光亮的书房内，是江楚桓低沉悦耳的讲课声，他上班再累，回来也要给她补课，一讲几个小时，周围的灯都熄了，他们书房的灯还亮着。

她记得万籁俱寂的深夜，偶尔经过的风声，沙沙的叶片声，他低沉悦耳的讲课声，深植在她脑海。她记得有一轮明月的夜晚，下着雨的夜晚，春风沉醉的夜晚，他们站在阳台休息的时分，八音盒放着《今宵多珍重》的简单曲调，他抽烟提神很少说话，她站在他身旁，一同看着阳台外香樟织就的碧绿海洋，南风轻轻吻过脸，飘过来花香浓，香樟枝丫摆荡，叶片沙沙摩挲，碧绿翻滚层层叠叠，春深似海，静谧安宁，镌刻进她心底。

回忆如水漫过她，闪着金色的微光在身边流淌，她无法写进作文里，但她知道她会记得万籁俱寂时夜里的声音，会记得春深似海时节里碧绿翻滚的海洋，会记得一点一滴堆积起来的同江楚桓一同度过的时光。

她会永远记得。

最后一门考完陆云歌走出考场，远远地对守在警戒线外的江楚桓比出胜利的手势，他遥遥地笑着，冲她竖起大拇指。

6 月 23 日出成绩，这一天，恰好是她十八岁生日，江楚桓给张小北打电话问："陆云歌十八岁生日，送什么比较好？"

那头张小北拽着电话喊："你小子现在都会送礼物了？我过生日你咋没给我送啊！"

江楚桓淡淡道："生日每年都过，有什么好送的，十八岁成人礼，一辈子一次。"又补了一句，"我就快回来了，到时请你吃饭，地儿你随便挑。"

张小北笑道："你让我挑地儿的啊，到时可别心疼饭钱。"

江楚桓笑道："可能吗？去哪儿都随你。先帮我想想送什么，后面再想吃什么。"

张小北赞了声："局气！"琢磨道，"送首饰吧，我十八岁时我爸送了我一条项链，女孩子大了总要有一两件首饰。"

他觉得不错，点头道好。

张小北又叮嘱："别送太贵的把人小姑娘吓着，还以为你想干啥呢，别在钱上下工夫，多花点心思，选适合她的送。"

中午午休时江楚桓去看了几家首饰店，感觉差强人意。小北说得对，买贵的容易，选合适的难，那些精雕细刻，璀璨光芒的饰品不符合陆云歌的气质。

他在街上边走边看，被一个穿着藏装，佩戴着蜜蜡和绿松石的姑娘拦了下来："您好，我们店今天开业，请您进来看看吧，我们老板是藏区人，店里的首饰是他从当地手艺人那儿采买来的，都是纯手工制作。"

江楚桓进了店，店面不大，布满了琳琅满目的藏饰，一个小架子上悬挂着各种耳环，他走过去，一眼看到一对小小的银耳环，镂空雕刻着"吉祥"二字，十分小巧别致。他预想了下陆云歌戴着这对耳环的样子，微笑着对领他入店的姑娘说："请把它包起来。"

晚上回到家，看到陆云歌僵硬地坐在沙发上，手机摆在茶几上，眼巴巴瞅着。

“分出来了，查了吗？”他问。

“没有。”她僵硬地摇头，她整个人看上去紧张极了，“每回我鼓足勇气要打电话都尿急跑厕所，也不知哪儿来这么多尿，可能是，吓尿了。”

江楚桓笑了，拿起茶几上的手机坐到她旁边。

“至于嘛，要不我帮你查？”

她可怜兮兮地望着他，犹豫了一下说：“好。”

她耗了一天了，也没那个胆量，还是让江楚桓查吧。

他拨通电话，输入准考证信息，过了几分钟，挂断电话。

她紧张得不行了，死死盯着他，试图解读他的表情，她到底考得怎样？

他波澜不惊地望向她道：“你呀。”

她眼泪快速涌到眼底。

“是不是考得不好？”她虚弱地小声问。

他嘴角有了隐隐的笑意，迅速演变成明亮灿烂的笑容：“考得挺好。”

“真的？”她难以置信地问他。

“放一百个心，肯定过了。”他至为笃定。

“太好了！”她尖叫着跳到他身上抱住他，眼底的泪一眨就落了下来，同时又在笑，就这么抱着他一边哭一边笑，知道难看也顾不得，心里那块悬了多久的石头此刻终于落了地。

她这么又哭又笑地闹了阵儿，情绪宣泄得差不多了，才发现自己怎么就面对面地坐到了江楚桓的腿上，胳膊还缠在他颈间。

这个姿势，真要命。

“下去。”她听到他低沉的指令，连滚带爬地翻身下地，逃离沙发，远远站着。

他站起身：“去换身衣服，我们出去吃饭。”

“哈哈，是要庆祝顺利考过吗？”她高兴得摇头摆尾。

“算庆祝的一部分吧，今天是你十八岁生日。”他提醒她。

她愣了下，对哦，都吓忘了。

江楚桓带她去了江边一家新开的意大利餐厅，订的三楼靠窗的位置，右手边的落地玻璃外是狭长的滨江公园，一尊七层宝塔的顶端照明灯 360 度旋转着，雪白的光束扫射到不远处的江面，硕大扁圆的光圈里是无声涌动的江流。

“这地方真不错。”陆云歌看着窗外的夜景赞道。

服务员端来柠檬水和菜单，放到陆云歌面前请她点单。

她翻着意大利语配中文的菜单不知点什么好。

“他们家比萨和牛排都还可以。”江楚桓建议道。

“比萨……”她翻到比萨那一页，发现有十多个种类，她不知选哪个好，抬头望着江楚桓。

他对上她的眼神，知道她什么意思，在她开口前淡淡道：“你自己做决定。”

她愣了愣，叫来服务员询问了菜式，又仔细看了菜单，选了玛格丽特比萨。

江楚桓点了牛排和意大利面，服务员拿走菜单，他们面对面坐着，江楚桓拿出一个小盒子放到她面前。

“生日快乐。”他看着她，微笑着说。

“这是给我的？”她偏头问他，手下已拿起盒子，小心打开。

盒子里有一对银耳环，她拿起来细瞧，小巧的银耳环镂空雕刻着“吉祥”二字，捏在指尖一晃，闪出素雅的银光。

“好漂亮！”她赞叹道，双手举着耳环比到耳坠上问他，“好不好看？”

“嗯。”同他预想的效果一样，灵秀的美，很适合她。

“楚桓哥，谢谢你的礼物，我很喜欢。”她眼睛亮亮的，微红着脸，把耳环拎在指尖看了又看，爱不释手。

“云歌。”他叫她。

“嗯？”她看他神情端肃，感觉到江楚桓要说点什么，把耳环放回盒子里，坐直了身子。

“今天是你十八岁生日，从法律上来讲，年龄满十八周岁的中华人民共和国公民，定义为‘成人’，也就是说在这个阶段人体的一切机能开始走向成熟，有完全行为能力，可以完全以自己的行为进行民事活动，只要不违法不违背公序良俗就是有效的。”

“嗯。”她听得似懂非懂，隐隐感受到压力。

“从今天起，你已是个成人，以后做事要经常思考，不能再依赖别人的帮助，哪怕是点一款比萨，也应该有自己的主意。很快你会去读大学，开始全新的生活，有许多你从未涉及的事务，需要你自己去辨别，去选择。你要学会自理，自理能让你不论身处何种环境，都能照顾好自己。你要学会自立，自立能让你不论贫富都能活得有尊严。你还要学会精神上的独立，精神上的独立能让你不管离开谁，都能好好地生活下去。”

她端正地坐在对面，听江楚桓讲这一大段话。她不是傻子，她大概领会到他什么意思了。

“楚桓哥。”她慢慢地叫他。

从今天起，是不是不能再像从前那样依靠你？是不是不能再像之前那样黏着你？是不是，要学着自理、自立，在离开你后，好好地生活下去？

这些问题她没有问，最终用尽所有的力气笑出一个成熟得体的笑容：“我会做到的。”

吃完饭，陆云歌执意要去看江畔的七层宝塔，他们去了江边。

直觉告诉陆云歌，她能跟江楚桓相处的时间可能不多了，不由得贪念在一起的时刻。

他们步行到塔底，十一丈高的七层宝塔，砖石叠砌，层层出檐，斗拱装饰，360 度旋转的照明灯，自顶端射出一道直通天际的雪白光束。

她仰脸看着这光束问他：“相传这宝塔是晋代郭璞始建，郭璞精通卜筮之术，你说他有没有算出，今天我们会在这儿？”

不等江楚桓回答她已沿着通往江边的石阶走了下去，独自走在前面，朝着浩浩江水行去，走过石头垒砌的江堤，走过细沙绵绵的江滩，走到离江水最近的大青石上坐下，头顶一轮黄亮的圆月，一米外惊涛拍岸，卷起千堆雪。

她知道江楚桓在身后，坐在石头上没有回头，听着吞吐呜咽的涛声问他：“成年了，是不是可以谈恋爱了？”

过了一会儿，江风吹来他磁性好听的声音：“不影响学习的情况下，是可以的。”

她背影朝着他点点头，又问：“你一直没告诉我你多大，什么星座。”

他略有疑惑的声音传来：“重要吗？”

“我想知道。”她执拗道。

“狮子座，二十七。”

她猛地站起来，回身看着他，她十八岁，他二十七岁，相差不到十岁，刚刚好。七层宝塔的雪白光束缓慢地扫到他们身上，她看着光束中帅气挺拔、丰神俊朗的江楚桓小声道：“你好像这个宝塔。”

“什么？”风大他没听清。

“我说，阿嚏！”她打了一个响亮的喷嚏。

江楚桓抬腕看了下表：“风大别感冒了，时间不早了，我们回去吧。”

她在回家的路上一直闷闷的，她想告诉他，古人云，救人一命胜造七级浮屠，他救过她帮过她，在她心头造起了一座浮屠塔，他是塔顶雪亮的光束，是黑暗深渊谷底照亮她的光，光是勇气，驱散恐惧，指引她一往无前地走下去。

他让她努力学习，她就努力学习；他让她学会自理、自立、精神独立，她就努力自理、自立、精神独立；他说不影响学习可以谈恋爱，她就有了恋爱的权利。

陆云歌的思路如游丝般纷乱缠绕，剪不断理还乱之际听到江楚桓淡淡道："明天收拾行李，要回北京了。"

"回北京？开学不是 9 月吗？"她疑惑地问。

"有新任务要执行，先回北京把你安顿好，我再去。"

"新任务不在北京吗？"

"在外地。"

"会去很久吗？"

"要去很久。"

难怪他今晚语重心长地教育她，他真的要离开她了。

"任务结束总会回来吧？"她故作轻松道。

"会的，如果回得来的话。"他语气平淡，仿佛在说一个与己无关的人。

她心口突然就堪堪地疼，像被利斧凿了一下。

如果回得来的话，这句话为什么让她这么疼，这么想哭。

陆云歌压抑住起伏的情绪，故作轻松地说："肯定能回来的，小北姐姐在北京，我也在北京，我们都在北京，等你回来。"

他笑了："好，等我回来了，看看你学业有没有长进，男朋友要找品行端正，有责任心上进心，真正对你好的，我不在，自己把好关。"

心口处又撕裂了一寸，真疼。陆云歌咬着嘴唇缓了两秒，开口问他："你不在北京时，我可以给你打电话吗？"

"你联系不到我的。"江楚桓淡淡道。

后来很长一段时间，陆云歌都会想起她十八岁生日那天，大起大落的心情，从最初查分的狂喜到最后知道江楚桓要离开的伤感，像搭乘了一趟过山车，送你到快乐的顶点，再摔你进悲伤的谷底。

唯一安慰的是她有时间，她有大把的时间，可以慢慢等。

只要他还回来，他们终究会再见。

第九章 嫉妒女神

走向她的这个男人，有挺直的脊梁，堂堂正正的仪表，
刚毅果决的勇猛，为国为民的忠诚，
他走向她，自带的光芒如此耀眼，像一个传说中的英雄。

收拾好行李离开临水是在两天后，张小北订好了接风宴，事先声明江楚桓负责出钱，其他她来安排。

一出北京机场，陆云歌就看到头顶卡了副双层翻盖墨镜，一身黑色休闲装，扬起健美的小麦色手臂朝他们挥手的张小北。江楚桓和陆云歌推着行李箱走过去，张小北身边站了个画风截然不同的姑娘。

姑娘有一把黑缎般的好头发，淡妆下的脸晶莹剔透，堪描入画，轻纱淡紫长裙包裹住婀娜多姿的身材，她站在那儿，即便气质有些高冷，也让身边经过的人忍不住多看几眼，毫无疑问是位女神。

女神看到江楚桓，莲步轻移，温柔浅笑，情意在眼波里流转，很有点古装电影里大美女的风姿。陆云歌正在心底为女神的风姿所折服，听见了一把沙哑的腔调：“江楚桓，好久不见。”

声音仿佛在用磨砂纸抛光金属，听得人头皮都立了起来，这个声音哑、暗，也并非很难听，只是跟女神的画风太不搭。

江楚桓瞧了眼眼前这位画风不搭的女神，淡淡道：“不久，半年前才见过。”

女神此前一直在微笑，现在笑容僵在脸上。洞若观火的张小北赶紧跳出来打圆场："你小子面子大，回一趟京，我和逸云都来接你，咱别搁这儿聊了，先去餐馆吧，秦刚还在那儿等着呢，走啦走啦。"她抢了陆云歌一个箱子，拉着劲儿劲儿地往前开路。

陆云歌看看张小北一马当先冲在前面的沸腾劲儿，再扫扫身后拉着两大箱子，慢悠悠走着不解风情的江楚桓，最后瞧了瞧自己身边这位声音与画风严重不搭的女神，女神表情很惆怅，就是张小北提过的八年抗战终不悔，为"江"消得人憔悴的韩逸云。

江楚桓一回京就来接机，不愧是头号粉丝，半年没见江楚桓欧巴，一见面就被打击。陆云歌一方面有点同情她，一方面感到一阵酸爽，这酸爽，够爽。

张小北驾着路虎驶到了故宫附近，一行人下车穿了两条小巷，进了一家四合院私房菜馆。一进朱漆铜环门，入眼是沿廊飘摆的宫灯，行至转角，大鸟笼里的雀子开始滴溜溜地叫，绕过天井，大水缸蓄的碗莲散出淡淡幽香。

陆云歌跟在小北身后，一路只觉古香古色，各类新奇目不暇接，最后进了一间包厢，半面墙的玻璃窗外是一道覆着琉璃瓦的朱红宫墙，墙内巍峨宫殿檐角上的脊兽立在瓦蓝的天空幕景下，庄严雄浑，气象万千。

包厢里有个浓眉大眼的男人看着窗外的景色在饮茶，看到他们进来立刻起身冲江楚桓喊了声："江师兄。"

"秦刚知道你回来，专程赶过来见你，有事跟你说。"张小北走到秦刚身边，重重地拍了一下他的肩膀。

江楚桓拉开椅子坐下："什么事，坐下说吧。"

秦刚在江楚桓身侧的座位坐下："是公大特警队的事儿，这几届特警队队员整体素质有些下滑，我作为队长督促他们加强训练，可他们自我感觉良好，要不是上次小北学姐来露了一手，他们真不知天外有天人外有人，最近我们队又进了几个新队员，有点本事，眼高于顶，队里风气又开始浮躁。"

秦刚对着江楚桓诚恳道："江师兄，您是公大特警队的前任队长，您的本事当年我是亲眼见过的，那真是……”

张小北急吼吼地打断秦刚：“别拍马屁了，说重点！”

秦刚点点头道：“重点就是，难得江师兄回京，想请师兄和小北学姐来公大特警队指导切磋，杀杀队员们的浮躁气。”

张小北帮腔道：“江楚桓啊，这事咱得管啊，好歹你是特警队前队长，我是前政委，眼看着师弟妹们不求上进，不能袖手旁观啊。”

江楚桓淡淡道：“今天下午吧，后边没空了。”

秦刚得了准信，打电话通知下午三点半特警队紧急集合。

韩逸云单手撑着粉腮，独自惆怅了一阵，发现没人搭理她，再加上已受了八年打击，心理建设得很坚固，缓了缓便恢复了元气，往下耷的嘴角复向上翘了起来，笑眯眯地听他们说话，一双眼睛滴溜溜转始终没有离开过江楚桓，听到秦刚夸赞江楚桓，不自觉地挺直了腰板，颇有种家属的荣誉感。

昨天她去公大找她舅舅，恰巧碰到张小北在打电话讨论接机的时间，她竖着耳朵听了会儿，福至心灵想到了江楚桓。

张小北一挂电话她就怼到跟前问：“江楚桓明天回京，时间跟你说了？”

张小北脑子没转过来脱口而出：“说了啊，上午十一点。”

“好，上午十点我来找你。”韩逸云露出得逞的笑容，嘟嘴隔空亲了小北一下跑走了。

张小北方才悟过来刚被套话，冲着韩逸云背影咧嘴说了声“靠”。

要不是她聪明，怎么能江楚桓一回京就见到他。她一直打量着江楚桓，不加掩饰地看着他。他瘦了一点，还是那么帅，那么有魅力，随便看一眼都让她心旌摇曳。只有一点让韩逸云觉得碍眼，就是江楚桓带在身边的小姑娘。

那丫头看样子是个高中生，听口音是外地人，n、l都说不清，平翘舌更是一塌糊涂，长得凑合能看，瘦得跟麻秆儿似的，一路上都跟着江楚桓，像长在他身上的尾巴，坐座位也挨着江楚桓坐，那位置是她坐的吗？没一点儿自觉性！哪儿来的来路不明的小女生？！

陆云歌感受到身侧目光的压力，扭过头正对上韩逸云X射线般的眼神，似乎要照出她的心肝脾肺肾，看清她每一根骨头。

陆云歌从一开始就听不大懂他们在聊什么，被韩逸云瞪了一番更觉胆怯，只是一味低头吃饭。有好吃的菜上来，转盘转到她面前，江楚桓伸出手指，把转盘顿一下，她老实地夹一筷子，低头默默吃菜，却感觉到韩逸云那个方向射来的目光更锐利了。

吃过饭撤了菜，大家坐在包厢里喝茶。

“我选的这地儿不错吧。”张小北指着窗外的故宫道。

“地方真好，我第一次在这么高档的地方吃饭。”陆云歌看着窗外宫殿的脊兽感慨。

“嗤！”韩逸云发出一声讪笑，“是‘吃饭’不是‘龇饭’。这地儿也不高档啊？我看这院子还不如我家的呢。”

“‘龇饭’多好玩，我就爱听陆云歌妹妹说‘龇饭’。”张小北打着圆场，手探到韩逸云背后掐了下，示意她别太过分。

陆云歌轻轻抿了嘴，不再说话。

“下周舅舅来我家，小北、楚桓，你们也一道儿来吧，舅舅昨天还在念叨你们呢，咱们一起聚聚。”韩逸云向张小北和江楚桓发出邀约。

张小北打了个哈哈：“我没问题啊，你呢？”

“近期我不在北京，你去吧。”江楚桓淡淡道。

“又有任务？”小北问。

江楚桓点点头。

“江楚桓，”韩逸云叫他的名字，声音有些抖，叫完眼圈就红了，“你就那么不把我当回事？”

屋子里瞬间静默下来，张小北站起来揽着韩逸云的肩：“逸云，好好的这又怎么了？”

“怎么了？”韩逸云声音有点哽咽，“小北，我几次三番去找我舅舅，别人不知道为什么，你也不知道吗？”

“这……”张小北看着一屋子人也犯了难。

韩逸云站起身走到江楚桓面前，索性摊开了说：“下个月开始选拔年轻优秀干警进公安部任职，北京禁毒总队的方队想推荐你，你在临水市外派期间工作表现优异，还协助利川破获了特大盗车案，而你是我舅舅的得意门生，只要你愿意，他自然也会助你一臂之力。”说着说着，一着急，她眼泪就出来了。

韩逸云擦了下眼角：“我去找了舅舅几次，跟他商量怎么把这个事办妥，公安部选人的事你不是不知道，多少人盯着的关口，你却接任务去外地。方队是不会在这个节骨眼外派你的，又是你自己要求去的吧？江楚桓，我就不懂你了，进公安部是多少人梦寐以求的啊，怎么就入不了你的眼呢？我一次次去找舅舅合计，原想你回来我们一起见面商量，你现在告诉我，你又要离开北京，那我做这些又有什么意义？你就那么不把我当回事吗？”她呛着声哭了出来，张小北拿出纸巾给她擦泪。

“江楚桓，真是的，逸云一片好心。”张小北知道韩逸云为江楚桓的事找了她舅舅几次，但不知是想调江楚桓进公安部，江楚桓这么多年对韩逸云都很冷淡，她还能一心为他着想，即使张小北是个旁观者也不免感到唏嘘。

张小北问江楚桓：“你真的接了任务要去外地？去多久？”

江楚桓淡淡道：“已经接了，去很久。”

张小北一时无语，江楚桓她也是弄不懂了，他在这个关口接任务走，基本是自动放弃了调入公安部的机会。这个机会，如韩逸云所言，是多少人梦寐以求的。

“韩逸云。”江楚桓叫她，韩逸云泪眼婆娑地看着他。

“我做警察，不是要当官。我的事，你不要管。”

江楚桓站起身道：“走吧，去公大，会会学弟学妹。”

陆云歌站在训练场上，看着江楚桓点到即止地放倒了一个又一个前来应战的特警队员，最狂的几个小子也过不了十招就倒地，训练场外围观的人越来越多，尖叫声此起彼伏，围观的人群在身后推涌着她。

她在尖叫声和人潮的涌动中看着江楚桓，最后一战是张小北对战江楚桓，两人打了有五十多回合，兴奋的尖叫声都快掀翻棚顶，人群的涌动也愈发激烈。

张小北最终不敌落败，蹲在地上对身旁看得合不拢嘴的秦刚摇头大喘气道：“不是我军无能，而是敌军太猛。”

江楚桓拉起蹲着的张小北在她肩上轻拍了下道：“比上次交手有进步，继续加油。”转身朝陆云歌走来。

走向她的这个男人，有挺直的脊梁，堂堂正正的仪表，刚毅果决的勇猛，为国为民的忠诚，他走向她，自带的光芒如此耀眼，像一个传说中的英雄。

江楚桓快到时，韩逸云斜刺里跑出来，眼角还有点红，瓮声瓮气地对陆云歌说：“陪我去下洗手间。”

陆云歌没来得及说话就被她拽住手七绕八拐地扯远了。

韩逸云把她带进了一个小洗手间，反手锁上了门。

韩逸云望着她，张口的第一句话就把她问傻了：“你爱江楚桓吗？”

“什么？”陆云歌以为自己听错了。

“别装蒜，回答我。”韩逸云冷冷道。

陆云歌红了脸，小声道：“他，他是我哥哥。”

“别拿什么哥哥妹妹的来糊弄我，我问你，你对江楚桓有没有男女之情？”韩逸云不饶她。

陆云歌愣了半晌，只能回问韩逸云："什么算是男女之情？"

韩逸云也呆了问："你是真傻还是假傻啊？男女之情说通俗点就是我想跟你生猴子！"

陆云歌脸全红了："我没想那么多，这些也太不纯洁了。"

韩逸云抚着额头靠着门："天啊，他喜欢这种清纯挂的？早知道我就不应该在他面前说黄段子，我还以为自己很幽默了。"

韩逸云看着眼前红着脸懵懵懂懂的陆云歌，皱眉道："我换个说法吧，你是不是见了他之后再也不会喜欢上别人。"

"不会再喜欢上别人？"陆云歌重复了韩逸云的问题。

"对，哪怕他不喜欢你，你也愿意等，等他哪天说不准会回心转意，哪怕等一年，两年，五年，八年。"韩逸云眼里泛起泪光。

陆云歌安静地听着。

"你也不是刻意不去喜欢别人，只是除了他，你对其他人再也没有心动的感觉，你好像失去了对其他人心动的能力。"韩逸云双手反撑在洗脸台上，含着泪，撇着嘴。

陆云歌沉默地站在那儿，她知道自己喜欢江楚桓，但这种喜欢究竟是不是爱情？

等待对她来说没有问题，江楚桓过多久回来她都会等，他是楚桓哥嘛。

心动，她也不能骗自己，她对江楚桓一直很心动。她之前把这种心动归结于异性间的自然吸引，可是不是每个异性都能让她心动？仔细想想，好像也不是。

她还有没有爱上其他人的能力？她不知道，她不知道未来她会遇到谁，又会不会爱上谁。

她经历得太少，对自己的心意不甚明了。

"我……我不知道。"她只能这样回复韩逸云。

韩逸云盯了她一会儿，见她说得像是实话也没有再为难她，扭开水龙头洗了手，对镜一边补妆一边问：“你来北京读大学？”

陆云歌点点头。

“我在高校教英语。”

“哦，韩老师好。”

韩逸云补好妆回身看着她：“我平时不是这个样子，可一旦跟江楚桓有关，我就……”她哽咽住，用手捂住嘴，顿了一小会儿，稳定了情绪继续说，“刚才在餐馆我说的话，你都听到了吧，我爱江楚桓，我做的一切都是为他好，你还小，有些事不明白，但我读的书多不会骗你，你有空多劝劝他，不要去外地，就留在北京。”

陆云歌想了一下慢慢摇头：“韩老师，我不能帮你劝楚桓哥。”

韩逸云瞪大眼睛望着陆云歌。

陆云歌缓缓道：“每个人都有自己的理想和追求，你虽然是为楚桓哥好，但你做的并不一定是他想要的。楚桓哥的工作很危险，但也非常崇高，我很敬佩他，我没有本事同他一道打击犯罪，但我愿意在精神上支持他。”

韩逸云愣了一下，没想到看似懵懂的陆云歌说出这样一番话，她苦笑着摇摇头：“同学，你以为你境界高，你是 too young too simple，我从小在公安系统长大，知道太多事情，那些危险和恐怖都不是你所能想象的，可我已经看得太多了。”

韩逸云打开洗手间的门走出去，最后看了她一眼，语气沉凉：“我只是个平凡的女孩子，江楚桓是我爱的人，即使他不爱我，我也希望他好好活着。”

陆云歌跟在韩逸云身后往外走，绕过七弯八拐的通道，一前一后地出了训练场。张小北和秦刚站在阶梯上说笑，江楚桓面朝训练场大门，似有似无地看着进进出出的人群，韩逸云一出现直接将她锁定，看到韩逸云微红的眼圈，眉头微微蹙了起来，快速扫描到韩逸云身后的陆云歌，见陆云歌甩着细胳膊细腿面色如常地走出来，蹙着的眉又松了下去。

两人走到他们面前，张小北唯恐天下不乱地问陆云歌：“去了这老久，韩逸云没欺负你吧？”

陆云歌摇摇头。

韩逸云怼到张小北面前冲她嚷：“我会欺负她吗？她跟我学生一般大我能欺负她？”

张小北用两根手指把韩逸云的脸拨向一侧：“冷静，冷静，你是被媒体报道过的女神老师，不是女神经，这儿这么多人，保不准谁认出你，拍下你撒泼的照片发到网上就不好了。正常，正常一点。”

韩逸云哼了声鼻子，独自站到江楚桓身边，一张脸又红又白像在间歇性地不好意思。陆云歌想起张小北之前跟她八卦说韩逸云是高校英语老师，修养品位符合她的身份，今天这一天，陆云歌压根没看出这位韩老师有什么内涵，只觉得像个爱使性子的小女生，修养和品位？不知是张小北瞎了还是她瞎了，打死她也没看出来。

陆云歌转念想到在洗手间，韩逸云说的那句话“我平时不是这个样子，可一旦跟江楚桓有关，我就……”，目光不由自主地往江楚桓身上瓢了下，韩逸云不自然地捋了下头发，也在偷偷地瞟江楚桓。

张小北和秦刚已成功交换了几轮眼色，眼色里有想八卦的千言万语，脑补的夺爱撕逼大戏，最后目光也落到了江楚桓身上。

江楚桓对一切视若无睹，扛住来自各个角度的目光，取过张小北手中的钥匙，身姿挺括地抬腿去取车，空留永远想看戏但从来没看成戏的张小北在原地扼腕叹息：“去洗手间为什么不叫上我？我也要上厕所的好吧！”

“望京一品”3号楼的电梯快速平稳地上行，陆云歌站在江楚桓身后一步的位置，电梯内的冷气很足，她的耳朵却在滚滚发烫。

在车上韩逸云问她：“你来北京住哪儿？”

她老实答：“住楚桓哥家。”

韩逸云脸色瞬间变得像鬼一样白：“你这么大一个女生住他家？孤男

寡女成何体统！”

她连忙解释道：“在临水时我也是住楚桓哥家，他一间房我一间房，没你想的那么复杂。”

解释完却发现还不如不解释，韩老师的脸直接青了，抖着唇问：“你们在临水就住在一起了？”

张小北和秦刚屏住呼吸，竖着耳朵听得一脸奸笑。陆云歌急了，江楚桓当时让她住进去完全是为了帮她补课，不讲清楚会坏了楚桓哥的清誉，他那么正直正派的人，不能受这种冤枉。

“我跟楚桓哥是各住各的，他就是帮我补补课，做做饭，其他什么都没有，他为人很正派的！我可以发誓！

韩逸云脸色由青转紫：“你说什么？江楚桓还给你做饭？！”

张小北用一种我早已看穿这一切地口气道：“别解释了，解释就是掩饰，掩饰就是事实。”

陆云歌急得面红耳赤，方觉得有些事真不如不说，越描越黑。

在她最尴尬时，车停了下来，江楚桓拉开车门，单手撑在车顶冷冷地问：“很无聊？拿人小姑娘开涮。”

韩逸云一脸吃醋地看着他，张小北在嘴上横拉一道示意封口，秦刚低头拼命憋笑。

江楚桓对陆云歌道：“到了，下车。”

第十章
最后晚餐

江楚桓自始至终是一副若无其事的表情，
似乎告别于他而言从来就不是一件值得悲伤的事。

陆云歌站在电梯里，耳朵滚滚发烫，她和江楚桓不长不短地住了几个月，备战高考期间全身心投入复习倒是很坦荡，今天经历了韩逸云的追问和张小北的揶揄，倒让她没那么坦荡了。

“叮”的一声电梯到层了，江楚桓拿出钥匙开了门，去阳台打开一扇扇紧锁的窗户，风从窗口涌入，掀起淡白纱帘，陆云歌拉着箱子进去，站在客厅打量房子，三室两厅的布局，整体色调是黑白灰，家具是北欧简约风，照例是没有多余的杂物，所有东西整齐划一地归置，强烈的江楚桓 Style。

“房子好大，你一个人租这么大的房子？”她走到每个房间门口张望。

“不是租的。”江楚桓接通电闸后，走到橱柜拿出水壶接水放上灶台。

陆云歌在门口张望完走到厨房问：“那是借的谁的房子在住？”

“借？”江楚桓眉头挑了下，目光从刚点燃的炉火移到陆云歌脸上，带着玩味的神色问，“我看起来很穷？还要借房子住？”

“这个，不是你看起来穷，当警察确实没什么钱嘛，而且你这么正直清廉，我想你也不会去捞钱贪污。”

江楚桓点着头听完。

“谢谢你的评价，分析得很有道理，可惜房子是买的，至于钱肯定不是贪的，如果你还有精力，不如一起打扫吧。”

陆云歌心里打了个突，她刚到北京方方面面都不熟悉，但北京的房价那是全国人民皆知的，“望京一品”地理位置优越是高档小区，这样的房子光租都不便宜，何况是买，买下来那得花多少钱？江楚桓哪儿来这么多钱？

江楚桓去洗手间提了桶水出来，陆云歌自觉地找了块抹布跟着打扫卫生，两人一道擦着家具，擦完家具开始拖地，拖完地换床单被套，把行李箱带回的东西收捡好，整理时音响放着轻柔的音乐，微风拂动白纱帘，他们偶尔会说一两句话，更多的时候没有言语，对下眼神就大致知道对方意图。

是从什么时候开始这么默契的？她不知道。

江楚桓这么聪明的人，即使跟其他女生，相处下来达成默契也不是难事。

那她呢？跟其他男人也能达成这样的默契吗？

全部整理完天色已黑，陆云歌站在花洒下沐浴，感受到了快乐和安宁。她从小没有母亲，跟着做父亲的混混颠沛流离这些年，既没有安全感，也缺乏自信，生活里快乐安宁的时刻屈指可数。

在不安紧张色调灰暗的生活中，她一直感觉到匮乏，直到遇到江楚桓，他守护她的安全，培养起她的自信，用耐心和温柔填补着她心底的黑洞，让她感受到罕有的快乐和安宁。

他是她名义上的哥哥，耐心温柔却像她的母亲，受伤之后如同她的孩子，他对她来说是不同的，这不同意味着什么？

陆云歌洗完澡坐在沙发上，傍晚的暖风一寸寸吹干她的发丝，韩逸云追问的问题与她的迷惑交织在一起，她用宽齿桃木梳一下下梳着头发，试图梳理清虬结的思绪。大门被打开，江楚桓从附近超市买了菜回来，她起身去帮忙，将思绪放置到脑后。

江楚桓避开了她的手，抬一抬下巴道：“袋子不干净，去坐着。”

她收了手坐回到沙发上，江楚桓把袋子放进厨房，洗干净手进了卧室，出来后坐在她对面将一张卡放到茶几上淡淡道：“学费和生活费从这张卡里取，密码是639012。”

陆云歌看着卡愣了愣，抬头道：“我有钱。”

“五万块不够花四年，这张卡借给你。卡里有五十万，不管你怎么花，大学毕业工作两年后把卡还我，还卡时里面的金额不能少。”

陆云歌想了片刻，摇了摇头：“楚桓哥，我欠你的已经很多了，你照顾我吃，照顾我住，怎么还能再拿你的钱。”

江楚桓笑了，左手食指蜷曲起摩了下鼻子，眼神明亮地看着她：“刚才说了，还卡时里面的金额不能少，你可以多还作为利息，这买卖不吃亏。”

“利息啊，”陆云歌拿出手机查看银行理财产品的收益率，把手机拿到江楚桓面前，“楚桓哥，现在好点的理财产品都有百分之五的收益呢，你五十万一年就是两万五，四年就超过十万，你觉得我有可能还出比这还高的利息吗？”

江楚桓认真地点点头：“你可以的，我相信你的能力。”

陆云歌语塞，过了会儿，小声道：“你也太看得起我了，我都不知道自身有几斤几两。”

江楚桓显得很笃定：“对自己有点信心，你可是我带出来的徒弟。”

话都说到这个份上，她再不收下卡倒显得矫情了，如此，唯有好好混了，如果她混出点名堂，若干年后还给他一张收益过百分之五的银行卡，也不枉他现在的青眼有加。

“楚桓哥，你老帮我，都不知道怎么感谢你。”陆云歌嗫嚅。

“想感谢我？”他淡淡地看着她。

目光交接在一起，心跳就加快了，不知为何她想到了韩逸云问她的那些问题，心绪就乱了，有些事不去琢磨就没什么，一去琢磨就有什么不对了。暧昧长了脚从角落里爬了出来，在他们四周游走逡巡，空气里的温度似乎开始升高。

她点点头，不回避目光地望着他，试图从这充满化学反应的对视中理清虬节的思绪。

他把目光移到厨房水槽的袋子上："你做顿饭吧。"

她艰难问道："就，这么简单？"

他反问她："简单？你想怎么感谢？"

她站起身走向厨房水槽，留给他一个说不出是失落还是放松的背影。

"晚饭交给我了，你等着吃吧。"

陆云歌把塑料袋里的食材取出来处理好，计划做两菜一汤，洗干净手，备好调料，有条不紊地开始烹饪。

二十分钟后她把饭菜端到餐桌上，江楚桓探出筷子各尝了一口，有些意外地望着她笑："菜做得这么好，真是深藏不露。"

陆云歌当然会做饭，陆百川做混混经常不顾家，不会做饭她早饿死了。她之前不做饭是因为有江楚桓做，江楚桓做饭难吃，可她愿意吃他做的东西，好吃也好难吃也罢，不是因为她懒，而是因为眷念被人照顾的感觉。

现在想想是不是有点太自私？倒像是扮猪吃老虎一味索取了。

她为自己之前存的小心思感到惭愧，边吃菜边道："你要喜欢吃，以后我天天给你做。"

话出口后觉得不对，像是情侣间的专有台词。她微红了脸，垂下睫毛，小口吃饭，胸腔里打起了鼓，侧耳倾听他的回复。

江楚桓那边没有回复，过了一分钟，听到他低沉入耳的声音："我明天走，以后有机会再尝你手艺。"

她的心在腔子里顿住了，悬在一个上不着天下不着地的地方，一片慌张和茫然。

明天就走了？

她知道他要走，只是没想到这么快。

突如其来的消息让陆云歌方寸大乱，她有话想说，张了嘴又不知说什么，没想清楚的千头万绪缠绕着她的心脏，勒得她心口微微发痛，太快了，她都没来得及想明白，他就要走了。

她放下筷子，看着对面夹菜的江楚桓，江楚桓修养好，吃饭吃得安静。在一片安静中她对他说："我等你回来。"

他再回来时，她应该想明白一些事情了。

他安静地吃着饭，修长手指架在银箸的末端，姿势赏心悦目，淡淡说了三个字："不用等。"

江楚桓独自待在北京禁毒大队大队长的办公室，目光从书架上摆放的一尊尊奖牌上滑过，落到了墙壁上挂着的一面锦旗上，上书"神警雄风 罪犯克星"八个大字。方波打着电话，气势汹汹地进了门，一扬手把文件夹扔到桌案上，站到了江楚桓面前。

"是，我会跟他再说一说，不过江楚桓的脾气您也知道，说了未必管用。"方波对江楚桓挤了挤眉。江楚桓笑盈盈地点头，像是对他的话表示赞同。

"好，老师您注意身体，这段时间忙完了来看您。"

方波挂断电话，向着方凯面门快速挥出一拳："你还敢笑！今天为你的事，我这电话都快打爆了！"

江楚桓向后一闪，轻松躲过一拳："昨晚老师给我电话，我已经说得很清楚了，老人家挺执着，又找上你了？"

方波叹了口气："老师还好说，上方有领导也在敲打我，暗示云南行动换其他人上，我照之前咱们说好的，坚持你是最合适任务的人选，硬生生把上峰顶了回去。江楚桓啊，如果我这辈子只能当个大队长，就是你害的。"

江楚桓点头笑道："如果我能把黄丧的毒品走私网络破了，你只当个大队长也值了。"

方波转脸看向锦旗上的"神警雄风 罪犯克星"，默了片刻，轻声道："黄丧的线如果破了，别说大队长，把我降成科员都值。"

江楚桓目光落到锦旗上，眼前浮现出一个老男人虎背熊腰笑眉笑眼的模样。他知道方波一定跟他一样，此刻在想这个虎背熊腰笑眉笑眼的老男人，那是江楚桓到北京禁毒总队跟的第一个也是唯一一个师父——老吴。

两年前，江楚桓刚入北京禁毒总队，队里安排老吴来带他。老吴是辽宁人，身高一米八五，是个虎背熊腰外加一脸横肉的壮汉。脸上肉多导致老吴即使笑也透露着股皮笑肉不笑的凶煞气，作为大队里最具黑社会气质的男人，老吴做了很多次卧底，多到老吴自己都记不清，即将退休的那一年老吴从一线退下来，接受队里安排的新任务，带新来的高材生江楚桓。

老吴是个坐不住的人，最不耐烦纸上谈兵，他在办公室来回走动，黑着脸“哐嚓哐嚓”地踱步，像一座移动的铁塔，每回听到消息线报立马笑眉笑眼地薅起江楚桓出勤，江楚桓跟三道九流打交道的功夫，都是在那大半年里，老吴亲身示范带出来的。

之后的一天，老吴带着江楚桓参加了队里的大规模扫毒。这是江楚桓第一次参加大规模扫毒行动，地点是几家奢华的会所，老吴带着他一间间包厢查看，亲身讲解个中的门道，有些包厢内的场景触目惊心，这次大规模扫毒除了一般的瘾君子和卖淫女，还逮出了十多个花样女学生，据交代她们都是同一所学校的学生，在酒吧蹦迪时被毒贩引诱吸毒，上瘾后为获取毒品不得已沦为毒贩的傀儡，在高档会所内以援交换取毒品。

涉事人员被抓到大队后不久，家长们得到通知匆匆赶来，根本无法相信眼前的事实，明明是上学的乖乖女，怎么会沦为有毒瘾的援交女？她们才那么小，人生才刚刚开始，就已经毁了。

在过于残酷的事实面前，两位母亲当场昏厥，一位父亲精神崩溃，家长们集体下跪，哭声一片，请求禁毒总队一定要抓住害他们女儿的凶手，他们要亲眼看到害他们女儿的凶手被绳之以法。

经过连夜调查审问，禁毒大队得知给这几家奢华会所供货的毒贩头子叫孔云，两天前刚从云南带了一批毒品回京。调查获得的情报显示，孔云有五年从军经历，枪械娴熟，身手不凡，曾在云南和湖北各犯下一起命案，被云南、湖北、北京、哈尔滨四地警方通缉。

队里派出侦查员前期侦查后得知，孔云团伙三名成员居住在丰台小区，情报并未显示嫌疑人持有武器。方波一番思量决定由他亲自带队，再挑两位擅长擒拿格斗的年轻同志，三人为开路先锋，对孔云团伙实施抓捕。考虑到孔云很能打，选了江楚桓加入先锋，老吴听说江楚桓要做先锋，二话不说找到方波请命也要做先锋，方波面露难色："老吴，没几个月你就退休了，这种事让年轻人去做吧。"

老吴听到这话黑了脸："方队嫌我老不中用了？"一说完出手快如闪电，一把拽住方波衣领，生生把他举了起来，一提气将方波扔到了沙发上，一屁股坐到方波身上压住他，"你让徒弟去不让师父去有这样的道理？江楚桓是我徒弟，我不去看着他，出了事你方波有几颗脑袋给我削？我可告诉你，我挺瞧得上江楚桓这小子，想招他做女婿，这个先锋我当定了，你别咋咋的。"

方波被老吴压在屁股下哼唧："老吴啊，你说大话也不打草稿，你还招女婿呢？你女儿结婚那年我可给了红包的，这你骗不了我。"

老吴抬起半边屁股墩："记性挺好啊，我侄女还单身呢，我招江楚桓做侄女婿行不行？方队你再不同意我可打屁了啊。"

方波不想吃屁，只能答应。

抓捕计划制定为方波、江楚桓、老吴三人为开路先锋，大部队跟在身后入场抓捕。方波打头阵，江楚桓在中间，老吴殿后，前后照应。

是夜，方波带领江楚桓、老吴来到丰台小区二十四楼。

一切准备就绪，方波向江楚桓、老吴点点头，房门打开后，坐在客厅沙发上看电视的两个孔云同伙被大部队当场逮捕，方波领头直接冲向房屋尽头关着门的卧室，一脚踹开后喊道"别动，警察"，孔云正在收拾行李，见有人进来飞快地向后撤了一步，方波立即跟上一步，双方相差一米左右，孔云右手突然从裤兜里掏出一支勃朗宁手枪，直指方波脑门。

江楚桓跃身向前一个飞腿，孔云惨叫了一声，他右手拿的勃朗宁被踢歪，手指死死卡在扳机上已经折断。方波飞扑到孔云身上，一手按向孔云持枪的右手，探出另一只手卡住了孔云的脖子将其按倒在地。

江楚桓也要扑上去的瞬间，老吴瞅见孔云左手突然从怀里摸出一支九毫米马卡洛夫手枪，老吴像头壮实的蛮牛，猛撞过去瞬间掀翻了面前的江楚桓挤开了孔云身上的方波，与此同时，枪响了。

子弹从方波的右臂擦过打入了老吴的颈部动脉。方波和江楚桓拉着警灯疯了似的载着老吴往医院冲，江楚桓拼命按压着老吴脖子上的窟窿，动脉的血哗啦啦地往外冒，怎么也按不住，老吴的鲜血漫过了江楚桓的双手，眼里的光亮一点点暗下去，他含含混混哆哆嗦嗦地叫了孙女的名字、女儿的名字、逝世多年爱人的名字，绽放出淡淡的笑容，笑眉笑眼的样子凝固在脸上，成了老吴最后的表情。

老吴的女儿和女婿带着三岁的孙女从辽宁来到北京料理老吴的后事，追悼会上来了很多人，十多个受害女生及家长也来了，他们送来了一堆花圈和一面锦旗，花圈送给了老吴，锦旗赠给了北京禁毒大队，天鹅绒红底的锦旗上书着“神警雄风 罪犯克星”八个金字。

方波接过锦旗和江楚桓一道走到老吴女儿面前：“这面锦旗属于你父亲，他是真正的禁毒英雄。”

江楚桓红着眼圈：“老吴走之前叫了你的名字、你女儿的名字、你母亲的名字。”

老吴女儿木然地问：“他还有别的话吗？”

江楚桓深吸一口气，压住喉咙里的哽咽，摇了摇头。

老吴女儿自下火车赶到会场一直没说话也没流泪，听到这里，苦笑起来，对着盛放着老吴遗体的棺椁道：“还有几个月就退休了，你这是为什么？你知不知道这么多年，我一直提心吊胆地等你退休，好不容易要退休了，你却……”

老吴女儿的眼眶慢慢湿了：“你不是最喜欢小嫚吗？前几天打电话我们怎么说来着，说你退休就来我这边，每天送小嫚上下学，没事就到公园锻炼身体，下下象棋，我把你的房间都收拾出来了呀。”

说着说着，老吴女儿哭了出来：“你倒好，自己当英雄去了，死得其所了，我收拾出来的房间谁来住啊？谁来接小嫚上下学啊？”

“你知不知道小嫚没有爷爷，我没有爸爸了啊！爸爸啊，你怎么能这么骗我！”老吴女儿双腿瘫软地跪在地上，大声哭喊。

游走在世间，总有一些场景会击中你的灵魂。老吴逝世和追悼会的场景，在夜深人静的夜里，撞击着江楚桓的灵魂。

老吴骨子里是个正义侠客，惩奸除恶是他的本性，当警察打击罪恶，是老吴心甘情愿选择的职业，即便为此付出了生命，对老吴来说也是死得其所。老吴这一生，干了他爱干想干的事，淋漓畅快地活过，他这一生对得起自己，对得起同志，对得起人民，对得起国家。

唯一对不起的，是家人。

回忆完老吴，记忆带着江楚桓走向更遥远的过去，十几年前的记忆碎片闪现出来，碎片中储藏着浓重的血腥味，蠕动着一段血肉模糊的女人残体。

身体里的戾气快速升腾成强大的旋涡，将他拽入黑洞的中心。

黑洞里，没有光，没有亮。

只有铺天盖地的恐怖、无法洗刷的耻辱，和刻骨铭心的仇恨。

“楚桓，楚桓……”方波在他眼前摆动手臂。

江楚桓回过神来，目光从锦旗移到方波脸上：“想老吴了。”

“我知道。”方波叹了口气，从桌底摸出一瓶矿泉水递给江楚桓，“喝点水，你刚有阵儿脸色特难看。”

江楚桓接过水扭开瓶子喝了一大口，平缓了下心绪道：“来龙去脉我们捋一遍。”

这些案子，是一个牵一个扯出来的。北京会所扫毒案，老吴不幸牺牲，孔云被捕后供出了湖北临水毒贩乔四，交代出乔四不仅跟他交易过毒品，有一次乔四喝高了后告诉孔云，他有个把兄弟叫黄丧，黄丧让乔四帮忙找一个人，找到了就把四川的毒品销售网络转给乔四。

黄丧的名字，黑白两道不少人都知道，他是流窜在中缅越边境的大毒枭，手上有一支武装队伍，在各地从事制毒、运毒、贩毒等非法活动，近几年传言他正在构建从缅甸经大陆往国际市场贩毒的地下通道。

黄丧被公安部列为A级通缉犯，贩卖冰毒三十吨，其中十一吨被中国警方查获，从他手中流出的十九吨冰毒，让无数家庭倾家荡产，妻离子散，在被列为A级通缉犯之前，他先后有四次逃过了警方的包围圈，最后一次逃脱后难寻踪迹。

从孔云处挖掘出乔四和黄丧的线索后，上级派江楚桓到临水市，接洽线人陆百川，负责侦缉乔四案件，同时收集与国际大毒枭黄丧有关的信息。陆百川身份暴露遭到乔四杀害，但在陆百川死前，已将大量乔四的犯罪证据存放在绿萝游泳池的储物柜内，这些证据不仅坐实了乔四的罪名，更有一张微微泛黄的纸，上面的内容与黄丧有关。

方队解下身上的钥匙，打开锁住的抽屉，拿出一个淡蓝文件夹，递到江楚桓面前。江楚桓接过轻轻翻开，第一页是一张档案表，照片栏里贴着一张男孩的照片，江楚桓看着照片上小男孩的脸，是记忆深处的眉目，透过陈旧的相片，仿佛看到相片上的男孩躺在病床上，骨瘦如柴的手伸向他，耳边响起久远又熟悉的呼唤“哥”。

江楚桓闭了一下眼，稳了稳神，翻到第二页，第二页是一张微微泛黄的纸，这张纸是陆百川存放在储物柜里的与黄丧相关的信息，是一封黄丧写给乔四的私人信件，打印的信里委托乔四帮忙找一个叫黄小伟的人，生日是9月28日，如果乔四能找到黄小伟，黄丧承诺将四川的毒品销售网转给他以此感谢，末尾处留了一个卫星电话的号码。

修长的食指碾过微微泛黄的纸张边缘，翻到了第三页。第三页也是最后一页，没有任何文字，只有一张模糊的照片，照片里一个戴着帽子的男人，黑洞洞的眼睛，森然地望着镜头，男人虽然望着镜头，却看不到他的脸，或者说，他没有脸。

他的脸被绷带厚厚地裹住，没有五官也没有表情，只有一双黑洞洞的森然大眼，穿透性的目光射入灵魂深处的阴暗角落，召唤出潜藏的恐惧。

江楚桓手触过照片中男人的眼睛，指端传来微不可见的颤抖，他盖上淡蓝文件夹问方波："东西准备好了吗？"

方波从抽屉底部拿出一个暗黄牛皮袋倒扣在桌上，一张假身份证，一张假银行卡，几捆现金，一部手机，一张火车票，一个小本儿从袋子里落了出来。

"手机有定位系统，不过到了云南也没用了，你见了黄丧他不会让你继续用这部手机，手机里面的信息我们都设定好了，黄小伟的社会关系，个人经历也已经做好，详细情况都在本子上。"方波拿起小本儿翻到一页指着上面的电话号码，"这个号码是你跟我们单线联系的号码，表面上是一款游戏的点卡销售电话，有重要情况时跟我们联系，接头暗号在本子上，这些你都记熟。"

江楚桓检查了下桌面的物品，一一装回暗黄牛皮袋，一手拿了袋子，一手拍了方波的肩膀："走了方队，回家收拾行李了。"冲着方波笑了笑往门外走去。

"江楚桓！"方波大声叫住他。

他回过头，看到方波端正站姿抬起右手向他敬了个有力的军礼，眼眶微湿一字一句道："活着回来。"

他立正身姿，右手从胸前抬起，五指并拢回了一个标准的军礼，没有说话，转身离去。

陆云歌坐在宽大整洁的客厅，一动不动地盯着大门，眼眶下挂着两道浅浅的黑眼圈，昨晚一夜失眠，临近天亮时朦胧地睡着，迷迷糊糊中听到房门轻响，鞋都没穿地跑出去，只看到一扇紧闭的大门，她快速跑到门边扒开猫眼往外瞧，捕捉到一闪而逝的背影进了电梯。

她一把拉开门，清晨的凉风吹醒了她的头脑。

他是不是走了？他说今天走的。不说声再见就走了吗？

楚桓哥不会这样的，他会回来的。

穿着睡衣在大门口站了一分钟，最终没有追出去，轻轻地关上了门。

关上门后，她去洗手间认认真真地刷牙，仔仔细细地洗脸，反反复复地给肌肤拍化妆水、乳液，慎重地涂隔离霜，小心地抹上一层唇彩后，规规矩矩地坐在客厅沙发等江楚桓回来，害怕会沾花嘴唇连水都不喝，一动不动地盯着大门。

大门门锁转动声响起，陆云歌一跃站了起来，跑到门口站定，门开后江楚桓左手拎着早点，右手拿着一个牛皮袋，看到陆云歌在门口也不意外，把早点袋递给她，笑着说："老北京的豆汁和焦圈，趁热吃。"

陆云歌接过袋子，慌手慌脚地去厨房找出盘子装了焦圈，又将豆汁倒进碗里，在餐桌上一一摆好。江楚桓进了趟卧室，出来后洗了手，坐到餐桌旁拿起碗对她说："北京独有的吃食儿豆汁，尝尝看。"

"你今天走？"

"嗯。"他将碗端到嘴边抿了一口。

"什么时候走？"

"吃完收拾行李去火车站。"他咬了一口焦圈。

原来是临行前的最后的一餐。陆云歌心头又苦又涩说不出的难过，她早知道他要走，从十八岁生日那天起她就知道，只是不知为什么每次确认江楚桓的离开都让她很难过。

难过，也是她一个人难过，他是不难过的。

江楚桓自始至终是一副若无其事的表情，似乎告别于他而言从来就不是一件值得悲伤的事。

所以她也要努力不悲伤。醉笑陪君三万场，不用诉离殇。

陆云歌挂起淡淡的微笑，夹起焦圈吃了一口，笑道："这个好吃。"

她又喝了一口豆汁，闭紧嘴差点没喷出来，艰难咽下问："这个是不是坏了？"

江楚桓笑着摇头，端起碗又喝了一大口，回味般咂巴了一下唇："豆汁就是这个味儿。”

陆云歌努力又喝了一口，再也喝不下，把豆汁从面前推开，夹着焦圈默默地啃着。

江楚桓吃完后看她剩了大半碗，问她：“不喜欢喝？”

她点点头，专心致志地咬焦圈，离豆汁远远的。江楚桓将她嫌弃的豆汁端过来一口气喝光，抽出纸巾擦了嘴进了卧室。

她见他去了卧室，一改慢腾腾啃焦圈的闲态，变身快嘴小松鼠，嘎嘣嘎嘣一通狂嚼吃完，追着他去了卧室。

江楚桓在卧室一件件地叠衣服，他的手像有魔力，修长的手指随意划过，软塌塌的衣服就变成挺括的专柜展示款。

陆云歌想帮忙，捡起一件帮他叠。男生的衣服大大的，肩宽宽的，她折来折去，一而再再而三都叠不好，不是叠出来太长就是领口是歪的，跟江楚桓叠的一比，弱爆了。

他瞧了眼她叠出的丑衣裳，新拿了一件摊在床上，轻拍了下她的头道：“跟着我叠。”

他折一下，她跟着折一下，一步步叠好，陆云歌手下的衣服也有了几分样子。

他带着她叠了一叠，又叠一件，叠的时候对她说：“开学后好好念书。”

她一边叠一边道：“好。”

“不要去酒吧夜店玩。”

“好。”

“不要抽烟，少喝酒。”

“以前答应过你，你不在身边，我不喝酒。”

他的手顿了顿，指尖在衣服上划出一道笔直的纹路：“男朋友在身边，可以喝。男朋友要找品行端正，有责任心上进心……”

她猛然甩开手里的衣服，抬头直视他的眼睛，截断他后面的话：“有责任心上进心，真正对你好的。你之前说过了！”

他与她对视两秒，移开目光：“年纪大了比较啰唆，你记得就行。”

她很烦，不知道在烦些什么，低头沉默半晌，心烦意乱地问他：“一点和你联系的办法都没有吗？能留个消息也好啊。”

他捡起她甩开的衣服，这是最后一件，他将衣服摊平，衣领整好，反过来折好袖子，再半截对折，翻过来已是一件规规整整的上衣，领口的纽扣严严实实地扣着，他对着领口看了一会儿，手指探过将系得严严实实的纽扣解开。

站起身，走到书桌前，拿了张便笺纸，刷刷写下一款游戏的名字和服务器名称，将便笺递给陆云歌：“游戏里面有个方寸山，山下有个回音壁，有重要的事你在回音壁留言，末尾加三个★号，我会去看，不会回复。”

她接过便笺，小心地折了折，仔细地放进荷包里。

江楚桓将最后一件衣服装进行李袋，拉上拉链，挎着袋子到了门口，低头换好鞋，站起身走到电梯前按下向下键，没有人声，只有拖鞋摩擦地面的脚步声一直跟在他身后，不愿远离，却也不敢靠近。

“叮”一声电梯到了，他走进电梯按了一楼，说了最后一句话：“回去吧，照顾好自己。”

陆云歌憋了半日的眼泪突然破功，眨眼糊满了半张脸，她在电梯门阖上的瞬间朝他喊道：“你一定要回来！”

他薄唇扬了起来，刚毅的面容出现柔和的线条，明亮的眼睛闪着光，向她露出灿烂的笑容，食指划过脸颊，好像在羞羞她的哭鼻子，眼角却起了一丝酸涩。

电梯开始下行，江楚桓点起一支烟，脸上的笑容随烟气一起缓缓消散，还是要笑，笑着告别总比哭着好，如果这是他与陆云歌的最后的告别。

江楚桓在北京西站的候车厅用公用电话拨了张小北的手机，张小北看到陌生的号码，接起手机听到熟悉的声音：“小北，是我。”

电话里背景嘈杂，穿插着检票进站的提示音，张小北拿着手机瞄了瞄不远处的导师，她导师韩国忠近来心情不好，一面被侄女韩逸云反复纠缠，一面被曾经的学生方波无情拒绝，自我总结是过去为人太过和善，混得小辈们都不把他放在眼里，遂板起一张方方正正的国字脸改走高冷路线，害得她天天收着狐狸尾巴不敢放肆。

张小北猫着腰从韩国忠眼皮子下溜了出去，跑到无人的楼道才对着手机开口："江楚桓啊，你去执行任务，韩逸云操心，韩逸云一操心就来折腾我导师，我导师一被折腾就冲我不爽，你说我怎么那么命苦，处在食物链的最底端。"

江楚桓在电话里笑了声："说得都像是我的错，那要如何向你请罪？"

张小北靠着楼道的栏杆，一边拍打栏杆一边说道："回来后再跟我打一场。"

江楚桓爽朗地笑了一声道好。

张小北不待他说话就接着往下讲："你在外面一定要注意安全，出了岔子不要硬扛，想辙回来，我、方波、韩教授、韩逸云她爸，大家都会保你的，你是有后台的人，别拿自己的命不当回事，回来了怎么都好办，关键是要全须全尾地回来。"

江楚桓在手机另一边摇了摇头："张小北，我今天发现你也挺官僚？"

张小北一掌猛击在栏杆上："江楚桓，你小子给我听好，你对不相干的人来说就是个卧底，但对我张小北来说，你是我最好的哥们儿，我不允许你不明不白地死在外面，不管你怎么想，怎么看不起我张小北刚才说的话，我命令你必须完完整整地回来，听明白了吗！"

"嗯。"这声"嗯"怎么听都像是在应付。

"小北，我打电话是有两件事，一是要请你多看着点陆云歌，我走后，劳烦你多去看看她，还有一件事是韩逸云，请你跟她带句话，我和她不可能，希望她不要再消耗自己的青春。"背景音里响起云南列车的检票提示。

"小北，我走了，回来了再陪你打架。"

“江楚桓，”张小北单手紧握栏杆，“下次，我一定可以打赢你。”

“那你可得好好练练，不说了，挂了。”

张小北拿着手机，过了半分钟还听到公共电话那端传来的嘈杂声音。

“江楚桓？”她探寻地叫了一声，听到另一端江楚桓的声音：“你不总抱怨我挂你电话吗？这回让你先挂。”

张小北不再磨叽，挂断了电话，顺着楼梯小跑下楼，心里堵得慌，径直去了训练馆练拳。

北京到云南的车票是一张软卧，上车后江楚桓放置好行李，对面床是个戴眼镜的男生，套着耳机忙着打 PSP，忙里偷闲地看了他一眼，目光又迅速移回屏幕。

见同车厢男生自顾不暇，江楚桓从口袋里摸出记载着黄小伟社会关系，个人经历等详细情况的小本儿，逐字逐句阅读之际，火车开动了。

第十一章 新无间道

他看见佛覆在脸上的双手缓缓放下，
朝他露出狰狞的笑容。

载着江楚桓的火车一路向南。

陆云歌独自一人，精神空空落落，她一个人待在三室两厅的屋子里不知干什么好，这里摸摸，那里转转，一个人做晚餐，一个人吃饭，吃完洗了碗，站在窗边观赏夜景，北京城的夜景不同于小地方临水，万千的灯火映照出一座光芒万丈的城市，可这万千灯火让她感觉感伤，江楚桓在时，她跟着他轰轰烈烈地备战高考，兴致勃勃地过日子，每一天都填充着快乐的情绪，每一天都闪耀着圆满的光辉，江楚桓一走，她生命里的快乐和圆满也走了，她茫然地看着眼前的夜景，不知后面的每一天要如何过。

父亲死了，母亲很早就死了，亲戚只有姑妈和表姐，这两人在她心中等同于死了，临水是记忆里一个微弱的光点，除开与江楚桓相关的，大都不值得记忆。她沿着记忆往前追溯，发现她与父亲暂居过那么多城市，除了和父亲互为依靠，也没什么朋友，好不容易要跟同学熟悉起来，父亲又去新城市跟新大哥，她也与过去的同学断了联系。

陆云歌低落地想着往事，沙发上的手机响了。

她被铃声打断思绪，走过去拿手机，电话接通廖静雅高分贝的声音差点冲破她耳膜："你个瓜娃子，啷个列无情无义！"

陆云歌拿远手机请求："静雅，小点声，另外，请讲普通话。"

廖静雅变换成一口川普继续骂她："陆云歌，你让我说你什么好，出分了也不跟我联系，我这两天吃不下饭睡不好觉，很想关心你，又怕因为我考上你没考上而刺激你，今天我跟张均之教授联系，才知道你考得那个好，我真是白操心了，你打算怎么弥补这两天我为你伊人憔悴，无心睡眠遭的罪？！"

"这两天你在干啥啊？都不跟我联系。"廖静雅问她。

"我在搬家，"她老实地答，"成绩出来后就忙着打包行李搬来了北京。"

"你搬北京去了？你怎么现在就去北京了？"

陆云歌在电话叹了一口气："一言难尽，总之我现在是一个人在北京。"

"你一个人在北京也不找林一峰啊，你搁那儿干吗呢？对了，林一峰也过了，这回我们三个真是同学了。"廖静雅兴奋地说。

"那太好了！"陆云歌很感慨，"好想快点开学，我们就可以在一起了，我一个人在这儿真的很没意思。"

"开学还要近一个月呢，要我说你也别一个人待北京了，来找我玩吧，住我家，跟我混！"廖静雅向陆云歌发出热情的邀请。

"这，太麻烦你了吧。"廖静雅的话让陆云歌有些心动，她不想天天一个人郁郁寡欢地待着，跟廖静雅在一起当然好，只是怕麻烦对方家人。

"麻烦什么呀，我睡的是张大床，正觉得孤枕难眠呢，你一来加个枕头正好嘛，还有吃饭加双筷子有啥麻烦的，我去跟我爸妈说……"

陆云歌听到廖静雅趿拉着拖鞋跑了出去，飙出一串响亮的四川话，话说得快，她也没听清，最后只听到几句中年男女的首肯："来耍嘛，要得。"

"云歌，我爸妈同意了！快！快！我们现在来买票！"廖静雅兴奋地在电话那头上蹿下跳。

陆云歌也兴奋起来。

"好的，好的。"她答应个不停，一手抱着手机，一手上网看火车票，一边查票一边跟廖静雅商量，她原想买第二天一早的票，廖静雅在电话那头一个劲儿怂恿她买最近的一班。

最近的一班还有两小时十五分就发车，要收拾行李还要赶到火车站时间很赶，陆云歌有点发怵，廖静雅骂她活得没有激情，激她敢不敢来一场说走就走的旅行。陆云歌要搭上最近这班火车，两人见面吃的第一顿火锅，廖静雅喝一满杯火锅底料！

陆云歌被成功点燃，脑子一热，下手买了票，对着手机吼了句："静雅，准备好喝火锅底料吧！"挂了电话冲进房间开启疯狂收行李模式。

四十分钟后陆云歌拖着箱子在街上飞跑着找地铁站，一个小时后她拖着箱子进了地铁站台，一个小时四十分抵达火车站，两小时零五分到了检票口，检票口处已经没人了，陆云歌咬牙狂奔冲向站台，两小时十三分登上火车。包里的手机一直在响，她颤颤悠悠地接起手机，廖静雅嘹亮地叫个不停："赶上了吗？赶上了吗？"

陆云歌呻吟一声，拼命地喘气，廖静雅大叫道："你别老喘啊，陆云歌，你到底赶上了没？回答完再喘成不？"

陆云歌上气不接下气地答："静雅啊，准备喝火锅底料吧，我，我疯了，才买这张票，我，我……"一口气接不上，又忙着喘去了。

"哈哈哈，赶上了啊，太好啦！明早火车站见！么么哒！么么哒！"

陆云歌说不出话，呼哧呼哧地哼哼算是答应。

陆云歌挂断电话喘着粗气拖着箱子往座位挪，千辛万苦挪到座位，把箱子放上头顶，一屁股坐进靠窗的座位，再也不起来。她转头向窗外长久地坐着，慢慢均匀了呼吸，火车加起了速度，窗外的光影一秒之间闯入眼里复又逝去，她注视着飞速变换的景色，心情渐渐明朗起来，明天就可以见到廖静雅了，她在窗外变幻的光影里闭上了眼，睡了过去。

第二天的成都火车站陆云歌见到了廖静雅，两个女孩儿欢呼雀跃地抱在了一起。廖静雅也不含糊打了辆的士，直接把陆云歌拉到了一家老火锅店。

陆云歌看着一锅红油上漂了满满一层的红辣椒和花椒，不禁咂舌："厉害了，一会儿好像还有人要喝一满杯火锅底料啊？"

廖静雅等火锅冒泡后，带着一副奸笑，找服务员要来一个喝白酒的小酒盅，用汤勺舀了一勺盛在小酒盅里，酒盅太小，汤勺刚倒一半就满了，廖静雅手里的汤勺朝小酒盅一点："看好啰，一满杯。"

言罢端起小酒盅仰头一饮而尽，陆云歌瞠目结舌："这一小杯就打发过去了？我以为你说的一满杯是大玻璃杯呢！"

廖静雅抓起长长的木筷夹起一片牛舌烫进火锅里三上三下："这就是你没经验了，我说一满杯，又没说是什么杯子。"扭头冲陆云歌呼出一股火辣的气息，将烫好的牛舌放进陆云歌面前的味碟，"快吃，快吃，涮牛舌，好吃得很。"

陆云歌被眼前的火锅美食深深吸引，将廖静雅的"奸诈"置于脑后，全心全意品起了来成都的第一顿火锅，麻辣鲜香的味觉在舌尖上翻滚，她跟廖静雅喝着啤酒，边涮边吃边聊，久别重逢的二人饭局有道不尽的回味悠长。她们回想起半年前在北京的艺考，聊到林一峰领着她们在北京胡同里暴走，又谈到张均之教授家的告别晚宴，她们彼此的共同的经历叠加到一起，拼凑出一整段快乐时光。

陆云歌一边感受着老友重逢的快乐一边悄悄思忖，她想她还是变了，之前不咸不淡地过了那么多年，不觉着什么就那么过了。自从遇到江楚桓，他让她体会到快乐和圆满的滋味，不知不觉中她就有了瘾，一旦失去就难以忍受，怎么都想找回来，她没什么定力，挨不住也扛不住，顶没出息的一个人，只想拥有的不要再失去，失去了可以寻回来。她现在跟廖静雅一起吃饭很快乐，她知道她的快乐又回来了，只是那圆满，是跟江楚桓在一起才有的，他走了，她的圆满就走了，但她不贪心，没有圆满有快乐也是好的，有一样就可以。只是那个带走了圆满的人，现在在哪里？

江楚桓搭乘的火车，在陆云歌吃火锅的时候抵达了云南，他在市中心附近找了一家旅馆登记入住，随后找了家当地馆子吃饭，回旅馆的路上在街边的报刊亭买了份当地地图。回到旅馆他看了遍地图，摸出手机拨打了铭刻在脑子里的卫星电话。

电话响了五六声没有接起，江楚桓准备挂时那边接了起来：“谁？”声音嘶哑不堪，像一片撕裂的破布。

“我是黄小伟，乔四让我到云南了打这个电话。”江楚桓回答。

电话那头没了声音，过了一会儿那声音问：“你在哪里？”

江楚桓说了旅馆的名字和地址，那边说了句，等我消息，挂断了电话。

江楚桓打开电视机，声音调得很小，看着电视平静地等待。

临近下午时，他手机响了，来电显示是一个陌生电话。他接起电话，依旧是那个嘶哑的声音，简短地指示他：“把房退了，下楼打车去辉腾广场。”

江楚桓拿起行李退了房，按要求拦下的士去了辉腾广场，辉腾广场离他住的旅馆不远，车开了不到十分钟就到了，他提着行李走到广场中心，身边是往来如织的行人，一个蓬头垢面的小乞丐跑到他身边拉着他的衣袖问：“你是黄小伟吗？”

他点点头，小乞丐拉着他的衣袖不撒手：“前面有人找你，你跟我走。”

他跟着小乞丐穿过人流拐进一条小巷，巷子里站了两个彪形大汉，看到他来从身上拿出个眼罩扔给他：“戴上。”

江楚桓看了眼小巷另一头停着的黑色奔驰，戴上了眼罩，两个彪形大汉过来将他带上车，一左一右坐在他身边，坐定后开始搜身、搜行李，手机被翻了出来，调出通讯录记下几个姓名号码后，被扔出了窗外。

“开车。”彪形大汉吩咐。

黑色奔驰开始发动，碾压过地上的手机，提了速。

车开了很久，感觉超过了三小时，最后一个多小时的路比较颠簸，像是土路，江楚桓最终被带进了一间屋子，两个大汉摘下他的眼罩后离开了房间。

江楚桓打量着周遭的环境，他身处于一座干栏式竹楼，窗外是郁郁葱葱的亚热带植被，远远看去前方也有类似的建筑，看样子是一处当地村寨。正观察着环境，门口响起轻轻的敲门声，他走过去开门，门口站着一个端着托盘的胖大叔，托盘上摆放着各种新鲜菜式。胖大叔端着沉沉的托盘朝他一边鞠躬一边说傣语。

江楚桓看他样子辛苦，接过了托盘放到桌上，回身一边回礼一边问："请问，您会说普通话吗？"

"普通话，会的啊。我彪叔什么话都会的啦，普通话、粤语、傣语都会，越南话、泰国话也会的啦。"彪叔眉飞色舞地自我介绍。

"彪叔，这么强啊。"江楚桓微笑着恭维他。

"我不强，小伙子，你才强。这地方黄老大从不让外人来，他让你来，可见你不是一般人。我叫刘传彪，大家都叫我彪叔，小伙子，你叫什么？"彪叔打探道。

"我叫黄小伟。"

"你是，小伟！"彪叔突然色变站起身，拔腿出了门。

江楚桓拿起托盘里的筷子夹菜吃，好戏一幕幕快要开场。

从现在起，江楚桓消失，拿着筷子夹菜吃的人，他叫黄小伟。

黄小伟吃完饭端起托盘走出门，刚到卧室门口就被押他来的彪形大汉拦住。彪形大汉接过托盘，手指往后转了转，示意他回去。

黄小伟一脸不悦地回了屋，关在房里无事可做，干脆上床睡觉，一觉睡到大天亮，彪叔又送来了早餐。彪叔一脸心事重重的表情，他想跟彪叔聊聊天，彪叔闭紧嘴巴摇头出了门，每天只是按时给他送饭。

黄小伟关在卧室里两天，第二天晚饭时当着彪叔的面摔了盘子："我是来找我哥的，不是来当犯人的！如果我哥不想见我，我走就是，不闻不问地把我关在房子里，是什么意思？"

门外的彪形大汉听到动静冲了进来。彪叔拦住大汉，蹲下肥胖的身躯收拾着地上的饭菜，他想说点什么，旁边的大汉紧紧地瞅着黄小伟，彪叔最终什么都没说，和身边的大汉一起端着饭菜出了卧室。

黄小伟烦躁地待在屋内，索性把灯也关了。窗外月色朦胧，似一束白练洒到床上，他无事可做脱鞋躺上床，在云南乳白的月光里睡了过去。

那个梦他已经很久没做，但今晚他又做了。

寒光闪闪的刀尖在雪白胴体上雕刻着，雪白肌肤很快变得血肉模糊，他听到一阵阵“咿呀”的悲鸣，那声音从被塞住的口腔缝隙中窜出，或许是太痛，听起来竟不大像人的声音，黄昏的房间弥漫着浓重的血腥味。

他被一个温暖而熟悉的怀抱紧紧搂住，他知道这是母亲的怀抱，母亲的手指拼命捂着他的眼睛，可他还是从不停颤抖的指缝中看到了一切。拦在他眼上的手指松掉，母亲被人直直拖到那具血肉模糊的残体旁扒光了衣服，他看见母亲光着身子跪在地上像一条狗，一个壮硕的男人赤身裸体地走向他母亲。男人胸前挂着一个牌子，象牙的材质，雕刻着一尊用双手挡着脸的佛，与胴体上被雕刻出的图案一模一样。

他看见佛覆在脸上的双手缓缓放下，朝他露出狰狞的笑容。

他大吼一声从梦中醒来，坐起后感觉全身被冷汗浸透，目光慢慢升起看到床尾坐了一个人。

乳白色的月光洒在床尾人的脸上，月光里的那个人没有脸，白色的紧身头套上有两个细细的孔做他的鼻子，再向上是一双黑洞洞的森然大眼，阴沉沉的目光从黑窟窿中射向他。整个房间内寂静无声，平白出现一个形容可怖的人坐在床尾瞧他，这一幕让他怀疑自己还在刚才的噩梦里。

“醒了。”声音像一片撕裂的破布，正是卫星电话里的声音，眼前的人，是黄丧。

“现在还喜欢吃棉花糖和搅搅糖吗？”黄丧问他。

他揉了揉眼让自己清醒一点：“从来就不喜欢吃棉花糖、搅搅糖，我只喜欢吃爆米子，哥，你都忘了？”

“小时候你特别喜欢一首歌，每回我一唱你会搬两个凳子，玩体操一样在上面表演，是什么歌？”

“雄赳赳，气昂昂，跨过鸭绿江，保和平，为祖国，就是保家乡。”他轻声唱了几句。

歌声将两人拉入久远之前的一个时空，那时候黄丧身强体壮，一张脸生得周正，全身散发出意气昂扬，是招人稀罕的别人家的哥哥。那时候黄丧还叫黄大伟，他去他们家做客时，黄大伟搬来两把凳子，吹响一把闪亮的口琴，黄小伟就在凳子间跳跃翻滚表演节目，他们的节目就是刚才唱的《中国人民志愿军战歌》，他看过一次两兄弟一起的自娱自乐，印象深刻。

黄丧静了一会儿，接着问：“哥走时给了你一个罐子，里面是一些零碎的小玩意儿，罐子你还留着在吗？”

他仔细想了想，记忆里没有相关的信息，认定这是诈他的一个提问。

“不记得了，有这么个罐子？什么样的？”他反问黄丧。

黄丧从床尾站起，声音嘶哑道：“睡吧，明天聊。”出了房间。

他知道自己混过了黄丧的盘道儿，明天，他作为黄小伟的生活将要开始。

第二天一早，黄丧派人叫他出屋，桌上放着早点，黄丧身侧的座位留着空，不需要人说，他自己坐了上去。

彪叔端来一大锅热腾腾的米粥，给每人分盛了一碗。

黄丧突然问他：“小伟，愿意跟着大哥做买卖不？”

他一边吃一边点头：“愿意啊。”

“好，吃完了就上路，以后彪叔跟着你，不懂的向彪叔请教。”

他点点头，以懵懂又无所谓的神态吃完早餐，跟着彪叔启程去了大理。

第十二章
南方姑娘

她们穿着纯棉睡裙躺在一处，十八岁的少女如娇嫩鲜艳的格桑花，
她们在清凉的月色里举起手，借着月光在墙面比出各种剪影，
飞翔的鸟、长耳朵兔子、金冠子凤凰……

玩起来的日子总是过得很快，有合得来的人陪你玩儿混得更快，一眨眼，陆云歌在廖静雅家已经混了三个星期，两人天天睡到日上三竿，吃了午饭开始玩游戏，下午出去遛一圈，晚上继续玩游戏，有时半夜玩爽了，出去吃个夜宵，回来打通宵。

要说这游戏还是陆云歌带来的，来成都的第一天，她跟张小北汇报动态。

张小北吃了一惊，说她怎么一眨眼就蹿成都去了，后来搞明白她跟廖静雅在一起也还放心。

当天她和廖静雅吃着火锅，聊到这方面，觉得来成都的事比较重要，应该给江楚桓在游戏里发个消息，告诉下他自己的新动向。廖静雅是个咋呼性子，鼓励她赶紧留言，吃完火锅，两人便火烧眉毛般跑到电子城为陆云歌选了台笔记本电脑，回家按之前江楚桓指示登录游戏在方寸山下找到了回音壁，陆云歌在回音壁敲下文字。

楚桓哥：

我是陆云歌，“小云子打怪兽”是我在游戏里的名字，好玩吧：）廖静雅的名字是“大侠饶命啊”，每回看到她的名字我都想笑。今天给你留言是想跟你说，我来成都了，住在廖静雅家，廖静雅爸妈人很好，我在这儿很开心，刚刚静雅带我吃了火锅，你吃过成都的老火锅吗？可香了！牛舌超级好吃哦！下回你来成都，我带你去吃：）

楚桓哥，你在外面怎么样呢？希望你一切都好。

想你，

是我。

★★★

消息发送前，陆云歌对着电脑念了遍，犹豫了一下，终究觉得“想你”二字过于肉麻，删除了。反复检查最后的三个★号有没有打错，以确保江楚桓能收到她的留言。按下发送键后，意犹未尽地想发会儿呆，却被廖静雅大呼小叫地拉去练级，就此踏上了她的游戏江湖路。

很多事是预料不到的。

像陆云歌原本是想在游戏中给江楚桓留言，她预料不到自己和廖静雅成了这款游戏的忠实粉丝。像江楚桓原本以为按照黄丧的要求去到大理跟着做买卖逐渐打入内部，他预料不到自己成了一家民宿客栈的老板。

江楚桓，不，现在我们应该称他为黄小伟。

黄小伟跟着彪叔去了大理，进了一栋前有流水，中有庭花，榆柳荫后檐，桃李罗堂前的民宿，院子有三进，古朴自然，有些不同程度的破损。

彪叔站在院中指着这栋民宿：“小伟，你大哥想把这座老房子做成民宿客栈来赚钱，在这里你是当家的，我协助你打理客栈。”

“那我哥呢？”

“你哥在国外有生意，要忙一段时间。这段时间，我们先把客栈做起来，争取经营好点，等他回来给他个惊喜。”

黄丧这人，有些捉摸不透，之前不惜以重酬寻黄小伟，现在见到面了，又把黄小伟放在大理开客栈，自己继续在外面贩毒。难道是不够信任他，要长期观察？黄丧既狡猾又谨慎，既然如此，他就先按黄丧的要求打理好民宿客栈，走一步看一步。

黄小伟看着胖墩墩、笑容可掬的刘传彪点头笑道：“那就有劳彪叔费心了。”

离大学开学还有一个星期，林一峰从太平洋的海岛上旅游回来了，回国前知道廖静雅、陆云歌在成都，二话不说买了直飞成都的机票。

廖静雅和陆云歌在机场接到晒得一身古铜皮肤，穿着热带风情花裤衩的林一峰眼珠子差点掉下来。

“小白脸哪儿去了？怎么回来了一个非洲人？”廖静雅一脸不可思议地掰着林一峰古铜色的脸问。

“你懂个毛啊，这叫Man！国外都喜欢晒黑，还有专门的美黑膏，唉，跟你这土鳖说不清楚，酒店订好了吗？”林一峰摇着他的花裤衩问。

“订好了，香格里拉豪华阁城景大床房，大少爷，你就不能低调点住个快捷酒店？想我是成都土著，都没去过这么奢侈的地方。”廖静雅发着牢骚。

“当然不行了，我林一峰全身上下最大的特点就是……”

“贵。”陆云歌接口。

林一峰深以为然地点头，把行李推车交给酒店派来接机的司机，长长的手臂一展，一左一右架在廖静雅和陆云歌的肩上：“你们陪我在四川好好玩玩，咱们真有段时间没见了。”

陆云歌蹙着眉：“你这话配上你的动作再配上你的花裤衩怎么让人感觉怪怪的。”

廖静雅接口：“是啊，感觉我俩像三陪。”

林一峰鼻子里哼了一声：“想太多了吧，你俩撑死陪吃陪聊，想要第三陪，就你俩这平淡无奇的身材，我可不干。”

廖静雅于是跃跃欲试地想要当众殴打林一峰，陆云歌艰难地拽着他俩往车上拖：“光天化日的不嫌丢人？等到了没人的地方你俩再打我不拦着。”

八月下旬，川府立秋，天朗气清。廖静雅带着林一峰、陆云歌去了大名鼎鼎的武侯祠，林一峰是初游，陆云歌是二游。陆云歌第一次来是不久前的盛夏，一阵接一阵的雷雨，她和廖静雅坐在武侯祠内的茶楼避雨，看雨中绿杉蓁蓁，翠叶荣荣，不知不觉就耗了半日光阴。

今番来不知是否是立秋的缘由，气温凉爽了些，一进武侯祠大门，浓荫从中矗立着六通石碑，最大的一通最出名，是唐代“蜀汉丞相诸葛武侯祠堂碑”，亦称为“三绝碑”。

林一峰对碑念道：“煦物如春，化人如神。劳而不怨，用之有伦。这四句马屁拍得真到位。我得记下来，以后教师节送老师贺卡又有素材了。”说完摸出手机拍下碑文。

廖静雅伸手拦他：“上次我就跟云歌说这句是我的了，你今天倒跑来抢了，北京碑也不少啊，不许抄我成都的碑。”

“那可不管，今天我看到了，是我的。”

“是我的。”

“是我的。”

“这都能争，真服你们了，你们一个用上半句，一个用下半句不就行了。”陆云歌隔开快要吵起来的二人，觉得能为几句话争得面红耳赤这点上充分暴露了他们的专业。

学戏文的向来对文字敏感，他们仨看了遍《前出师表》《后出师表》，注意力最后落在《诸葛亮活动简表》上，发现诸葛丞相在十五岁就结婚了，后面就此细节三人讨论了一路，觉得完全可以写个《少年诸葛亮》的本子，讲述诸葛丞相年轻时的恋爱婚姻生活。

他们聊着天走过夹道的红墙，浓密的绿荫密密织满了头顶的天空，一阵微凉的风拂过，绿枝摇摆间漏出零星的缝隙，廖静雅伸手感受迎面而来的风，仰头看天感叹道：“真好。”

怕他们不懂，她回头补充道：“和你们在一起，就这样走着路，吹着风，聊着天，都让我觉得特别好。”

陆云歌拉住廖静雅展得长长的手：“还记得半年前在北京，我们承诺要一起加油，一起考上，一起念戏文，一直在一起，这个诺言现在真的实现了。”

林一峰流连于身边的美景，感叹武侯祠的建造简直到了移步换景的程度，观赏间三人到了三义庙，庙前的大香炉香火鼎盛，香炉前一字排开四个猩红蒲团，上面跪拜着许愿的人。

林一峰看着三义庙抬了下巴：“要不要来个结义？不求同年同月同日生，但求同年同月同日死的那种。”

廖静雅立马响应：“好啊，我们结义吧！做一辈子的死党，互相扶持，荣辱与共！”

陆云歌也激动了：“继续一起加油，一起念书，一起写作品，永远在一起！”

林一峰迈开大步买来香，三人一同向前跪上猩红蒲团对着后方正殿的刘关张塑像赌咒发誓，结成死党。

一直到临睡，陆云歌都很激动。她坐在床沿晾干了头发，爬到廖静雅身边躺下，廖静雅的头发比她短一点，才干不久，她们隔了不到一拳的距离，横躺在一起，两双脚高高地跷上靠床的墙壁。

“静雅，我们是死党，是不是就不会分开了？”陆云歌把头发铺展开来轻轻问。

“大学这几年肯定不会分开了，以后就不知道了，不过云歌，”廖静雅侧身向她，丰腴白嫩的手臂搭上她的肩，“就算我们不在一起，也是最好的朋友，互相扶持，荣辱与共。”

“我们要能永远在一起就好了。”陆云歌小声说着，想到江楚桓的离去，一颗泪珠毫无预兆地滚了下来。

廖静雅手背上有了湿润的触感。这些天她日日跟陆云歌在一起，陆云歌经历的事，她大都知道了，心口突地一疼，侧身用手指擦了陆云歌的眼角："云歌，你不会失去我，我给你保证，你永远都不会失去我，我们是一辈子的好朋友，至死不渝。"

陆云歌侧脸看着廖静雅，廖静雅有张孩子似的脸，饱满纯净，圆圆的眼睛透出温柔的光亮，她将头朝着孩子脸的廖静雅歪去，想要离她再近些，她们穿着纯棉睡裙躺在一处，十八岁的少女如娇嫩鲜艳的格桑花，她们在清凉的月色里举起手，借着月光在墙面比出各种剪影，飞翔的鸟、长耳朵兔子、金冠子凤凰……

少女黑亮的发丝缠绕在一起，铺展在床单上如一朵绚烂盛放的墨菊。陆云歌眷念这永恒的誓言，将脸埋进盛开的墨菊里，漂浮的心好像停泊进了温暖安全的港湾。

这样就好，有花有酒有朋友，良辰美景奈何天，唯愿一切永不变，停在此刻，永远停留住，她为数不多的，丰盛的，瞬间。

林一峰到来的这一周他们异常忙碌，忙着玩，忙到脚不沾地。

林一峰租了辆车，自驾去乐山朝见大佛，辗转去武隆看天坑地缝，绕道回四姑娘山，如果不是因为开学时间迫在眉睫被廖静雅、陆云歌死拉着回成都收拾行李，他还想开去稻城亚丁玩一趟。

回成都的最后一个下午，他们去了杜甫草堂，红墙夹道的小径两边是笔直茂盛的修竹，廖静雅介绍："这条是花径，杜甫诗云花径不曾缘客扫，蓬门今始为君开。"

"老杜的诗多，咱们来接龙比赛，接杜甫的诗，看谁接不下去，我刚说了一句，你们谁接着来？"廖静雅笑道。

"这可多了，我来接。"陆云歌张口道，"岐王宅里寻常见，崔九堂前几度闻。正是江南好风景，落花时节又逢君。"俯身拾起两朵小小的落花，赠给了廖静雅、林一峰。

林一峰接过落花："前几天才去了武侯祠，我背首丞相的。"

廖静雅插嘴问："是不是三顾频烦天下计，两朝开济老臣心。出师未捷身先死，长使英雄泪满襟。"

林一峰咂嘴："你别抢我的啊。"

廖静雅做了个鬼脸："我刚已经背了，这首算我的了。"

林一峰眯起眼："廖静雅啊，我发现你顶赖皮，今天我一定要好好修理修理你，看你以后还敢不敢跟我耍赖。"起势就要追她。

廖静雅一声尖叫，拔腿就跑，边跑边叫："窗含西岭千秋雪，门泊东吴万里船是我的，万里桥西一草堂，百花潭水即沧浪也是我的，还有露从今夜白，月是故乡明是我的，功盖三分国，名成八阵图，这些都是我的，这些句子你们都不许念了！"

他们仨一个跑，两个追，林一峰也不真的赶上廖静雅，只在身后赶鸭子似的撵她，陆云歌本来是来杜甫草堂附庸风雅的，接过跟着这对"疯一样的男女"跑了个半死，到了万佛楼，这对疯子才消停下来，狗一样吐着舌头贴在粗壮的木柱上喘气，停止了折腾。

三人互相搀扶着，双股战战地登上万佛楼。

万佛楼总共有四层，每上一层，所见皆有所不同，第二层比较矮，所见的是万佛楼外的楠木林及湖水，尚是近处林子的风光，第三层视野拔高一筹，绕着圆形的外道走一圈，便能从各个角度整体地观赏杜甫草堂，三层的楼内有间小房，是工作人员休息室，斜斜地看过小房半敞的门，看见木质墙壁上挂了一把吉他。

陆云歌慨叹："这个地方真好，住在楼里简直是今之古人，夜半下雨时在灯下看书，就活在好雨知时节，当春乃发生，随风潜入夜，润物细无声的意境里，人活在诗里，真是美得不像话。"

林一峰瞅着木质墙壁上的吉他眼馋："春夜喜雨的时节，待在此处弹吉他也挺棒的。"

廖静雅拍手道："在古迹当个管理员我可是很愿意，人世纷繁，能待在时光停止的角落度过一生何尝不是一件妙事。"

谈话间他们走到第四层，第四层是最高层，有一尊大钟，凭栏远眺可见草堂外的高楼大厦，陆云歌看着远处的风景念出杜甫的《登楼》。

花近高楼伤客心，万方多难此登临。

锦江春色来天地，玉垒浮云变古今。

北极朝廷终不改，西山寇盗莫相侵。

可怜后主还祠庙，日暮聊为梁甫吟。

三人望着远方，心生一股苍凉，一时没有言语，绕着第四层把栏杆拍遍，沐浴着徐来的晚风，观赏西坠的落日。

“我很高兴，此刻你们能在这儿，在无凭的世上，让我感觉不孤单。”陆云歌望着西坠的红日轻轻道。

“我也是。”廖静雅在她身侧抓住了她的手。

“我也是。”林一峰展臂揽住了她们的肩。

他们在万佛楼待到太阳下山，拉着手揽着肩走向红红火火的人间。

廖静雅的父母在一家串串香订好了位置为他们践行，他们在人声鼎沸，摩肩接踵的串串香店铺里大涮特涮，觥筹交错，即将展开的大学生活在明天等待着他们。

陆云歌和廖静雅在报到处得知她们被分在同一个寝室高兴得直蹦，高呼运气太好。班主任笑着摇头低声告诉她们，哪有那么巧的事儿，是张均之教授提前打了招呼，才把她们两分到一个寝室。

她们原本就计划安放好行李后去拜访张均之教授，此刻一听更是一刻都等不及，回寝室放了箱子叫上林一峰就出发去了张教授家。

“小北姐姐，我是陆云歌，您和张教授在家吗？”陆云歌和两个同伴站在张教授楼下打电话。

“在呢，在呢，正吃饭了，你要过来吗？”张小北热情地问。

“我和廖静雅还有林一峰想来看看张教授。”他们仨仰着脖子往楼上望。

“哈哈，小东西，防盗门开了，快上来吧！”张小北解锁了楼下的防盗门，又推开大门，最后对饭桌上的张均之道，“你的小友们来看你啦！”

张教授扔了筷子站在门口迎接他的三位小友，三位小友拿着几袋成都特产，看到他大呼小叫地扑了过来。

“好孩子，有出息，三个都考上了，太让人高兴了，还没吃饭吧？我去下面。”张教授卷起袖子就往厨房走，他们仨像三个跟屁虫跟进了厨房，挤在一处跟张均之说话，兴高采烈。

厨房不大，站四个人比较挤，张小北也想跟进来凑热闹，被她爹拿着锅铲轰了出去。张均之挥着锅铲指挥着：“一峰，挂面在你头顶柜子里，拿了递我；静雅，饭碗在你背后碗橱里，拿三个大碗过来；云歌啊，冰箱里的葱姜蒜一样拿点传过来。”

一通忙活，张均之走出厨房，身后跟着他的三条尾巴，每个尾巴手上都端了一大碗面。他们围坐在餐桌上一边吃一边聊，讲考完后查分的紧张，讲廖静雅激陆云歌买最近的一班火车去成都，讲林一峰租车自驾载着她们旅游差点儿不想回来报到。大家围着餐桌又笑又叫，陆云歌却在不知不觉中走了神，或许是回到了北京，或许是见到了张小北，或许是刚讲述的故事中穿梭出那人的身影，总之她又想起了江楚桓，连带想到了一个问题，她回过神问面前的张均之：“张教授，有个事我不懂，还想请您指点。”

张均之点头：“什么事你说。”

“其实是，我想挣钱。”陆云歌脸微微红了，“这有可能吗？”

陆云歌的情况，张均之听张小北讲过，心下顿时明白，略一思忖答道：“云歌，挣钱并不是没有可能，大学生勤工俭学，在外面做家教可以挣钱，兼职打工可以挣钱，发传单也能挣钱，但你们是百里挑一千辛万苦考进来的戏文学生，多余的时间如果不花在专业精进上，早晚会后悔。”

张均之喝了一口茶，继续道：“我建议你，大一这一年，不要着急挣钱，一心一意地把专业课学好，戏文专业的，如果专业课名列前茅，不用你去找，自有毕业的师兄师姐带着本子来找你们一起写，最开始署不了名，说白了就是当枪手，当枪手的收入还不错，顺带也能练练笔，实战练习写剧本的技巧，越往后去积累多了，人脉也广了，路子就走开了，慢慢有了署名就算出道了，赚钱也都不是什么难事。”

陆云歌认真听完，点头道：“我明白了，大一我好好学，后面就算挣钱也做和专业相关的文字活儿。”

张均之点头：“是这个意思，当编剧其实是门手艺，你们这辈子要做的就是把手艺练好，真有了本事，别的都不用愁，千万不能舍本逐末，为了各种小利荒废了本事，手艺人没了手艺那就什么都没了，学戏文的，重在积累，厚积而薄发，你们先照着百万字的目标去写吧，到时会略有心得。”

三人在回学校的路上谈到张教授说的百万字剧本目标，廖静雅抬头望天呻吟：“百万字剧本啊，那得写多少啊，我们什么时候才能写到。”

林一峰点起一支烟发愁：“写到百万字也只是略有心得，何况写是输出，要写出一百万字，资料阅读少说也得几十倍，不容易。”

陆云歌倒比较乐观：“张教授说的是一个未来的目标，只要这几年咱们好好学，达成每一个老师提的要求，到后面也可以达到张教授说的目标。”

聊着聊着三人已走到女生寝室楼。

陆云歌和廖静雅与林一峰告别后回了寝室，见到了她们另外两个室友卢方橙和简悦。卢方橙和简悦是北京人，见到了新室友围上来打招呼，顺便通知她们军训事宜。

陆云歌和廖静雅一通收拾，协力铺好床，整理好东西，随后打开笔记本测试连网情况，一切收拾妥当又没什么事儿，两人一道开始玩游戏。这一周陪林一峰四处野，她们游戏都没进，游戏推出一项师门任务今天是最后一天，她们抓紧时间做任务，林一峰在QQ群里敲她们，问她们在干吗。

她们忙着做任务，没工夫聊天，扔了张截屏过去。林一峰一连发了八个靠，每个后面都跟着感叹号。电话打过来劈头就问：“你们玩游戏居然不叫我，还是人吗？！”

廖静雅一手把手机远远拿开，一手快速点击着鼠标：“刚玩。”

“什么游戏？哪个区？”林一峰声音很兴奋，“我真没交错朋友，你们居然还玩游戏啊，真不像女人，我好欣赏你们。”

廖静雅报了名称，挂了电话，嘟囔道：“林一峰这话是夸人还是骂人？”

没过多久，一个叫“浪里个浪”的裸男跑到她们面前蹦跶，廖静雅对着“浪里个浪”骂道：“取这么风骚的名字，还不穿衣服，你想干吗啊？”

“别废话，我要练级，快带我去练级。”浪里个浪在屏幕上辣眼睛地走动着。

廖静雅看得发毛：“行，我带你练级，下次再见你，你要还不穿衣服，我就打你，看我的级数，我可以让你死一万次！”

陆云歌有私事要处理没有跟着他们去练级，她站在原地，等“大侠饶命啊”带着她的新跟班“浪里个浪”走远后，她独自去到方寸山，在回音壁敲下文字。

楚桓哥：

今天开学了，多亏张教授的帮忙，我和廖静雅分在一个寝室，同寝的另外两个女生是北京人，交流了下感觉都还好。今天我们去了张教授家，见到了小北姐姐。小北姐姐见到我们很开心，我们一起吃饭、聊天，但我感觉得到，在有些时刻，小北姐姐和我一样都在思念你。

告诉你一件高兴的事，我跟廖静雅还有林一峰在武侯祠结成死党，廖静雅向我保证，跟我做一辈子的朋友，至死不渝。

这两个死党让我觉得安慰，有了他们，即使你已经离去，我也不觉得太过孤单。

只是楚桓哥，你一个人在外面孤单吗？你在陌生的地方有没有可以安慰的朋友？

希望能有人陪在你身边，在无凭的世上，让你不孤单。

是我。

★★★

“xys”在回音壁搜索出含有三个★的留言时，被出现在眼前的几十封信惊了下，难道这段时间出了严重的事？他满怀忧虑地点击查看，看完一遍后，哭笑不得地点了支烟，青烟自指端冉冉升起，几个月前分别时他告诉陆云歌，有重要的事在回音壁留言，却没想到对小女生来说，去成都旅游，回学校报到，军训被教官骂，上课后作业多得写到哭，等等等等，都是重要的事。

他施展轻功，腾云驾雾一路西行去往大雷音寺练级。已经好几个月没上这款游戏，腾云驾雾时他使出几个复杂的组合技能，劈下几只金翅鸟找了找手感，手下的操作是机械的条件反射，脑子里想着“小云子打怪兽”留给他的最后一封信，大意是说，有一个摄像系的男生在追求她，已经追了两个月还不放弃，导致她后来见到那个男生，就跟见到鬼一样闻风而逃。

他构想陆云歌闻风而逃的动作和慌慌张张的表情，嘴角微微翘了起来，联想到将陆云歌追得望风而逃的摄影系男生，按出一组复杂的组合键，“十方雷击”的技能将他方圆五里内的金翅鸟全劈了下来，他站在电闪雷鸣哀鸿遍野的天际中心，将口里的烟气缓缓吐出，对着屏幕轻声道：“这样也好。”烟蒂缓慢坚定地被按进烟灰缸，身着金鳞战甲的 xys 向着大雷音寺加速而去。

他到大理已经四个多月了，主要做的就一件事，翻修民宿客栈。黄老板的名字，在大理一片儿已小有名气，因为大理做客栈的人多，但把客栈按照艺术品标准来做的只有黄老板一个，当地木匠接黄老板的活儿都得打起十二分精神拿出看家本领，一般二般过不了关，尽善尽美方可合格。黄老板的活儿虽然不好做，但他为人有礼，活儿如果够好还会额外加钱，当地木匠也愿意跟他合作，甚至将能通过黄老板审核作为自己木匠技艺的认证，逢人可以说道：“黄老板那楼你知道吧，楼梯是我做的。”

听的人便了然地竖起大拇指：“你技术好啊！黄老板的活儿都能过关。”

见过黄老板的木匠都说他长得很帅，这一点引发了当地未婚女性的关注；见过黄老板的木匠都说他很有钱，材料尽捡好的来，这一点引发了当地有未婚女性的父母的关注。

一个英俊多金有礼貌有品位的单身男人非常好，唯一不好的是他太宅了。黄老板很少出他的院子，更不参加任何社会活动，这导致当地未婚女性和未婚女性的父母无法自然地与他相遇，连相遇都不能发生更别说后面一见钟情，郎情妾意，招为佳婿的后半篇了。

然而大家总是有办法的，黄老板的管家彪叔那儿帖子渐渐多了，彪叔是个热闹人儿，谁请吃饭都去，回来后就放一份请客家女儿的照片简介在他面前，叽叽哇哇一通讲，说对方家庭情况如何，女儿相貌脾气如何。江楚桓玩着电脑，面前的简介一眼不看，直接推回到彪叔面前。

"彪叔，说过多少次了，没兴趣，您别再给我介绍对象了。"

彪叔一脸不甘："小伟啊，你年纪不小了，也该谈婚论嫁了，我带来这些照片和简历，你看都不看一眼，你是不是有什么毛病？"

他抬眼冷冷瞅着彪叔："我做事不喜欢分神，别的事等客栈打理好再说。"

彪叔叹着气起身，摇着脑袋出了门。

到大理后的这段时间他一直在观察，黄丧是个疑心很重的人，每隔几周都会从国外给他打电话聊天，聊着聊着会穿插问他一两个以前的事，这样的问话非常危险，因为他说的话都会被黄丧核查。黄丧为人反复多疑，要取得他的信任需要时间和耐心。黄丧交给他的第一个任务是打理客栈，这是一个对他的长期观察与考验，如果他连客栈都做不好，黄丧绝不会让他参与到其他重要的事项上。他在大理深居简出，尽量不招惹麻烦以免节外生枝，只是彪叔这个人太热闹，平时做他副手帮忙尽心尽力，没想到操心起他个人问题也这么尽心尽力。

回想刚到大理就他和彪叔两人，修缮客栈花了他很多精力，他的起居室是最先被修缮的一批，翻修过程他盯得很紧。确认自己起居室没被监控后，他恢复了上网，修缮工作步入正轨后，他亲自招了小宝和花花两名新员工。小宝和花花是当地高中刚毕业的小年轻，品貌端正，背景干净。

黄小伟的生活每天都很清简，太阳升起，他开始和木匠一道商议修缮细节，日头升高，他守在木匠身边看木匠手中的木料焕发出新的生命力，日头下沉，他们回顾总结一天的工作，他回到起居室，坐在古香古色的书桌前开始玩游戏。彪叔和小宝、花花一天到晚不是在院子里跑前跑后准备吃的，就是出门采购物料。热闹的彪叔带着愣头愣脑的小宝、手脚麻利的花花把日子过得活泼泼的，他身在其中，不经意间会有些恍然，这陌生而热闹的烟火生活总会在一瞬间击中他，让他感觉温暖，像陆云歌曾经给过他的感觉，不同的是，现在的温暖普通家常，而陆云歌的温暖则有些缠绵。

“阿嚏！阿嚏！”陆云歌打了两个响亮的喷嚏，揉着鼻子，“是谁在念我？”不确定地问身边的廖静雅，“两声是念还是骂？”

廖静雅抱着书踩着脚下金黄的落叶：“两声是念，三声是骂，四声是感冒。”

刚说完便打了三个响亮的喷嚏，廖静雅擦完鼻子的手指抬了抬圆圆的镜框哼哼：“妈的，是谁在骂我？”

镜片一反光，看到食堂门口站着的方脸男生正在朝她们这边张望。

“赵元吉在门口呢，又在偷窥你。”她扒到陆云歌耳边耳语。

陆云歌顺着她指示看过去，果然看到了摄影系的赵元吉，二话不说转身就走：“静雅你去食堂吃吧，我回寝吃泡面了。”

廖静雅拽着她不许她走：“还怕他不成，每回我都帮你挡了，这次也看我的。”刚说完便恍然大悟，“靠，就是这孙子在骂我，他肯定骂我是电灯泡！万年电灯泡！他一定是这么想的！”

陆云歌被她拽在原地动不了，低声求饶：“静雅，你放我走吧，每回你挡他都闹出流血事件，学校打架是要被开除的，别闹出大事儿来，让我走吧。”

廖静雅拿起不锈钢餐具摇得哗哗响：“包子！你就是个包子！我廖静雅天不怕地不怕，怎么跟你这个㞞人成了死党，肺都要气炸了我！”

陆云歌和廖静雅拉拉扯扯间，赵元吉像练了轻功般不动声色地飘到她们身边，方方的脸带着盎然的笑意道：“好巧啊。”

陆云歌和廖静雅被他的突然出现吓了一蹦，廖静雅尖叫着："巧什么，你守半天了当我们没看到？还有，你是鬼啊，一声不吭地突然冒出来。"

"廖静雅同学，你说话有点不讲道理哦，我刚才是不是说好巧了，这能算是一声不吭吗？"赵元吉方着脸认真地辩道。

"赵元吉，你还敢狡辩。哎，你说我怎么看到你就想挠你呢，瞧我这暴脾气。"廖静雅说完亮出尖尖的爪子朝赵元吉扑去。

赵元吉见状回身一躲，廖静雅扑了个空，扭身还想再蹦，尖爪子已被人拿住。

赵元吉对按着廖静雅爪子的男生拱手道："兄弟谢了，后面我一定请吃饭。"然后撩起长袖露出手臂上横竖不齐的血指甲印对陆云歌说，"陆云歌，我就想问你几句话为什么这么难，你看每回被你朋友给挠的，你给我十分钟，我们私下聊两句，问清楚了我再也不烦你。"

廖静雅被按住，挣扎个不停："赵元吉！你太无聊，陆云歌都拒绝你了，你还死缠着问什么。"

赵元吉扭头看着廖静雅："我就是想问个为什么，我哪里不好呢？拒绝我可以但要说清楚原因啊，就跟考试做题一样，做错了没关系，你得告诉我正确答案啊。"

廖静雅听了更来气："神经病，还要正确答案，咬死你！"低头就要咬按着她的男生。

男生敏捷地把手腾到她胳膊上，一用劲儿夹住廖静雅的两支手臂，令她动弹不得低头也够不着。

"小姑娘够烈啊，哪儿人啊？"男生问。

"放开老子胳膊，你个瓜娃子。"廖静雅骂道。

"呵，四川的，我也是。"男生笑了。

"你四川哪儿的？"廖静雅停止了挣扎，昂着头问他。

"我说几句四川话你来猜。"

"好啊！"

陆云歌看着廖静雅和她的老乡进入到愉快的猜地域环节，知道有些事儿想回避是回避不了的，尤其对方是赵元吉这种较真的人，那就只能说清楚了。

她跟赵元吉走在人烟稀少的小径上，金黄的落叶铺满了小径，松脆的落叶被他们踩出“嘎嘣”的脆响，在一片脆响中，赵元吉开了口：“陆云歌同学，你觉得我对你好不好？”

她微垂着眼眸：“我不知道好不好。”

“不知道？”赵元吉拍了大腿，“从我决定追你那天起，每天我都给你拍一张照片，有你上课的，有你吃饭的，有你发呆的，这么用心对你，好不好你不知道？”

陆云歌忍不住打断他：“可你这是偷拍。”

赵元吉哼道：“偷拍怎么了，你看到拍出来照片的效果了吧，就我这水平多少人给钱求我拍呢。”

陆云歌站住脚：“赵元吉，你自我感觉太好了，可能你认为这是一种表达心意对人好的方式，可是很抱歉，我不领情，你也不该强迫别人领情。”

赵元吉眼神闪动了一下。

陆云歌有点后悔话说得太直，怕伤到他：“其实，你这人不差，有艺术才华，做人做事都很认真，而且特别有韧性，每晚都托人送一袋零食到我们寝室，虽然每次我都给你退回去了，可你还坚持送。”

“等等，”赵元吉一脸问号，“零食你不都吃了？没退啊。”

“退了啊，每回都是廖静雅拿去还的。”

“没有啊，没还啊。”赵元吉一脸懵逼。

“这只馋猫！”陆云歌突然悟到，尴尬地红了脸，“我把买零食的钱还你吧，真不好意思。”

赵元吉也明白了，摆摆手：“嗨，算了，也没几个钱，今天我就想问明白，既然你觉得我也不差，为什么不能接受我呢？”

陆云歌踩碎一片落叶抬头看着赵元吉：“你不差，但这并不意味着我必须喜欢你。”

赵元吉依旧不大甘心：“那你喜欢什么样的？”

陆云歌望着天空高远湛蓝的一角，摇了头：“我不知道。我不知道自己喜欢什么样的，我只知道自己不喜欢什么样的。”

赵元吉千辛万苦甩开跟屁虫廖静雅本想能单独问陆云歌几句明白话，没想到这姑娘说的话像一个哲学家，将他绕得更晕了。

陆云歌踩着松脆的落叶转了身，背影被斜阳拉得长长，他站在她的背影里听见她软黏的南方话：“你看过金庸的《白马啸西风》吗？最后一段蛮好的。”

赵元吉郁郁寡欢地去了图书馆，在高大的书架间找到了金庸的《白马啸西风》，他在一个阳光充沛的角落坐下，寂寥地翻着书页直到末尾：

白马带着她一步步地回到中原。

白马已经老了，只能慢慢地走，但终是能回到中原的。

江南有杨柳、桃花，有燕子、金鱼……

汉人中有的是英俊勇武的少年，倜傥潇洒的少年……

但这个美丽的姑娘就像古高昌国人那样固执：“那都是很好很好的，可是我偏不喜欢。”

赵元吉读完结尾才意识到自己喜欢上了一个多么难搞的姑娘，而他的初恋就在这个阳光饱满的下午正式无疾而终。

赵元吉的事过后，陆云歌的感情生活就清净了，难搞的名声一传播出去，正常男生都很有自知之明地退避三舍，这一退，陆云歌就清净了一年。

按照林一峰的话说是姑娘分三种，一种爱脸，一种爱钱，一种爱才，但陆云歌很不幸是第四种，她是意识流，根本不清楚自己要什么。这种最要命，说变就变，瞬息万变，让追求者无从下手，难搞，费尽，耗时耗力最后还竹篮打水一场空。

现在的人都比较现实，陆云歌既不是有几套房子的北京土著，也不是倾国倾城的大美人，一个略有薄姿的南方小姑娘，这么难搞那就不要搞了。

夏日空旷的教室，他们仨躲在太阳晒不到的后排，廖静雅一屁股坐在桌面上，听着林一峰的分析啃着苹果点头：“这一年啊，咱班最丑的女生都有男朋友了，云歌还无人问津，我也老琢磨这事是为什么，今天你一说我全明白了，还是男人懂得男人啊。”

陆云歌把面前的剧本一关：“今天出来整剧本的，怎么又聊到我身上来了？廖静雅你光知道说我，你自己也没男朋友啊。”

廖静雅咬了一口苹果：“林一峰刚说的三条，一种爱脸，一种爱钱，一种爱才，陆云歌你看我是哪种？”

“依我看啊，”陆云歌的细长的手指有节奏地叩打着剧本封面，“你是又爱脸又爱钱又爱才。”

廖静雅一屁股跳下桌子，一手拿苹果一手握住陆云歌叩打着剧本的手感慨：“知己啊，真不愧是我的知己！”

林一峰听了大笑出声：“你们两个啊，都难搞。希望我有生之年能见到敢于永攀高峰，挑战人类极限来追你俩的勇士。”

陆云歌和廖静雅想到了什么，心有灵犀地一齐回头问：“林一峰，你和你女朋友怎么样了？”

“嗨，闹呗，最近要挑剧本没工夫理她，天天打电话闹。”

“那你怎么办？”廖静雅问道。

“还能怎么办，我这号女友典型的爱钱，这阵儿忙过了给她买个新款包就老实了。”林一峰不耐烦地挥挥手。

他们三个待在空旷的教室里闲聊了一阵，关于剧本依旧没有明确的方向。林一峰于是想拉她们去奢侈品店帮忙掌眼，给女朋友选个包，廖静雅颇有兴致，陆云歌惦记着剧本回绝了林一峰的邀请独自去了图书馆。

陆云歌在通往图书馆的小径上踽踽独行，藏身在树荫下走，求得一份清凉。平日里廖静雅与她形影不离，她独自一人的时间不多，这样单独的时刻，她会悄悄地从心底打捞起一个密封的瓶子，解开瓶口的封印，允许自己探究封印在心底的问题，像，她的爱。

到底什么才是爱?

今天林一峰和廖静雅八卦她的个人问题，说她是意识流，根本不清楚自己要什么。这话是对的，脸、钱，才到了她这里统统失灵了，赵元吉不错，可她偏偏不喜欢，拒绝赵元吉已经是一年前的事了，这一年里，因为作业和参加活动，各式各样的男生她也见过一些，各有优点和特色，但她依旧不喜欢。

她不知道自己喜欢什么样的，只知道自己不喜欢什么样的，只知道所有这些男生，通通她都不喜欢。

到底什么才是爱?

第十三章
这就是爱

她懵懂地把江楚桓当哥哥，当妈妈，当孩子，
当成生命中不可替代的一切角色，
居然不知道，她的不抱希望，低声下气，曲意逢迎，热情奔放，就是爱。

陆云歌漫无目的地在夏日蝉鸣的图书馆内游荡，翻取一本本剧本，试图寻找打动她的篇章，读过几页后有些失望地将一本本剧本放归原位。她走过一座高大的书架，被头顶上一个印着烫金宋体的剧本吸引，目光顺着书脊上的烫金宋体缓缓滑下，嘴里轻念出声：“《一个陌生女人的来信》。”

她大概知道这是茨威格的剧本，因从未细读，此刻存了好奇，踮着脚伸手将剧本够了下来。

她将《一个陌生女人的来信》的剧本搁在手臂上，随手翻开一页，一段惊心动魄的台词与她劈面相逢，她长久地、一动不动地原地站着，捧着剧本，站成一尊平静的雕像，而内心早已天翻地覆。

可是请相信我，没有一个女人像我这样死心塌地地、这样舍身忘己地爱过你，我对你从不变心，过去是这样，一直是这样，因为在世界上没有什么东西可以比得上一个孩子暗中怀有的不为人所觉察的爱情，因为这种爱情不抱希望，低声下气，曲意逢迎，热情奔放，这和成年女人那种欲火炽烈、不知不觉中贪求无厌的爱情完全不同。只有孤独的孩子才能把全部热情集聚起来，我毫无阅历，毫无准备。

我一头栽进我的命运，就像跌进一个深渊。

从那一秒钟起，我的心里就只有一个人——就是你。

这段惊心动魄的台词，像晴天里的一个霹雳，猛然炸醒了她。

往事犹如放映机上架好的胶片一帧帧在她眼前迅疾掠过，江楚桓灿烂好看的笑容，温暖深邃的目光，她发自心底的欢喜，不明所以的心悸，他们一起度过的那段时光，每一个记忆的节点都闪熠着萤火虫般梦幻美好的光芒，每一次她打捞起记忆咀嚼回味都伴生出强烈的幸福感。

原来在不知不觉中，江楚桓已融入了她的生命，她懵懂地把江楚桓当哥哥，当妈妈，当孩子，当成生命中不可替代的一切角色，居然不知道，她的不抱希望，低声下气，曲意逢迎，热情奔放，就是爱。

原来她竟稀里糊涂地爱了这么久。

陆云歌背靠着书架，身体沿着书架的边缘缓缓滑落下来。她紧紧地抱着《一个陌生女人的来信》的剧本，咬着嘴唇，全身颤抖地哭出了声音，一帧帧的回忆像锋利的刀片切割着她的心。

原来她爱江楚桓啊，

她一直都爱着江楚桓啊，

她都不知道这就是爱啊。

她怎么那么蠢呢？

怎么办呢？

四个月后，大二学生的联合作业《一个陌生女人的来信》定档在学校小剧场上演。

离正式上演还有一周，身兼导演、编剧两职的陆云歌忙到焦头烂额，女主角肖琳子是系主任的关系户，演技很一般，脾气却不小，自作主张想怎么演怎么演，说什么都不听，男主角林一峰是她的死党，一直很卖力气，前两天跟女朋友分了手，整个人突然没状态了。

戏排到凌晨，效果仍不理想，廖静雅从二十四小时营业的便利店买来两大袋热饮，赶到小剧场时，看到一波同学从里面走出来。

“排完了？快，一人拿一杯，刚买回来的，热腾腾的。”廖静雅把杯装热饮往刚出来的同学手上塞，“陆云歌和林一峰呢？怎么没看到他们啊？”她问最后出来的男生。

“戏排得太糟，林一峰根本没状态，陆导留他在里面说话呢。”男生接过热饮垂头丧气道。

“依我看是导演没能耐，折腾大家到这么晚也没弄出个所以然，走了，走了，冷飕飕地站这儿干吗。”肖琳子不耐烦地推着同学们走。

廖静雅心里记挂着剧场里的情况，按下想骂肖琳子的冲动，从她身边恶狠狠地挤过去，跑进了剧场。

舞台上有一道雪白的追光，她借着追光看到不远处一动不动的陆云歌，还有站在她身边身形颓丧的林一峰。廖静雅提着袋子快速奔过去，摸出两杯热饮放到他们手上，宽慰地说：“有什么事儿也别着急，喝点热的再聊，只要我们三剑客齐心协力，什么困难……”

“我不演了，就这一句话，你们找别人吧。”林一峰短暂快速地把廖静雅最后没说完的堵了回去。

“为什么？”廖静雅一下子奓毛了，“你个龟儿子，你说不演就不演了！”

“你们强迫我演也演不好，我已经努力了两天了对不对，结果如何大家很清楚，我演不好这个角色，你们换人吧！”

“你怎么就演不好？之前都没问题，现在有什么问题？”廖静雅急吼吼地问。

“演不好就是演不好，因为我现在，根本就他妈不相信爱情，我更不相信他妈的剧本里面这样的爱情，你硬让我演一个，我自己都不承认的东西，我他妈怎么演得好？”林一峰也发飙了。

“你别装纯情了！你以前有过二十七任女友，现在不过再加一任，有什么不能接受，矫情得要死要活的？”

“就因为我谈得太多，见得太多，我才对爱情彻底死了心，廖静雅我告诉你，我林一峰并不是你想象中那么混账的男人，其中至少有一半，我都是认真的，可结果呢，不都只是玩玩嘛？最后这个最牛 ×，同时钓了五个男人，我头上都绿成了一片草原！”

“谁让你不带眼识人，那么多好女孩你不找，偏爱找些网红脸，被绿了也是活该！”廖静雅刻薄骂道。

“好女孩？”林一峰气极反笑，“你给我说一个我认识的，让我见识见识有多好。”

“《一个陌生女人的来信》，女主角她好不好？她对爱情认不认真？”廖静雅反问林一峰。

“女主角当然很好，对爱情的态度也很让人感动，可这是假的，我说的是真实世界，我认识的人。”

廖静雅憋了口气，想了几秒：“林一峰，你就没想，当初陆云歌为什么一定要排这出戏吗？”

林一峰摇了摇头。

陆云歌独自走在校园的小径上，清冷孤寂的路上只有她一个人的身影，路灯将她的影子拉得长长，她走到一盏橘黄路灯下仰起脸。

太难了，离开江楚桓，独自要面对的事，都这么地难。

廖静雅和林一峰吵起来时，她不声不响地出了剧场，她不想吵，她只想一个人静静。

这四个月，自选剧本起，往后的每一天都不容易，她第一次想做点事情，才发现原来这么难，之前不论遇到什么困境，都能平稳过度，这并非是她强悍，而是江楚桓帮她分担了原本需要她来承担的重量。

现在他不在，她想做事情，试着成熟，才明白成人的世界有多么难。

她对着橘黄的路灯仰起脸，突然就很想他，想起他曾照亮她人生的一段行程，深深眷念起那温暖的，被呵护的，记忆里的温度。

眼眶里一点点盛满泪水，她真的太想他了，尤其在这样一个挫败的、失落的、寒冷的夜里。手机响了一声，她查看信息，是林一峰发来的，声明不会弃演，后面尽全力排练。她小心地摸了摸眼角，擦掉含在眼眶中的泪水，握紧手中余温尚存的杯身，转身朝着剧场走去。

人生呵，就是这样，再怎么样，也要走下去，只要心底还有一簇火光未灭，哪怕面对着无边黑暗也要继续前行，只要你曾被照耀过，回想起记忆里的光芒，就不会退缩。

正式上演的前三天，陆云歌登录游戏，“小云子打怪兽”上线，跑到回音壁站了一会儿后离去，刚走不久“浪里个浪”从天顶加速俯冲，重重地砸到回音壁前，撞下来的力道太大，误将一个也在回音壁前留言的玩家给怼死了。玩家躺在地上，弥留之间一通乱骂：“你是不是瞎啊，这儿站着老大个人你看不见？我来留个言也能被人给弄死！”

“浪里个浪”冷冷道：“少废话，你上线加我好友，给你一套装备，再瞎 bb，以后见你一次杀一次。”

即将狗带的玩家看到“浪里个浪”那一身极品装备，知道对方是个人民币玩家，识时务地打了个“好”就痛痛快快死去了。

“浪里个浪”在回音壁前翻阅最近的留言，看到了“小云子打怪兽”发出的留言。他按图索骥，往前搜索，找到先前的若干留言，一一看完，站在回音壁前沉默许久，使出一个大招将自己拍死，之前被误杀的玩家再次上线，飞到回音壁准备拿装备，结果看到“浪里个浪”倒在地上进入濒死状态忙问：“你咋死了？装备还没给我呢！”

“浪里个浪”不耐烦道：“一会儿上线给你。”

玩家奇怪地问：“我离开没几分钟啊，谁杀的你？”

“浪里个浪”躺在地上不耐烦地答：“我杀的我。”

“为什么啊？”玩家好奇心大盛。

“管得着嘛！”濒死的“浪里个浪”开始恼火，甩出一剂“夺命符”，好奇心重的玩家应声倒地又死了一回。

“不许说话！一会儿给你装备武器，你再叨叨，不光我，门下小弟人人见你一次杀一次。”

倒霉的玩家默默地倒在地上，一声都不敢吭，心里认定人民币玩家“浪里个浪”是个神经病。

林一峰此刻的心情很复杂，他跟陆云歌认识这么久，从没看出她是个情种。他能看到的只有她爱学习，舍得花的钱都用在买书上，平日里潦草，不拾掇自己，宽大衬衫配长裤，头发也是随意一扎。他自动忽略掉她的性别，觉得她应该也不懂感情。

直到廖静雅为了劝他继续表演，跟他讲了那些陆云歌的事情，让他明白，他才是真正肤浅的人，他从不了解陆云歌是如何对待感情的。

有些人，不说，不表达，并不意味着没有心，没有爱。

他追逐美女，追逐激烈情感这么多年，经历了那么多逢场作戏，美艳娇娥，自认是顾曲知音的情圣，回首往昔皆是浮云，又有谁是真心？

他为自己感到羞愧、遗憾，他对陆云歌生了敬重，也生了好奇，他对陆云歌爱的那个叫江楚桓的男人有点羡慕，也有点嫉妒。

回音壁前乱糟糟的杀人、自杀结束后，xys 取消了隐身，走到回音壁前，他习惯在没人的时候查看留言，有人就隐身在一旁慢慢等。

在游戏里，他偶遇过“小云子打怪兽”三次，两次是在回音壁前，他去收信时正赶上她在写信，还有一次是在一个高阶练级场所，“小云子打怪兽”“大侠饶命啊”和刚才玩了把自杀的“浪里个浪”组团打饕餮，他眼看他们三个都要挂，自高高的天上，劈下一道雷击，帮他们渡过难关。

不过这些“小云子打怪兽”是不知道的，她不是傻乎乎地在写信，就是兴冲冲地跟朋友去打怪，他有时离她只一步之遥，隐身站在她背后，她都不知道。

xys 点击开留言，清秀的淡蓝楷书铺满了屏幕。

楚桓哥：

久不联系，别来无恙？

最近忙着排话剧，很久都没上网，第一次改编剧本，执导话剧，压力山大，好在有廖静雅这个联合编剧兼副导演帮我，遇到的困难，一个个都克服了。

我执导的处女作《一个陌生女人的来信》三天后在学校小剧场上演，如果你有空，可以来看吗？如果你没空，那也没关系，照顾好身体，愿你一切都好。

是我。

★★★

看完信他退出游戏，去到院子里浇花。茶花中的玉带紫袍和童子面开得正盛，杜鹃也吐出一丛丛紫红的鲜蕊，他单手提着铁壶一株株浇灌过去，彪叔拿着两张机票过来："小伟，票订好了，明天早上按时出发。"

他放下铁壶用略含歉意地口吻道："彪叔，我想了想，这一趟还是我和她去吧，她想出去逛逛，闹了几天了。"

彪叔追随着他的目光看向花架下石桌旁一个嗑瓜子的年轻女人，女人大红的指甲捡起一粒粒瓜子，鲜艳红唇微张，快速嗑着瓜子片，扔在石桌上堆出一座小山头，仿佛是听到了他们的谈话，一个妩媚的眼风迢迢地递了过来。

彪叔对上年轻女人不安分的眼神，略一沉吟："也可以，你到机场他们会来接你，这次没有别的，只是见个面，自自然然就好，我的票就让她去，我去改票。"

彪叔转身时，悄悄拉住他的袖子，低声道："她毒瘾还没戒干净，同房时记得采取措施，她不老实你别被她勾着胡来，现在怀的孩子会有问题。"

他拍拍彪叔的背："知道，谢谢彪叔。"

陆云歌执导的大二学生联合作业《一个陌生女人的来信》在小剧场如

期上演，如同西天取经历九九八十一难，演出虽险象环生，结果却不赖，观众们被戏剧深深感染，有人啜泣，有人鼓掌，有一个黑影没有进剧场，安静地靠在剧场外的墙壁上“听戏”，鲜血从黑影的袖口滴落，他蹲下身用纸巾擦干净血迹，头脑眩晕地靠着墙继续“听戏”，临近散场时，悄然离去。

黑影按压着手臂闯进酒店的房门内，房里的女人看到他的样子一声尖叫：“你受伤了！”

他反手关上门，将刚在药店买的绷带，止血剂扔到床上，紧着眉头：“枪伤，你来上药。”

年轻女人二话不说，上前扒下他厚重的黑色外套惊觉他半个身子已被血染红。她麻利地撕开他贴身的T恤，找到左臂的伤口洒上酒精消毒，再细致地喷上止血剂，最后用绷带包裹好。

处理完伤口，他面色苍白地站起身：“不能再待在这儿，我们走。”

因着失血的原因，他头晕目眩地晃了身子，险些栽倒在床上，年轻女人紧紧扶住他，咬牙承拖起他沉重的身躯，扛着他下了电梯，只挎上随身的小包，不拿行李，也不去前台结账，坐上的士就吩咐：“开车开车！”

他整个人困得不行，只想睡觉，强打着精神跟司机说：“走省道去河北。”

的士快速行驶起来，他坐在车里觉得无比困倦，年轻女人贴着他拍打他的脸：“喂，你别睡啊，我认识一个人就这么睡没的，你一定要醒着。”

他眼皮沉沉，张了又阖，阖了又艰难地张开，年轻女人见状附身低下头，拉开他裤子上的拉链，司机从后视镜里偷眼瞧着，年轻女人发现后凶恶骂道：“看什么！”

他凝了凝神，按压住那只想伸进拉链的手：“我不睡，你别乱来。”

年轻女人吭哧地哭了起来，边哭边骂：“都什么时候了，还假正经！”

他一言不发地望着窗外，一道道流光投射到车窗上。车窗里哭泣的女人和身上的伤痛慢慢离得他很远，他仔细思量几小时前的场景，反复审核有无漏洞，这一步棋走得很险，但愿有效。

一个月后，黑道传出消息，大毒枭黄丧的弟弟在北京谈生意时受伤了，据说是去潇洒时不知被谁用枪打了胳膊，北京接待方严查了一段时间也没调查出个所以然，最后只能砍了当晚两个陪同弟兄的胳膊谢罪。

黄丧那边对这谢罪事件没有回复，从此之后，断绝了跟北京原合作方的生意往来。看来是因此失去了信任，要发展新的北京合作方。

这一大块肥肉摆在嘴前，各地的贩毒势力开始蠢蠢欲动，纷纷派人来云南联系，希望能成为黄丧在北京的新伙伴。

整个寒假，陆云歌都很忙。

《一个陌生女人的来信》让她出了名，师兄师姐纷纷找了过来要带她写本子，甚至有戏文的教授看了她的话剧觉得有才，查了她学习成绩也很拔尖，直接抛来橄榄枝招她读研。

陆云歌拖着廖静雅，林一峰成天跟师兄师姐们吃饭，商量分析后接下一些相对靠谱的活儿，正式开始了枪手生涯。

接下活儿，签了合同，原先慈眉善目的师姐也变了脸，天天在他们身后挥舞着鞭子催稿，大纲不好，改！改一稿，改二稿，改十稿，终于改过。

改好大纲开始写，每天写两集剧本。

陆云歌、廖静雅和林一峰被关在京郊一个美其名曰别墅的房子里，每天只一件事，就是写稿子。

林一峰当少爷惯了，被关着写了一个星期不干了："老子赔他十倍钱，老子要出去，老子不写了！"

陆云歌蓬头垢面苦苦相劝："不是钱的事，我知道你家有钱，可第一个本子你签了合同写不出来，后面口碑就砸了。"

林一峰在这个断网的房子里关得只想发疯："当枪手还在乎口碑，你也太尽力了吧，不放我出去就把网接上，他们再像关犯人样关着我，我找人弄死他们！"

廖静雅肿脸脬肥地望着陆云歌："我当初就说不叫林一峰，你看吧，找来一大爷，依我看，就我们俩写吧，把他的活给分了，把他的酬劳也给分了。”

陆云歌万般无奈地找师姐商量，师姐表示：“可以通网，你们几个人写我们也不管，按照合同时间按期交稿。”

陆云歌和廖静雅关在别墅里一间朝湖的小房间里写，林一峰有了网得了自由，按时订外卖叫她们吃饭，其他时间在客厅玩游戏。

分了林一峰的任务，陆云歌和廖静雅的工作量飙升，天天睁了眼就开始写，写到精疲力竭再倒头睡，除开吃饭、上厕所，一点儿时间不敢浪费。

交稿前的最后两天，两人拼了，连觉都不睡，一宿一宿地熬，就看着小房间的窗外，天色白了又黑，北极星升起再落下，天色黑了又白。连续写了三十多个小时后，两人从手指头尖到坐骨神经都是痛的，痛得没办法时，只能躺下歇一歇，床太软，只会令疼痛加剧，她们把棉絮铺在坚硬冰冷的地板上，将所有能取暖的都裹在身上，和衣倒在地上，手指冰凉地捏在一起，依偎着熬过阵歇的疼痛，好一些后，慢慢搀扶着起身，站着继续写。

就这样熬啊，拼啊，终于在截稿日写完了剧本。

廖静雅坐在窗台上，背对着东方升起的曙光，问她：“我们真的写完了吗？”

她虚弱地点头：“我们真的写完了。”

廖静雅扭头望着冉冉升起的太阳：“你知道吗，黎明前的一个时刻，我很想从这儿跳下去。”

“因为太累了吗？”

“不光是累，有一瞬间的绝望，觉得剧本永远写不完，有一瞬间的虚无，觉得人生没有意义，有时会觉得自己如果像林一峰那么有钱是不是也能说不写就不写，有时又在想北京这么大房子这么贵我怎么安家。”廖静雅对着太阳喃喃着。

陆云歌安静地陪廖静雅看完日出，湖水上的太阳很新鲜，很美，她却感到苍凉和疲惫。

看完日出她将完整的剧本发送到师姐的邮箱里，在门外贴上“活儿干完睡觉勿扰”的字条，闭紧窗帘同廖静雅一起躺到大床上，像之前在廖静雅成都的家里一样，她们手足相抵地倒在凌乱打结的发丝中，互相掖好被子，沉沉睡去。

她们睡了两天，中途起床喝点水，吃点东西，再爬回床上睡，似乎进入了冬眠，誓要将这近一个月来身体的亏空给弥补起来，女生的身体柔软光洁，胳膊腿缠在一起，有种相依为命的温暖。

第三天，师姐把一袋子现金砸到她们面前，她们登时醒了，坐在床上，手指翻动点着一沓沓现钞，内心出乎意料地平静。

“数对吧？”

“对。”

“活儿不错，下回再找你们。”

“好，谢谢师姐。”

林一峰开着大红捷豹载着她们去了奢侈品云集的商场。廖静雅在店里昂首挺胸，一眼不眨地把两沓钞票拍在售货员面前，让售货员打包好一款金链小挎包，只有陆云歌知道，这款金链小挎包，廖静雅关注了整整一年，这个专柜她陪廖静雅来挂过两次眼科，每回都收获不少冰冷鄙夷的目光，今天是难得的扬眉吐气。

廖静雅拎着奢侈品袋子，袋子里装着她心爱的金链小挎包，走出一路春风，他们三个嘻嘻哈哈，打打闹闹地去了楼上一家高档日料，大快朵颐一番后，落地窗外炸亮一连串绚亮的烟火爆竹。

林一峰的目光若有似无地飘过陆云歌的脸庞，陆云歌的眼睛正望着夜色中茫茫的远方，新的一年来了。

廖静雅欣喜地将手从金链小挎包移到清酒杯上，握住杯身起身祝词：“爆竹声响是个好兆头，愿零零落落的日子终将仓皇而去，而风风火火的岁月应声而来。”

他们仨的杯盏交错在一起，看着窗外烟花似锦，听着耳边爆竹声声，满饮杯中酒，笑语新年好。

陆云歌的红火从年头便开始了，刚开学就有师兄来找她写本子。有了第一次的经验，她跟廖静雅商量出合适的交稿时间，签下合同后，写得从容不迫。

除了大活儿，她们也接短活儿，因为手速快、质量佳，枪手生意做出了起色，后来接过别人给的钱都不去细数，一匝匝码在床单下，得空后陆云歌去银行存钱，看着ATM上面的余额，不禁愣了一下，江楚桓给她卡时有五十万，现在这张卡里有五十三万，她不仅还上了之前花掉的钱，还额外挣了些钱，她想起两年前她接下这张卡时十分没有底气，反而是江楚桓显得很笃定，告诉她对自己有点信心，她是他带出来的徒弟。

现在陆云歌看着ATM上的余额，一股自豪感油然而生，同时觉得江楚桓有眼光。

她又想到他了，她总是想他，以前她的想是一种虚弱的思念，非常地无力，没底气。

现在不同了，《一个陌生女人的来信》的成功，不光令她的才华得到了认可，经济上也开始实现独立，她不是攀缘的凌霄花，也不仅仅是痴情的鸟儿，她是可以成长为他近旁的一株木棉，作为树的形象和他站在一起。

她应该可以做些什么，为江楚桓，为未来，虽然她还不清楚具体要怎么做，但她有了信心和底气，相信之后的一切都会好的。

尤其是那个消息，那个令她激动了好几宿的消息。

开学后不久，不靠谱女主角肖琳子来找她，为自己演出掉链子的行为道了个歉，同时殷切希望以后有机会继续合作，赌咒保证下回绝不再掉链子。

陆云歌看着肖琳子一脸正经担保的样子，觉得肖琳子还是有点演技的，悔过的神情被展现得真实动人。陆云歌心里想，她又不是傻子，上次被肖琳子坑得那么惨，要再用她，除非她疯了，脸上却笑着点点头："没问题，有机会继续合作，你条件这么好，以后可是要成大明星的。”

肖琳子听到陆云歌的夸赞，立刻反过来夸陆云歌：“陆导也有才啊，我肖琳子也是有心气的，真服的人不多，你陆导绝对算一个，《一个陌生女人的来信》那场戏，剧场坐满了不说，还有帅哥站在门外听的呢，你说有几个人能导出这么有吸引力的戏。”

“帅哥？在门外听？”陆云歌奇怪地问，“有这事儿？”

“真事儿！我在医务室醒后回剧场想看看情况，看到一个帅哥在门外靠着墙，又高又瘦，很帅的，不过应该不是我们学校的，要是我们学校的，我早认识了。”肖琳子莞尔一笑。

陆云歌愣了半晌，鬼使神差地掏出手机，翻出一张照片伸到肖琳子眼前：“不会是他吧？”

肖琳子看着照片眼睛睁得像铜铃：“啊！就是他，就是他，陆导你认识他？”

陆云歌三魂跑了两魂，扶着墙晃晃悠悠往寝室走，肖琳子追在她后面问：“陆导他是你朋友啊？单身吗？介绍下嘛。”

陆云歌一路摇摇晃晃地走，坚决道：“是我哥，孩子都几岁了，别瞎打主意。”

肖琳子不开心地撇起一张嘴恨恨地走了。

回到寝室，陆云歌一头扎进正在玩游戏的廖静雅怀里，凌乱道：“他来了，真的来了，他怎么来了。我那天演得好不好？剧真的成功吗？你要跟我说实话！”

廖静雅像兜一只猫样把她兜在怀里，左安抚右安抚，待陆云歌三魂归位后，问清楚得知是公演那天，江楚桓来了。

这可了不得，存在于陆云歌故事里神龙见首不见尾的男人居然现身了。

“你有多久没见他？”廖静雅问陆云歌。

“快两年了。”陆云歌惆怅地数着手指。

“这两年他从不跟你联系？”

“只有我留言，他从来不跟我联系，在这件事之前，其实我都不确定他是不是真的有看我留言，现在我知道，他是有看的。”

廖静雅薅住她站起身：“那你还等什么，现在立刻给江楚桓留言。”

陆云歌一脸茫然地问：“留言说什么？”

“说你喜欢他，告诉他你爱他，向他表白，让他完成该死的任务后回来和你谈恋爱！”

陆云歌畏缩地缩成一团：“我不敢。”

廖静雅恨铁不成钢拍着陆云歌的脸：“我就见不得你这个㞞样，不敢什么啊，话剧都演了，天性也释放了，作为新时代的女性，你怎么就不能主动出击把握自己的幸福呢？”

陆云歌木楞楞地站在原地：“那我要怎么办？”

廖静雅灵光一闪，拉起陆云歌的手道：“这事你听我的，人不疯癫枉少年，这个告白一定要轰轰烈烈，要让江楚桓无从回避，当面给你个答复。”

第十四章

无处告白

年少时遇到太惊艳的人，
不小心花光这生所有运气。

陆云歌从来没想过，自己会在五一文艺会演上代表戏文系唱一首那么露骨的歌，她觉得这么荒谬的事，戏文的同学们肯定不会答应的，然而廖静雅只简略说明了下是陆云歌要当众表白，戏文的同学们就看戏不怕台高地把表演名额给了她。

拿到表演名额后，廖静雅像打了鸡血一样亢奋，监督着陆云歌一遍遍地彩排，督促她在回音壁向江楚桓发出五一文艺会演的邀请函，林一峰承担起金主一职为她赞助服饰。

陆云歌的勇气被稀里糊涂地鼓舞了起来，她一直想念江楚桓，她确定爱着江楚桓，就如廖静雅所言，她不妨当着他的面，做一个轰轰烈烈的告白，江楚桓会给她一个回复。她渴望那个回复，也渴望见到他，不要再回避了，面对面地说清楚。

豁出去了。

五一文艺会演当天，陆云歌站在后台，在主持人报幕后，一步步走上前台，镶满碎钻的小鱼尾裙缠绕得脚步绵延，她径直行到舞台中央，勇气积蓄到此刻快要引燃爆炸，最亮的光束打到她身上，身上的裙子在雪亮光束里闪着璀璨的光，仿佛满天的星辉落在她身上，音乐声起，她对着舞台下密密麻麻的人群浅吟低唱：

我从来不曾抗拒你的魅力
虽然你从来不曾对我着迷
我总是微笑地看着你
我的情意总是轻易就洋溢眼底
我曾经想过在寂寞的夜里
你终於在意在我的房间里
你闭上眼睛亲吻了我
不说一句紧紧抱我在你怀里
我是爱你的
我爱你到底
生平第一次我放下矜持
任凭自己幻想一切关于我和你
……

陆云歌凝聚起毕生的勇气，站在无数陌生人面前，用描述她所有心事的歌词向江楚桓表白。她已经两年没见他，她长大了，不再是小女孩，她不只想要江楚桓做她的妈妈、哥哥、孩子，她还要他做她爱的那个人。

陆云歌的目光在密集的人群中搜索着，整个人透出一股子毁天灭地、破釜沉舟、孤注一掷的决绝。

她一层层地看过去，目光凝固在观众台左后方的阴暗角落，一个高瘦笔挺的身影立在那儿，黑色扬基帽遮住了五官。

看到这个身影，她积蓄许久的勇气瞬间轰然引爆，她知道是他，江楚桓来了。

她拿着话筒冲着戴着扬基帽的身影不管不顾地奔了下去，一边跑下舞台一边拿着话筒喊：“江楚桓我有话跟你说。”

陆云歌跑下舞台的那一刻，黑色扬基帽迅速转身往外走。

陆云歌看到江楚桓要走，立马慌了神，不应该啊，她还没告白了，他怎么就要走了。

她举起话筒一边朝着他狂追一边喊话："江楚桓，你别走，我有话对你说。"镶钻小鱼尾裙好看是好看，但跑起来非常碍事，迈不开步子的陆云歌甩了高跟鞋，不管不顾地把裙摆撩至大腿，不要命地狂奔而去。

眼瞅着江楚桓快要走到大门，陆云歌急得眼泪都落了下来，她举着话筒声嘶力竭地喊道："江楚桓，不要走！我爱你啊！"

高瘦笔挺的背影微微一滞，陆云歌满脸的眼泪，拨开层层人流，向停滞的背影奋勇而去。她将胳膊伸展得长长的，划水一般拨开围绕着她的各色面目，眼底只瞧着他的背影，不断奔突。

她离他越来越近，越来越近，停滞的背影突然迈开步子，走向大门。

陆云歌心底攀缘起丝丝缕缕的绝望，一根根地勒紧她，她带着哭腔乞求着："楚桓哥，你等等我，我追不上你，你让我看你一眼，两年了，我很想你。"

那背影没有再停，拉开大门径直走了出去。

陆云歌千辛万苦地挤过密集人流，来到了大门口，她正要拉开门追出去，一只大红指甲的利爪重重拉住了她的小臂，劲道很足，一拉之下，她被完全扯离了大门180度地回身，清清楚楚地正面迎向了来人。

陆云歌看着眼前人愣了一愣。陆依依？脑子一时转不过弯来，只想到江楚桓快要追不上了，二话没有扭身又要往外奔。

陆依依死死地扯住她，腾出一只手，劈头盖脸就是一耳光："长能耐了，会抢男人了。"

陆云歌被陆依依尖利的指甲刮得脸上一阵刺痛，在陆依依手下拼命挣扎着："你发什么疯！快松手，我有急事！"

陆依依冷笑一声，不依不饶地继续拽着她："陆云歌啊，你就这么急着勾引你姐夫？你当我这个姐姐是死人啊？"

陆云歌又急又慌半分闹不懂陆依依说的话是什么意思，她又为什么在这儿，她像一头倔强的牛一心只想冲出这扇门。

可陆依依偏偏不让她走，继而扔出一句五雷轰顶的话。

“江楚桓是我男人了，他是你姐夫，从今天起，你对他不要再有任何非分之想。”

陆云歌挣扎的身体陡然僵硬住，如同中了咒语突然变身成化石，眼珠子都不会转了，嘴唇张了张，干裂的声音从身体内一字一字地迸出：“你说什么？再说一次。”

“江楚桓是我男人了！你他妈知道点羞耻，不要再惦记他了！”陆依依动着鲜艳红唇冲陆云歌咆哮。

“我不信，你骗人。”陆云歌的声音涩得透出苦味。

陆依依鄙夷地白了她一眼，大红的指甲狠狠戳在她的胸口上：“所以你认为我千里迢迢跑到你这儿来就为了骗你？骗你我有什么好处？嗯？说啊！”

陆云歌说不出来，目光破碎地望着陆依依。

“你跟江楚桓有两年没联系了吧，这两年他是怎么过的你知道吗？他日日夜夜和我守在一起，这你又知道吗？”鲜艳红唇附在她耳边，魅惑地问她。

她听着陆依依的耳语，说不出话来。

“你不知道，你这么清纯的小女孩，怎么会知道这个。来来去去只会说些我喜欢你，我爱你的话，你啊，就是书读多了，只知道一些虚无缥缈的感觉，你从来都不知道，爱不是说出来的，是要用身体去做出来的，男女之间到底是怎么回事，你懂吗？”

陆云歌听着陆依依的耳语，全身像筛子般控制不住地抖了起来。

她抬手捂住耳朵，不想再听，陆依依却不放过她，逼在她耳畔连绵不绝地讲：“就拿江楚桓举例子，你知道怎么让江楚桓快活吗？你知道他在床上喜欢哪些花样吗？他这个人可不像表面那么老实，为了让他发泄痛快，我都被折腾得下不了地。”

陆云歌再也听不下去，抱住头蹲下身，尖叫起来。她在自己尖厉的叫声中隔离了陆依依无处不在的话语，她持续大声尖叫着，像个疯子一样。

她不知道自己要叫多久，也不知道自己还能叫多久，只感觉喉咙里涌起一股血腥气，她也许要哑了，也许要死了。

而这个世界多么荒谬，她全心全意爱着的男人成了她姐夫。她一厢情愿地进行着童话般纯情的告白，却不知道陆依依和江楚桓早已做尽了男女间的游戏。

陆云歌被一双有力的手从地上拉了起来，落入一个宽阔温暖的怀抱，她有一瞬间的失神，以为江楚桓回来了。她紧紧抱住包容她的温暖怀抱，眼泪断线珠子似的落，手臂死死缠绕在对方腰上，她不能再让他走了。

“你废话说完没有，立刻给我滚，小爷耐性已尽，你再敢放一个屁，看你能不能活着见明天的太阳！”林一峰语气硬冷地对陆依依说。

陆依依很早出来混江湖，什么人都见过，眼风一飘，林一峰用名牌外套罩着陆云歌，双臂周全地环绕在陆云歌身侧，眼底透出的光又狠又硬。

陆依依瞧出这个男生喜欢陆云歌，且不是善茬，温软笑了一下，语气放柔：“行，你管好你这位，我管好我那位，日后有机会再见面，好歹还是姐姐姐夫，妹妹妹夫，姐姐我这就走，陆云歌交给你了。”

林一峰黑着脸不答话。

陆依依一扭身，款摆着妖娆丰满的身姿，风情万种地出了门。

林一峰感到自己腰上一松，低头一看，陆云歌梨花带雨地从他怀抱中钻了出来，泪眼蒙眬地站在他面前。

此时的陆云歌简直不成个样儿，裙摆被扯至大腿，鞋没了，光着脚站在地上，一脸哭花的妆都盖不住她伤心灰败的神情，她就这么落寞失神地站在他面前，如同一个被打回原形的灰姑娘。

林一峰看了她一眼，心脏仿佛被一只手重重揉搓过，说不出的疼，他移开目光，不忍心再看，心底却是越想越气。

廖静雅在人堆里找了半天，总算捡齐了陆云歌的两只鞋子，提溜着鞋子跑到陆云歌脚下蹲下身，好言好语劝慰："云歌，穿了鞋，我们回寝室，你伸脚啊。"

陆云歌像个失了灵魂的木偶，机械地抬起脚，正要穿鞋，被林一峰一脚把鞋踢飞，周围的人都惊呼一声，林一峰一把将陆云歌打横抱起，大步流星地出了门。

廖静雅呆愣地站在原地，左手上还提着一只鞋，也只能看着林一峰横抱着陆云歌的身影快速走远，而她独自站在原地，被各种流言蜚语吞噬。

大红捷豹跑车风驰电掣地驶入一处隐蔽的高档别墅，轰鸣的马达震碎了夜的沉静，跑车刚一停下便有人跑来，恭谨地替林一峰打开车门。林一峰走到另一侧弯下腰将陆云歌打横抱起，他垂眸看她，依旧是一副木木呆呆的神情，他在心底叹了口气，抱着陆云歌走向别墅，她在他怀里很轻，也没有生气，感觉像抱着一个大号的人形玩偶。

他抱着她进了三楼的卧室，小心翼翼地将她放在深棕色牛皮沙发上。

背后响起细碎的脚步声，李婶儿端来一壶热咖啡轻轻放到茶几上。

林一峰微侧脸对李婶儿笑着点了下头，李婶儿没有如常般离去，欲言又止地站在原地看着林一峰。林一峰知道她有话要说，起身走了出去，反手带上房门。

"少爷，太太不是交代不可以带外人来这儿，您怎么……"出了门，李婶儿交握双手，紧张急迫地问。

"李婶儿，"林一峰打断她的话，手指隔着门指向沙发上的陆云歌，"她不是外人，早晚我是要娶她当老婆的。"

李婶儿被林一峰的话惊得张了嘴，又慢慢闭上，抿紧了嘴唇，转身走了两步又回身忧虑地说："明天太太就谈完生意回来了，您这儿边，斟酌着点。"说罢下了楼。

林一峰将咖啡从壶里缓缓倒进杯中，热腾腾的咖啡散发出醇厚的香气，他把咖啡杯举到陆云歌鼻子下："香不香？这是猫屎咖啡。"

陆云歌被咖啡香味一熏，有了点儿人气，嗓音又干又涩："屎有什么好喝的。"

林一峰见她说话了，大喜过望："嘿，你总算说话了，我这一路抱着你，你一点儿反应都没有，我都怀疑弄回来个充气娃娃。"

听到"充气娃娃"几个字，陆云歌脑海中蓦然闪过江楚桓和陆依依赤裸相拥的画面，心底一阵翻滚，厌恶地闭上眼睛。

林一峰话一说完，看到陆云歌的神情就意识到自己说错了话，赶紧把话题又扯回到屎上："唉，不是，这猫屎咖啡很难得，单价和黄金差不多，你尝尝吧。"

他虔诚地把咖啡杯供到陆云歌鼻子下，希望喷香的咖啡能分散陆云歌的注意力，使她不要再去想那些糟心的事。

陆云歌接过咖啡，一大口一大口地喝着，她渴极了，内心似有一团烈火在焚烧，今天她不管不顾的表白，江楚桓转身离去的背影，她当着那么多人用话筒喊的那句我爱你，陆依依突然出现对她说得充满情色意味的话语，糅在一起演变成一团来自地狱的烈火，将她灼烧得肠穿肚烂，焚心蚀骨。

"大姐，这个咖啡不是这么喝的，你要渴，我去给你倒水。"林一峰抢下陆云歌手中的咖啡杯，打眼一瞧被喝光了，一滴都没落下，比出大拇指赞了一声"狠"，站起身往外走。

"一峰。"正要出门时，陆云歌叫住他，他半侧了身，看见她赤足坐在蓬松的沙发上失魂落魄地问，"是不是要上床，才能算爱情？"

他站在原地，想了半天，他是认真地在想，末了道："以前我是这么认为的，但是，"他嘴角浮现出一丝温暖的笑容，"我认识了你。"

陆云歌没由来地心惊了一下。

林一峰没有再说话，出门倒水了。

林一峰再回来时，不仅端来一杯热开水，李婶儿还跟在他身后送来一盆热水和毛巾。

李婶儿放下热水和毛巾出门后，林一峰将水杯塞到她手中。

陆云歌抱着水杯郁郁地坐着，想着乱糟糟的心事，一不留神，双脚被林一峰捧在手中按进热水盆里，惊得浑身一激灵，条件反射地要把脚抽回来，一块热毛巾又搭上了她的脸。

陆云歌两处受敌，顾了脸就顾不得脚，双脚在热气腾腾的盆中泡着，伸手要把脸上的毛巾扯下来，没来得及扯，先前按在她脚上的大手又按在她脸上。男生手重，替她擦脸的力道挤得她五官都皱成一团，胡乱一番抹。

林一峰拿开毛巾后，仔细瞧她，先前花猫一样的脸总算干净了，只是皮肤有些发红。

陆云歌被林一峰伺候得像受刑，加之之前心烦意乱，火冒三丈地吼道："你干什么，不要整我！"

林一峰一脸不可思议："这叫整你？我这辈子头回这么照顾人好吧，你还不知好歹。"

"有你这么照顾人的？我的脸皮都要被你搓下来了，还有，你不说一声就把我脚放进一盆热水里，吓死人了！"

林一峰把毛巾扔到茶几上，摸出一支烟点燃，身体陷在松软牛皮沙发里，回想此前的二十八任女友，初相识时一个比一个温柔可人，分手时一个比一个翻脸无情。

陆云歌跟那些妖艳的贱货不一样，她不会刻意地伪装自己，与人交往没什么目的，更不爱耍心机玩弄人。

她很真实，很家常，很善良，很纯洁，很认真，很痴情。

她很好，唯一不好的，是她现在心里有别人。

不过那又如何，那人都成她姐夫了，他们已经没有可能，反而他，又有机会了。

林一峰抽着烟，笑眉笑眼地看着她，慢慢琢磨着，越琢磨越高兴，不等烟抽完便起身按灭烟头，拉开柜子从里面翻出一个大盒子，端到陆云歌面前打开，献宝似的一样样拿出来摆在她面前。

“给你看看我的宝贝。这些是我小时候最喜欢玩的玩具，这些是我从小到大写的作文。”

陆云歌拿起一个企鹅滑滑梯的玩具，想了想：“我以前好像也有这样一个玩具，是不是在底部装上电池，企鹅就会排队爬楼梯再滑下来？”

“对啊！你以前也玩过啊？”

“嗯，那时候好像挺流行的，我记得我还有一个上发条的青蛙，扭好发条后，青蛙会自己蹦。”陆云歌陷入了对儿时玩具的回忆。

林一峰扳开企鹅滑滑梯的电池盒，看了看电池型号，跑出了门，过了一会儿又跑回房间，手里拿了一对电池，满脸笑意：“看看还能不能用。”

他把电池装入电池盒盖好盖子，按下开关，“沙沙”的声音响起，企鹅排着队一个个地开始爬楼梯。

陆云歌看到移动的企鹅小小地惊呼了声，目不转睛地盯着企鹅们，看它们一个个爬上楼梯，再一个个滑下来，一刹那好像又回到了童年，陆百川陪在她身边，和她一道儿看企鹅爬上再滑下。

她看着看着，眼眶不知不觉湿了，不知道为什么，她身边的人总是留不住，从小没有母亲，陆百川也死了，她深深依恋的江楚桓也与她再无干系了。这个世界这么大，却只让她感到空旷孤独，她没有家，也没有亲人，有的只是她自己。

而她的爱情，赋予她重生和所有希望的爱情，被她视作比生命还重要的爱情，还没有开始，就已经死了。

陆云歌痛苦地闭上眼，两行清泪沿着脸颊滑落。

林一峰本是兴致盎然地和陆云歌一起重温小时候，一抬头见她闭着眼，

无声地流泪，整个人就有点懵，也不明白是怎么了，慌忙抽出两张餐巾纸给她擦眼泪，手指触碰到陆云歌脸颊时想到方才擦脸没轻没重，此刻落手便格外轻柔，轻轻地用纸巾吸干她的眼泪，只是陆云歌的泪如断线珠子似的一串串往下滚，击打着他的心怜惜益重，放下手时无意触到陆云歌的赤脚，发觉她的脚凉得像一个冰坨。

林一峰沉默地拉开外套衣襟，拾起陆云歌冰凉的双足放入怀中。

赤脚被温暖包裹住，隔着单薄的贴身衣物，脚底感受到强健的心跳。

陆云歌大惊，瞬间睁开眼，看到林一峰哈着腰，把她的一双脚抱在怀里，灼灼的目光看着她。

她心知不好，一边用力把脚往回抽，一边结结巴巴道："你……"

"你脚太凉了，我给你暖暖。"林一峰抱得紧紧地不让她抽回去。

陆云歌又急又窘，脸涨得通红，额上渗出一层细密的汗珠。

"林一峰，你是不是有病啊？快松开！"

林一峰抬脸诚恳地望着她："我可能是有病，只有你能救我。"

"你不要胡来，马上松开手，不然我喊了啊！"

林一峰听到这话，讪讪地松了手，眼里有深深的失落："我不会胡来的，我只是想给你暖暖脚，别的什么都没有，你干吗把我看成个流氓呢？"

陆云歌抽出脚站起身就往门口走，林一峰抢身到她前头挡在房门前："你去哪儿？"

陆云歌拨开他的手臂："回学校。"

林一峰死死挡在门口："你不看看时间，寝室门都关了，回去也进不了。"

陆云歌掏出手机一看，确实已经很晚了。她不信任地望了林一峰一眼，想到他曾经有二十八任女朋友，现在他们孤男寡女地待在一个房里，他又给她洗脸又给她暖脚，感觉太不正常了。

"我让廖静雅去喊寝室阿姨开门。"说完想要推开堵在门口的林一峰。

林一峰被她推得有了火气，紧着眉头，把她拽回到沙发上："我家位置很偏，没有公共交通，出了门你也回不去。现在这个点我是不会去学校

的，明天早上我们一起回学校。”他从床上拿了张毯子盖住陆云歌的脚，“我虽不是什么英雄好汉，也不会乘人之危，刚才的举动真的没别的意思，我思想很纯洁，拜托你能不能也纯洁一点？”

陆云歌睁大眼睛望着他：“交过二十八个女朋友的你现在突然变纯洁了？”

林一峰不尴不尬地清了清喉咙：“人是会变的嘛，不要总是拿老眼光看人。”

陆云歌被他的话逗得有点乐，一脸不信：“你是说你变了？突然要从良了？”

林一峰一本正经道：“是。就在今天我终于意识到我已经爱上了一个改变我一生的好女孩，从今天起我不再是从前的我，在感情上，我要洗心革面从头做人，做一个忠诚、专情、负责任的好男人，我决定娶那个好女孩，和她长长久久地在一起。”

陆云歌张着嘴听完，半信半疑地阖上嘴问：“林一峰，你还大学没毕业，想结婚也太早了点儿，之前怎么没听你说过那个好女孩？”

林一峰交握双手，撑住下巴：“因为那个好女孩之前有喜欢的人，我这人有原则不挖人墙脚，但在今天，我知道那个好女孩和她喜欢的人不可能了，所以我……”他没有继续说下去，目光灼灼地看着陆云歌。

半晌后，陆云歌犹疑问道：“你说的那个好女孩，不会是我吧？”

林一峰一拍手掌，喜滋滋大声说：“恭喜你，答对了。”

陆云歌脑子里轰地差点炸开，从沙发上跳起来：“这不行，我们是在成都武侯祠三义庙前结拜过的兄弟，不能在一起啊！”

林一峰抚慰地在她胳膊上轻轻拍了一记：“我是男，你是女，我们也没有血缘关系，结拜过再做情侣，亲上加亲，不是更好？”

陆云歌裹着毯子挪身到沙发角落：“我不想和你说话，你今天都不对劲，不说了。”

坐在沙发另一端的林一峰甜甜地笑着：“你不说话没关系，反正今晚，我把我想说的话都说了，我也不期望你立刻接受我，我们慢慢来，我可以等。”

陆云歌在毯子下打了个寒战，林一峰拿起他从前写的作文，翻开第一页，看了眼缩在毯子下的陆云歌：“我把从小到大写的作文念你听，你会对我有更深的了解。”

林一峰一行一行念起了他的作文，陆云歌有一搭没一搭地躲在毯子里听着，眼皮渐渐沉重，慢慢地，她的呼吸趋于细长平稳，在林一峰的朗诵声里睡了过去。

察觉到她的入眠，林一峰停止了朗诵，静默地长久凝视着她，他看了她很久，直到强烈的倦意袭来，方才恋恋不舍地靠在她脚端闭上眼。

陆云歌醒来时很舒服，她的脚踩在一个毛茸茸热腾腾的东西上，像踩着一个热水袋，人从脚下暖，浑身都舒展。她伸了个懒腰，揉开了惺忪的睡眼，方看清毛茸茸热腾腾的“热水袋”原来是一颗头！林一峰的脑袋被她踩成了狮子爆炸头，而林一峰舒展着眉目，挨在她脚边还在睡。

陆云歌张着嘴无声地尖叫，摸摸索索地离开沙发，轻手轻脚地走进主卫拿了把梳子，返回沙发给林一峰梳头，没梳几下，林一峰突然睁开眼，她吓得手一抖，梳子直直砸到林一峰脸上，林一峰被砸得捂住脸猛然起身，又跟正在低头观察的陆云歌额头重重碰在一起。

两人俱疼得一声闷哼跌回沙发，这声闷哼回荡在清晨的房间里还未散尽，门外就响起轻而有节奏的敲门声。

李婶儿持重的声音传来：“少爷，太太让你和你同学下楼吃早餐。”

他二人像被人捉奸在床一般，一阵儿手忙脚乱，从沙发上挣扎起身，看看彼此衣着都很周全，又一起挤到主卫洗了把脸，最后由林一峰打头，领着陆云歌下了楼。

陆云歌来时是晚上，当时万念俱灰，什么都没往眼里看，现在跟着林一峰从三楼主卧走出来，沿着西洋实木雕花楼梯一层层走下来，才发现自己身处的是一栋豪宅，她兴许是没见过什么世面，只觉得这栋房子是平生所见过最好的房子，这样的房子，之前她只在杂志上见过。

他们走到餐桌时，已有人替他们拉开了椅子。陆云歌拘谨地跟着林一峰坐下，目光偷偷瞧着坐在主位上的中年女人。中年女人有一张保养得宜的脸，不知道花了多大价钱才能获得的时光停驻的脸，没有一丝皱纹，没有一粒斑点，没有一丁点岁月的风霜。你或许并不觉得这张脸有多美，但你绝不能否认这张脸有多贵。

“妈妈早。”林一峰问安。

“阿姨早。”陆云歌为不失礼跟着问安。

林一峰母亲抬起斜长的眼，浅淡地看了陆云歌一眼。那是一双和林一峰一样的眼睛，但不知为何，浅浅淡淡的目光却让她通体发寒。

林一峰母亲优雅地低头吃着早餐，一道白光从领口晃了出来，陆云歌打眼一看，从领口晃出的是一块象牙材质的牌子，图案很特别。林一峰母亲吃完早餐接过李婶儿递来的热毛巾擦了嘴起身离席，林一峰看他妈走了，马马虎虎喝了两口粥，拽起陆云歌道：“我们去学校吧。”

陆云歌之前被林一峰母亲的气场压得头都不敢抬，听这话如闻大赦，站起身跟着林一峰快步出了别墅，满心都是懊恼，觉得昨晚是昏了头，怎么跟林一峰来了他家还待了一夜，实在不像话，也难怪人家妈妈没个好脸色，越想越羞愧，闷头闷脑地坐在车上，一句话也没有。

林一峰最初还找话头逗陆云歌，说了几句，见她没反应，再想想他妈那鬼神莫测的神色，心底也有些发虚，索性不再废话，随便放了音乐，忧心忡忡地把车开到学校。

车一到学校大门，刚停稳，陆云歌便拉开门迫不及待地跳了下去，脚一沾地就跑了。

林一峰扶着车门望着陆云歌跑走的身影，内心翻起阵阵惆怅，想到对于他带人回家一事，他妈不会善罢甘休，干脆回家挑明，以免弄出别的事儿来。林一峰坐回驾驶室，一脚油门踩下，开车回了家。

到家后，林一峰直直走进大厅，碰到李婶儿正在擦桌子，问道：“我妈在书房？”

李婶儿点点头。

林一峰便奔着书房去了，“轰”一声推开书房大门。

林一峰的母亲在书桌后抬起眼，冷冷看他，又将目光放回电脑上。

“妈，我有话想跟你说。”

“说。”

“你今天怎么对我同学那样儿？人家跟你问好，你爱搭不理的。”

“呵，我还没找你兴师问罪，你倒还先来问我的不是？峰儿，你交女朋友，妈妈不管，不许带外人回家，从小跟你说清楚了的，你是忘了？”

“我没忘。”林一峰咬了咬嘴唇，皱着眉头，“我先前谈了那么多女朋友，一个都没带回来，妈，我不是个糊涂人。”

林一峰母亲目光晃了一下，从电脑上移到林一峰脸上，不说话只是看着他。

“我带陆云歌回来，是有原因的，她不是外人，她是我同班同学，我认识她两年了，她是个很好的女孩，我决定追求她，只要她同意，我一定会娶她。”

林一峰母亲靠着精致的实木靠背椅，打量着林一峰问：“真的？”

林一峰郑重其事地点头：“真的。”

林一峰母亲从桌面拿过一张纸，将一支万宝龙钢笔压在纸上：“把那个女孩的名字写下来。”

林一峰走上前，把陆云歌的名字写在纸上，递到他母亲面前，严肃地说：“妈妈，你可不要为难她。”

林一峰母亲接过纸放进抽屉：“你喜欢的，妈妈不会为难。”

林一峰听到这话像卸了心头的半边大石，脸上浮现出如释重负的笑容：“那我去学校了。”

林一峰母亲微笑地点点头，看着林一峰兴冲冲离开了书房，拿起电话拨了号码。对方接通后，她声音幽沉：“老严，帮我办件事。”

陆云歌回到学校后，才知道昨天的五一文艺会演让她出了大名，全学校就没有不认识她的人，走到哪儿，四面八方都扫射来“嗖嗖嗖”的目光。

小姨子对姐夫的暗恋情愫，两姐妹为男人当众撕逼，富二代危急关头英雄救美，真是一出大戏。陆云歌躲在廖静雅身侧低眉垂眼地走，只觉得很抬不起头来做人。廖静雅把她脊梁拍得山响：“抬头挺胸！畏畏缩缩的干什么！什么时代了，自由恋爱，又没有做小三，不过是看走眼了一个男人！有什么见不得人的！”

“你给我昂头挺胸！好好走！”廖静雅在一旁矫正她的步行姿势。

陆云歌一想觉得廖静雅的话很有理，同时也受不了不好好走路廖静雅在一旁打她，渐渐恢复了正常，只是觉得廖静雅拍打她的力道实在有些重。

五一文艺会演的活动结束后，专业课沉沉地压了过来。老师布置下任务，让戏文的学生开始着手准备原创话剧剧本，大三这一年最重要的就是尝试着写一部有分量的话剧。

戏文的学生学了两年的专业，改编本子，当个枪手都不难，但要原创一部有分量的话剧，何其艰难，真正能流传开来的剧本，岂是那么好写的，消磨精血，榨干灵感，历人生百态，悟不变道理，一颗不死心，一支传彩笔，才能出一点真正的好东西，多少大家一辈子也就那么几部有分量的剧本，大三一年注定不轻松。

日子就这般静水流深，一天天逝去，陆云歌只记得，她和廖静雅泡在图书馆又看了多少书架的剧本，林一峰追她又玩了好几车的花样，从繁花盛开的五月，到蝉鸣阵阵的七月，转过秋高气爽的九月，走到无边落木的十一月，最后直到白雪纷纷的一月，陆云歌的剧本立了又推翻，推翻再重立，班上同学大都写好大纲，手快的已经开始写内容，只有她，没有个好东西，写不出来。

陆云歌和廖静雅独行在故宫朱红的围墙间，长街漫漫，风雪交加，她们打着一把小伞，冻得冰凉的手握住伞把交缠在一起。陆云歌歉疚道：“这么冷的天，我写不出东西来故宫找灵感，难为你也跟着来。”

廖静雅不以为意地“哈”了一声：“我可不是白来的，也是为日后写清宫戏积累灵感素材。”

陆云歌点着头：“对，有了今天的体验，你日后要是写一幕冬日紫禁城冷宫弃妃的戏，肯定特真实。”

两人冻得像狗，还不忘互相揶揄打趣，直到行到漫漫长街的尽头，转进一个不大的院落，才在回廊上跳着脚，抖落干净鞋上的雪。

避开这不歇的风雪，两人在回廊下冷得拥成一团，渐渐地，生了点暖意，她们挽着胳膊晃晃悠悠地在回廊上游荡，抬头细看精工雕刻的廊顶，描金脱落的图案，幻想这是哪一位侍奉皇帝的妃子曾住过的地方，当年的小院又是怎样一番景象。

廖静雅对着长街喟叹：“你说这紫禁城里曾经爱过皇帝又被冷落的妃子，会不会后悔她们曾经爱过一个渣男？”

陆云歌站在廊下，听着远方城楼传来的古老而清脆的铃铛声，看着廊外的风雪，道：“人们总说当时眼瞎爱过一个人渣，好像再活一次，他们就能有不一样的选择。”

陆云歌伸出手，对天展开薄薄的手掌：“爱谁不爱谁，哪里是自己能决定的。”

廖静雅明白她在说谁，心照不宣地问：“你不后悔爱过他？纵使他和你做妓女的表姐混在一起，留你一个人在嘲笑的目光中转身离去？”

一片冰凉轻薄的雪花落入陆云歌掌心，她闭了一下眼，不是凉，而是烫，半年前的情景不管何时想起，都会轻易地瞬间灼伤她，她也奇怪，为什么过了大半年，这痛苦还是如此明晰，一分一毫都没有淡去。

陆云歌泄气地一笑，握住展开的手掌：“你觉得我无可救药吧？”

廖静雅面色木然：“林一峰对你这么用心，你真的一点都不喜欢他？”

陆云歌咬着嘴唇，摇摇头。

廖静雅伸手重重拍在栏杆上："你真是无可救药！"

陆云歌望着纷扬不止的满天白雪，心灰意冷地说："我给了自己大半年的时间梳理我对江楚桓的感情，但现在，我不得不面对一个无从回避的事实。"

陆云歌沮丧而无可奈何地看向廖静雅，眼中一片晶莹："我不喜欢林一峰，我只爱江楚桓，我不后悔爱过江楚桓，更可怕的是……"

她眼中一酸，含了许久的泪滚落下来，她万般无奈地捂着脸，泪水从指缝中渗出："更可怕的是，我现在依然爱着他，我想我是，没救了。"

廖静雅跑上前，心疼地抱住她："不会的，人生那么长，再给自己一点时间，你会忘了江楚桓的。"

陆云歌的眼泪洒在廖静雅微凉的脸庞，她摇着头哭得泣不成声："不会，不会，这辈子我都忘不了他，这辈子我都爱他，我真的没救了。"

回学校后，陆云歌发烧了，人烧得晕晕乎乎的，一颗心却剔透起来。如果不能再拥有，唯一能做的就是不忘记，如果挚爱一人无法改变，就只能继续爱下去，就像《一个陌生女人的来信》里所写的"爱是一个人的事情，而爱情是两个人的事情。所以，我爱你，与你无关"。

她不再觊觎获得爱情，她只默默地爱江楚桓，她默默地爱他，与他无关。

年少时遇到太惊艳的人，不小心花光这生所有运气。

他不出现，是青春的遗憾，他出现，不能在一起，是人生的遗憾。

十六岁的郭襄在风陵渡口，一见杨过误终身。

她在十七岁遇到的江楚桓，成了她不舍得错过的劫数。他是黑暗岁月中唯一照亮她的光，她眷念记忆里的光芒和温度，怀念发生在他们之间琐细的往事，起身下床任文字自指间倾泻而出，敲打出她内心喷涌的剧本《重复爱你的时光》。

如果不能再拥有，唯一能做的就是不忘记，哪怕只是在剧本中，一遍一遍，重复爱你的时光。

第十五章
双重谜底

她又一次回到了起点，她蜷起手指握成一个空心的环，
感觉这是一个虚空的轮回，而她一直待在里面笨拙地生活。

陆云歌埋头写作耕耘，临近六月时把《重复爱你的时光》大纲和前半部交了上去，几位看本子的老师都觉得很好。张均之教授因知道一些陆云歌与江楚桓间的事情，剧本读得更是心有戚戚，上课时不遗余力地表扬了陆云歌，惹得没看本子的同学一时间好奇不已，都想先睹为快。

这节课是下午的最后一堂课，刚一下课林一峰就起身招呼："大家先别走，今儿我过生日，提前也通知大伙儿了，除了个别有特殊情况的，要去参加生日宴的都留这儿，接我们的车很快到，一起 Happy 去！"

教室里一阵欢呼，零散走了几个人，剩下的都跟着林一峰去了生日宴。

林一峰的生日宴设在一家高档餐厅的大包厢里，带着卡拉 OK 和台球桌的豪华大包厢金碧辉煌。林一峰刚一进包厢，餐厅服务员就把彩花喷上天花板，还给每个进包厢的同学都发了一对戴头上的小耳朵，一派热闹的生日氛围。同学们接过小耳朵看一眼，挤眉弄眼地笑着，心照不宣地戴上，临到陆云歌时，服务员却绕过她将小耳朵给了后面的同学。

小玩意儿而已，陆云歌也不在意，放下包便和廖静雅一起去点歌。酒水零食上得很快，有人打着桌球，有人唱着歌，年轻人在一起气氛总是热烈，high 得不行时，廖静雅问了句："林一峰呢？"一语惊醒梦中人，high 翻的各位四处张望，发现生日宴的主人翁不见了。

灯光嗖呼灭去，黑暗的包厢响起女生惊恐的尖叫，陆云歌被突发情况弄得有些慌神，想拉住身边廖静雅的手，可廖静雅的手像一尾冰凉滑腻的鱼，快速从她手里滑走。

漆黑的时间持续了没多久，尖叫很快演变成低低的笑声，点满蜡烛的五层大蛋糕被服务员用餐车推进来，荧荧跃动的烛火后是林一峰玩世不恭的笑脸。

蛋糕和林一峰一道被簇拥到包厢的中心，同学们围绕着他，烛光下的林一峰目光柔和，冲着陆云歌轻声道："陆云歌，你过来。"

陆云歌背后一动，已有几只手将她推到了林一峰面前。她有些拘谨不安，但还是平静了神色，微笑着对林一峰说："一峰，生日快乐。"

林一峰笑着点头，将她拉到自己身边，指着外边围了一个圈的同学："你们陪我过生日，我很高兴。"

四周响起窃窃笑声和嘘声："我们都是作陪的，只要陆云歌在，峰少就很高兴。"

林一峰睇了声音来源处一眼："瞎说啥实话。"

四周登时响起一阵前仰后合的哄笑。

陆云歌被同学们围着，站在林一峰身边，听着这些话，更加尴尬不安，她想找廖静雅解围，可四周不甚明亮，一时也没看到廖静雅的身影。

"祝你生日快乐，祝你生日快乐……"不知谁起了头，生日歌唱了起来，伴随着生日歌的响起，同学们默契地按亮了戴在头顶的小耳朵。

陆云歌看了一对对亮起的耳朵，脸颊火辣辣地发烫，原来那些小耳朵上左右分别写了两个字，一个字是"峰"，另一个字是"云"。

一双温热的大手拂过她头顶，她有些回避，但大手坚定不移地替她戴上了一对小耳朵。

陆云歌微微低着头，瞥见林一峰也戴着亮着"峰"和"云"的小耳朵，兴致高昂地跟同学们一起唱生日歌，心下不知该如何收场。

生日歌唱毕，四周传来闹哄哄的怂恿：“许愿，许愿，赶紧许愿！”

林一峰双手合十，闭目许愿，睁眼后，一口气吹灭蛋糕上的二十一根蜡烛。服务员没有及时开灯，宽大的包厢内就只看到同学们头顶的小耳朵闪闪发光。

“峰少，你刚才许的什么愿？”有八卦的人在黑暗中问。

林一峰并不遮拦，回答：“我许愿，陆云歌能够接受我，做我的女朋友。”

包厢里顿时炸开了锅，鼓掌声、口哨声、起哄声响成一片，最终这些嘈杂的声音汇集成一句响亮的口号，在包厢里反复回旋：“答应他！答应他！答应他！”

这嘹亮的口号震得陆云歌头脑一片轰鸣。

林一峰追她近一年了，今天这样的花样，不过是他一年中用过的若干花样之一，在此之前，陆云歌并不知道，一个女孩儿可以被如此追求，那些她先前认为只可能出现在言情小说里的桥段，在一年中先后发生在她身上，只是之前的追求还是隔了一层纱，给彼此留了一点回旋的余地，不像今天，逼到眼前，让她答应做他女朋友。

平心而论，林一峰确实改变不少，将近一年身边再没出现过莺莺燕燕，而从前的峰少是什么人，换过二十八任女友。她都不知道林一峰这样的一个人，一年时间是怎么改过来的。

可她要答应吗？为他的改变，为炙热的心意，为热烈的追求，为她跟江楚桓的无缘，为她并不讨厌林一峰，为漫长岁月中有个爱你的人与你相伴。

她在心底问自己，这些问题，她已经问过自己很多次，现在，她再问自己一次。

“不行。”她听到自己冷静的声音像一盆冰水，转眼浇熄了周围的热烈。

这么多人的包厢突然静得连一根针掉在地上都听得见，头顶的灯不早不晚地亮了，明亮的灯光照出丛生的尴尬与惊讶，光天化日下全现了形。

“一峰，对不起。”她无比歉疚地望着林一峰，只觉得他的气色从来没这样差过。

她不能骗他。

在很多人眼里，林一峰是她的最佳备胎，一个对她死心塌地的高富帅，陆云歌既与爱的人无缘，找一个爱她的人不是很好，她有什么不满足的。

林一峰人不错，实在不必找一个不爱他的人，他理应获得爱情，可这爱情，她给不了他。

她不能为了她感情上的失败和孤寂侵占林一峰的爱情，这对林一峰不公平。

陆云歌本性纯粹，无法自欺欺人，即便不转圜意味着伤害，她也不能去欺骗林一峰。

“一峰，对不起。”那些想法她没办法跟他说清楚，只能再一次道歉，为眼下无法避免的伤害。

林一峰神色黯然地扭头对服务员道：“把蛋糕分了吧。”摸出烟走向台球桌。他高高的背影看上去很萧条，几个男生跟上去，拍着他的肩，开始打台球。

陆云歌走到沙发角落坐下，几个相熟的女生陆续围了过来，互相交换着眼神，摸了摸她的手，小声道：“有些事，是不能勉强。”

她垂着头，情绪低落地拨弄着手指。

“陆云歌，你的本子写的什么啊？张均之教授向来很挑剔，今天上课对你的剧本大加赞赏，让我好想看。”

“是啊，剧本是不是叫《重复爱你的时光》？什么题材？”

“爱情。”她小声道。

“哎，咱们是下课后直接过来的，你是不是带着笔记本？把剧本调出来给我们看看吧。”

“对呀，让我们也拜读下高人的作品吧。”几个女生起了好奇心，不依不饶地想看。

陆云歌只得从包里拿出笔记本，将剧本放在她们面前。

几个女生对着笔记本挤在一起，翻开第一幕，先是默读了好一阵，看几段，发出小小的惊叹，渐渐看进去，遇到好的段落，无意识地念出了声：“她该如何形容江楚桓？他有一双大而清澈的眸，深邃有光，如盛着星辰和海洋……”台球桌离得不远，一起打台球的男同学关注着球桌上的局势，有一搭没一搭开着玩笑，把女生念诵的声音当作包厢的若干背景音之一，并不在意，只有林一峰，因这不高不低的念诵声是从陆云歌那边发出来的，他不言不语地出杆，传到耳中的字，一个个落在心里堆积成嫉妒与痛苦交织的浩瀚情绪。

“眸子在灯光下是琥珀的颜色，长长的睫毛助阵，联合双眼皮和卧蚕配成一双让人心动不已的鹿眼。这双温柔的鹿眼看久了，心会在不知不觉中……”

“啪”的一声脆响，台球杆狠狠敲在摊开的笔记本盖子上，笔记本在台球杆的冲力下像一只受惊的蚌迅速合上了壳，围着专心看文的女生被这突如其来的敲打惊得叫了起来。

陆云歌沿着台球杆举头望去，正对上林一峰支离破碎的目光和无法掩饰的哀伤，他定定地看着她问：“陆云歌，今天我过生日，你一定要这样吗？”

陆云歌看着他，突然意识到其中的不妥，心中翻过巨大的悔意与痛惜。

“我，对不起。”除了道歉，她不知道还可以说什么。前因后果牵引出的直接拒绝和无心伤害，除了对不起，她还可以说什么。

“对不起？我不需要你跟我说对不起，我要你爱我！像爱你剧本里叫江楚桓的男人那样爱我！我不需要你的对不起！”林一峰暴怒地狂吼起来，他出手如电地抢过笔记本，重重砸在地上。

“滚！你们都他妈给老子滚！都滚！”林一峰飞起一脚将台子踢翻，酒水零食在女生的惊叫中洒落一地。

有男生围过来劝，刚开口半句话没讲完，脸上就重重挨了一巴掌。

“让你们滚，听不懂吗？”林一峰红着眼怒气冲天地瞪着包厢里惊呆的同学。

同学们互相看了看，拿起随身物品，一个接一个地出了包厢，拦下餐厅外的的士，三五成群地挤进一辆，低声絮语地离开了。

陆云歌跟着同学们走出包厢，走到包厢外长走廊尽头时停下脚步，留了下来。

她不知道事情弄到现在应该如何收场，只觉得一切因她而起，不可以一走了之。她不知所措地站在走廊上，心情灰败，不知道为什么会弄成这个样子。

廖静雅从走廊另一头一步步行来，陆云歌看到她，像看到救世主一样狂奔了过去，拉住廖静雅的衣袖问："你去哪儿了？一晚上都没看见你，出事情了。"

不待她说完，廖静雅抬起指间的烟吸了一口。陆云歌看到廖静雅吸烟，惊讶地问："你怎么抽烟了？什么时候开始的？"

廖静雅缓缓吐出长长的烟雾："陆云歌，你是不是觉得你挺了解我？我什么事儿你都知道？"

廖静雅的语气冰冷，这样的廖静雅让陆云歌感到陌生。

"一晚上没看见我，是因为我不想跟你见面。"廖静雅背靠墙，抬起手又吸了一口烟。

廖静雅抽烟的姿势很娴熟，会抽烟的廖静雅让陆云歌感到更加陌生。

"为什么？"她惶惑地问。

"因为我真的怕自己忍不住，狠狠地扇你。"廖静雅的眼睛看上她的，明白无误的恨意令她心底升起阵阵寒气。

廖静雅恨她，怎么可能，为了什么？

包厢里传出呕吐声，陆云歌和廖静雅一齐走向包厢门口时，看见地上放了一排白酒、红酒、洋酒、啤酒，林一峰两指捏着的大玻璃杯是颜色混杂的液体，他单臂抱着一个垃圾桶难受地吐着。陆云歌正要进去，廖静雅单手拦住她，将烟头扔在地上踩灭，微微侧头不看她："你别进去，既然林一峰要的你不能给，就不要再去刺激他，你走吧，我会照顾他。”

廖静雅说完走进包厢，扶着林一峰的额头，轻抚他的背。

林一峰抬起头嘴角挂着污物，一副迷迷瞪瞪的表情，像是醉了。

廖静雅摸出纸巾，轻柔地替他擦净嘴角，林一峰一歪头靠在她肩上，小声嘟囔着，廖静雅温柔地回应：“是，我来了，想喝酒？我陪你。”

她捡起一个大玻璃杯，将面前的白酒、红酒、洋酒、啤酒混在一起，仰起脖子就灌。

陆云歌站在门口看着这一幕抑制不住地冲了进来，抢她手中的玻璃杯。

廖静雅死死抓着杯子尖叫了起来，陆云歌愣住了，她从没见过廖静雅如此痛苦，好像有什么从灵魂上压垮了她，让她再无力承担一般。

一个沉重而响亮的耳光拍在陆云歌的脸上，火辣而沉重光，拍得她晕头转向。

“不要抢我的东西！”廖静雅一手将林一峰的头死死按在她肩上，一手端直地指着陆云歌的鼻子吼，“你不当回事的东西在别人眼里却是宝贝，为了所有人好，你能不能走啊，真的不想再看见你。”

陆云歌讷讷地起身，走到大门时外面下着瓢泼大雨，门童给出门的顾客递上一把伞。陆云歌接过伞，看着外面漫天席地的雨帘问：“可以再给一把吗？我还有朋友。”她右颊上的手指印开始红肿，显现在白皙的脸上便格外清晰，门童好奇地打量着她脸上的指印，又递来一把伞。

“谢谢。”她轻声谢过，穿回大堂，乘坐电梯，走回长廊，停留在包厢门口。

包厢门被关上了，她伸手按上把手，轻轻扭开，沙发上有一团纠缠的身影和细微的喘息，他们吻得忘情，没有注意门被打开，陆云歌将两把伞轻轻放在入门的服务台上，再轻轻扣上门。

她一路走下楼，经过大门时门童递来伞，她没有接，径直走进雨里。

她在雨里走了一段，直到感觉脑子在雨水冲刷下清楚了一点儿，湿漉漉地搭乘上公交车，跟着公交一站一站地前行，报站到北京西火车站时，她下了车，跟着人流走进火车站，走到售票处排队，排了很久轮到她，售票员问她去哪儿，她愣愣地问：“最快发车的去哪儿？”

售票员敲击着键盘报上：“成都、西宁、武汉、广州十五分钟内发车。”

“西宁是在青海？”

“是。”

她想起陆百川曾说过在青海的哈察县有朋友，掏出身份证和现金：“一张去西宁的火车票，有卧铺买卧铺，没卧铺买坐票。”

片刻后，一张去西宁的卧铺票递了出来。

拿着票她快速走向候车厅，检票上车后没过几分钟火车就开了。

她坐在卧铺车厢临窗的小折叠座上，看着火车由慢到快地加速，带她离开下雨的北京。她的右颊还有些疼，几根手指印依旧清晰地横在脸上，她疼了一路，被人看了一路，最终明白廖静雅这一巴掌是忍了太久的。

她被打得没有怨言，因为她实在太蠢了。

廖静雅是从什么时候喜欢林一峰的？

是在故宫里面色木然地问她：“林一峰对你这么用心，你真的一点都不喜欢他？”

还是在五一文艺会演上呆愣地看着林一峰抱着她离去。

抑或再早些，多年来，廖静雅一直爱跟林一峰拌嘴，她从前只是觉得廖静雅嘴上厉害了些，爱闹着玩，但没深想过这是否就是廖静雅对于喜欢的一种表达。

细想下来，她大概明白，廖静雅喜欢林一峰或许很久了。她日夜与廖静雅在一处竟然毫无察觉，直到今日，一重重的现实逼到眼前，耳光响亮地扇到脸上，她才明白。后知后觉到这个地步，挨一嘴巴也是活该。

她微微闭目，想到近一年来林一峰拼命追求她，廖静雅看在眼里的个中滋味，自己都觉得苦涩。她确实应该走，走得远远的，不要再出现在廖静雅面前让她心烦。

陆云歌无力地把头靠在车窗上，窗外泼洒的雨水被风刮着汇成一道道水柱，斑斓了视野，想起十八岁那年，陆百川死后，她遇到了最爱的江楚桓，之后又遇到了死党廖静雅和林一峰，二十一岁这年，没有任何道理的，她失去了江楚桓，同样没有任何道理的，她失去了两个最好的朋友，想来，她从来没有坏心，也没做什么坏事，除了迟钝，也没什么过错，不知怎么就成了现在的局面。

她摊开右手手心，对着掌心复杂交错的掌纹发呆，觉得三年绕了一个圈，她又一次回到了起点，她蜷起手指握成一个空心的环，感觉这是一个虚空的轮回，而她一直待在里面笨拙地生活。

拥有，复失去，再次一无所有。

到西宁时是早晨六点，陆云歌跟着人流走出火车站，搭上去哈察县的班车，班车破旧颠簸，临近傍晚时抵达了哈察县。

陆云歌茫茫然地站在哈察县的街上，想到爸爸的那个朋友似乎叫洛桑顿珠，住在中书街。她记得清这个名字是因为陆百川当时跟她开玩笑说："老头叫洛桑顿珠，停顿的顿，珍珠的珠，可不是炖猪肉的炖猪。"

当时打电话信号嘈嘈的，她觉得这个名字好玩便记住了。

陆云歌拦下一辆的士坐上车说："麻烦去中书街。"

的哥望了她一眼，笑道："小姑娘来旅游的吧，这就是中书街。"

陆云歌愣了下赶紧又问："请问中书街是不是有位叫洛桑顿珠的老人？"

的哥往前方五十米一个亮着招牌的小卖部一指："看到亮招牌店里坐的老头了吗？他就是洛桑。"

陆云歌感谢着下了车，一步步走到小卖部门口。小卖部里坐着一个高鼻深目的老爷爷，陆云歌略带局促地问："请问，您是洛桑顿珠吗？"

老爷爷炯炯有神的大眼定定地看了她几秒，反问道："你是不是陆云歌啊？"

陆云歌被问得很惊讶："是的，您怎么知道的？"

洛桑顿珠一张沾满风尘的脸顿时笑得像一朵花："你的模样和你阿爸

很像，百川恩人几年前走时说会再回来，你是跟你阿爸一起来的吗？”

洛桑顿珠站起身，绕过柜台走到陆云歌面前，向着陆云歌身后张望。

陆云歌咬着发抖的嘴唇，拉住不断张望的洛桑顿珠，眼泪噗噗地掉落：“洛桑爷爷，您别看了，我是自己来的，爸爸在三年前就已经去世了。”

洛桑顿珠被这突如其来的消息惊得站立不稳，陆云歌见他身体晃动，赶紧扶了洛桑坐回椅子。洛桑在椅子上长长地舒了几口气，急急问道：“你阿爸是出什么事了？”

陆云歌含着泪，将前因后果一一道来，洛桑顿珠听得捶胸顿足：“你阿爸向来是个好汉，三年前他来青海办事，正遇上我被高利贷追债，问清楚我是替女儿买种马和种牛欠下的钱，一时还不上，你阿爸二话不说将身上带的现金全拿出来替我解了围，你阿爸这样的好人受到坏人残害，佛祖是不会放过那些作孽的恶人的！”

陆云歌一边垂泪一边点头：“最坏的那个恶人被判了死刑，我想爸爸也可以瞑目了。”

“万般带不走，唯有业随身。”洛桑顿珠深沉道。

天色向晚，洛桑顿珠起身准备晚饭，这间小卖部的后面是个一室一厅，两人在客厅吃罢饭。洛桑了解到陆云歌此番来是为了散心，便收拾出卧室小床让给陆云歌住，自己拉开客厅沙发床搭了另一张床。

陆云歌不好意思这般叨扰，要睡沙发，洛桑却是个犟性子坚决不肯，又找出新毛巾和牙刷，一切准备得妥妥当当。

晚上，陆云歌洗漱完钻进薄薄的被窝。哈察县早晚温差大，夜里要盖被子才不冷，洛桑提来一个暖水壶放在床头柜旁，又取来一本书，递到她手上：“你阿爸在这里住的时候喜欢看这本书，你看累了就早些睡。”

青海县城的夜晚，清冷而安静，陆云歌捧着书借着床头灯细看，是一本《海子诗集》。

陆百川喜欢诗是被陆云歌带的，她喜欢诗，喜欢念，陆百川听多了，也喜欢上了诗。

陆云歌含着零碎的泪，翻开海子诗集，一页页地轻念。

一首一首地读，一页一页地翻过，只觉得一颗心无比宁静，似乎回到了从前，父女二人温馨地坐在一处，陆百川带着笑意，听她读那些云飞雪落的诗句。

陆云歌翻到诗集三分之一处时，发现有一页被重重地折过，这一页印着海子很出名的一首诗《七月不远》，副标题：给青海湖，请熄灭我的爱情。

一道闪电划过陆云歌脑中，她蹦下床，赤脚跑到书桌上找到纸，捡起桌面摆着的水性笔，颤抖着右手，将陆百川临死前托李福原带给她的暗语一字一字写在纸上：七月流火，东莱不似蓬莱远。

她死死盯着这句话，手指冰凉战栗，用了很大的力气，才控制住过于惊骇的情绪，握紧笔将“七月”和“不”“远”重重标出。

对照着海子的《七月不远》详细地读了三遍，最终将“青海湖”三个字牢牢按住。

她磕磕绊绊地冲出卧室，拉着已躺在沙发床上快要入睡的洛桑顿珠沙问：“洛桑爷爷，我问您个事，我爸爸，他有没有去过青海湖附近？”

洛桑顿珠本来要睡着了，被陆云歌一说顿时清醒了，他坐起身披了外套，仔细思量后坚定答道：“有去过，我女儿牧场离青海湖不远，在青海湖边还有一个看羊的棚子，平时是给羊倌打脚歇息的，你阿爸对青海湖边的棚子很有兴致，单独在那儿留宿了一夜，那夜后，他回到我店里待了半日，下午就坐火车走了。”

陆云歌跑回卧室，摸出没有电的手机，一边充电一边开机，手机开机后，无数的未接来电涌入，她跳过未接来电，在电话本里找出张小北的号码拨了过去。

“小北姐姐！”

张小北不等她叫完劈头盖脸地一通骂：“陆云歌！你跑哪儿去了，两天找不见你人影，所有人急疯了你知道吗！北京都被找得翻过来了，你现在在哪儿！”

“我，我没事，我现在，在青海，哈察县。”她没想到自己的不告而别惹出这么大乱子。

“青海？你怎么跑青海去了？你人真的没事吗？！”张小北在另一头炸翻了天。

“小北姐姐，我真的没事，我有重要情况，你先听我说，关于乔四犯罪集团，我想我爸爸还有另外重要的证据留在青海湖，他之前留给我的暗语要拆分才能解出这个线索，我想这个线索如此隐晦难解，应该是比之前还要重要的证据，我在想，要不要明天我去青海湖找找？”

“陆云歌。”张小北镇定了下来，“告诉我你的具体地址。”

陆云歌把地址报给张小北。

张小北唰唰记下后对她说：“你现在听我说，你哪里都不要去，就待在这个地方，明天我们来接你。”

结束通话后，陆云歌万千心事地坐在床上，半点睡意也无，手机开始不间断地响起，她看了眼来电显示出的姓名，是林一峰，她调成飞行模式，手机又寂静了下来。

坐在床上左右是睡不着，她干脆起身穿好衣服，坐到书桌前，打开笔记本电脑。电脑被林一峰砸过后屏幕上出现一道裂痕，她接通电源小心翼翼地开机，几秒后电脑“哔”了一声，如常进入界面，她微微松了一口气，打开《重复爱你的时光》，继续写作。

第二天临近傍晚时，两辆越野吉普一前一后地停在了洛桑顿珠的小卖部前，张小北从第一辆车的副驾室走下来，跟洛桑顿珠握手后面色严峻：“洛桑大爷，因为事情十分紧急，我们必须马上出发，给您造成不便，真是非常抱歉。”

开车的是当地派出所的办事员，与洛桑认识多年，低着头透过副驾的车窗望着洛桑：“来办案的是北京禁毒大队的同志，这次要是有所收获，你就是协助破案，那可是功劳，政府会给予一定奖励。”

洛桑摇头道："百川恩人不能白白牺牲，只要能把恶人们都抓住，我什么奖励都不要，走，我现在就带你们去。"

洛桑顿珠拉上小卖部的卷闸门坐到之前张小北的副驾位来领路，张小北拉开后门坐进了后座，陆云歌跟着想上，她轻轻一拦，朝里努努嘴："这块儿坐满了，你坐后面车。"

陆云歌往里一瞅，加上张小北后排坐了三个人，果然满了。

她"哦"了一声，埋头走向后面的车，听到张小北在身后一声笑。

她回头看了一眼阴阳怪气笑着的张小北，只见她从车窗里探出头，满脸乐开花的期盼表情很像一只贼兮兮的秋田犬。

小北在傻乐什么呀。陆云歌看她那样儿只觉得莫名其妙，拉开了车门，一转头，整个人像一尊石像，凝固住了。

张小北看戏看得心花怒放，车已开动，她不惜灌一肚子凉风也要煽风点火："似是故人来啊，哈哈哈！"

陆云歌从外到内地僵硬掉，化石什么样儿她就什么样儿。

驾驶座上的人，侧脸望着她，淡淡道："上车，走了。"

低音炮般磁性温和的声音提示着她。

陆云歌艰难地挪动脚步，慢慢爬上车，只觉得这小小一步对她而言的艰难程度像是从猿猴进化成人一般。

待她磨磨蹭蹭地关上门，一脚油门踩下，越野吉普车狂飙而出，追着前方隐隐绰绰的张小北的车加速行驶。

陆云歌想过，如果她再见到江楚桓会是怎样？

她那么多的热切，那么多的盼望，成百上千的话要同他讲，那一定是个很热闹的场景。

然而越野吉普车风驰电掣地开了十几分钟，她内心像核裂变般翻天覆地地炸了几轮，坐在江楚桓身边却是连个屁都没有。

江楚桓一脸沉静地开着车，也是一语不发。

车内沉默压抑的氛围让人难受，她索性闭上眼装睡，心底翻过微凉的感慨，他们曾经那么熟悉，现在坐在一起却像陌生人，不过三年，物是人非，隔阂至此。

心底的微凉涌上眼角，浸出一滴眼泪，她微微垂首想在衣领上悄悄蹭去。

不及她蹭去，眼角一热，一对温热修长的手指拂过她鬓角，抹去了她眼角的泪。

她心中一阵惊悸，听到他温和的询问声：“哭什么？”

陆云歌睁开眼，看见江楚桓正眼望前方专心致志地开车，也不知他哪里生出的眼睛，看到了她这点小动作。

装睡是没必要了，她索性睁大眼，将后续的眼泪吸回去，嗓子有点哑：“我没哭，我是高兴。”顺势挤出一个尽量灿烂的笑容。

“三年了，你一点没变，还跟个孩子一样。”他淡淡扫了她一眼。

“我怎么没变！”陆云歌心头蹿起一股无名火，“你不要用老眼光看人，这三年我门门功课前三名每年拿奖学金，兼职做枪手赚钱，导话剧写剧本演节目，连内衣都从A升到B，我怎么没变？！”

江楚桓“嗯”了一声，还没“嗯”完，又遭陆云歌一顿抢白。

“我跟你说，我早就不是你之前认识的小孩了！有多少人暗恋我，追求我，你知道吗！”

江楚桓等着她像个炮仗一样炸完，没动静了才继续讲道：“我说你跟个孩子一样，是指你给我感觉，依旧如孩子一般单纯善良。”

陆云歌愣了愣，“哦”了一声，顿了一下道：“那我还是单纯善良的。”

“所以说你像个孩子也没错，怎么惹你那么生气？”

她咬着半边唇，怎么都不能承认是因为陆依依对她的刺激。她再单纯善良又怎么样，男人不喜欢小孩，男人喜欢的是女人，而江楚桓也是男人呵，所以他跟陆依依在一起，成了她姐夫。

她只是咬着嘴唇，牙缝里嘶嘶出声：“反正我不是小孩。”

江楚桓只是一笑，没有再接话。

陆云歌不干了，盘问起他来："这三年你还好吧？"

不等江楚桓开口，她上下打量了他一番："我看你挺好的，没变瘦，精神也足，还有美女相伴，看来卧底的生活还蛮不错的。"

"美女？"江楚桓转头看着陆云歌，"你见到陆依依了？"

"我见没见到陆依依你不知道吗？哦，那天你走得太急，错过了后面的好戏。"说着说着泪水就在眼眶里滚动起来。

她真是丢脸，还主动提起这一茬。她真是讨厌自己，明明久别重逢，也只会说些讨人厌的话，可她控制不住自己。

江楚桓没有说话，她便自言自语："人年轻总会做些蠢事，表白的事你别放心上，就当看了一个乐子吧，姐夫。"

江楚桓没有回应，她也没有再说话。

陆云歌扭头看着漆黑的窗外，看着车窗折射出自己的脸，是陌生的，牙尖嘴利的乖张模样。这就是结局了吧，她闭上眼，她的心在澎拜地跳着，但他们之间，终已成灰。

凌晨时分，两辆越野吉普车停在了青海湖边，所有人都下了车，打着手电筒在洛桑顿珠的带领下找到了看羊的棚子，一翻细致地搜查后在棚子脚上挖出一个小塑料盒。小塑料盒外用防水胶带层层包裹，张小北拿着盒子和江楚桓上了一辆车，随后张小北下车，江楚桓在车上独自待了二十分钟后，招呼大家返程。

深夜的路上没有路灯，只有车前灯照亮面前的路，天边的那轮弯月，洒下不甚明亮的月华勾勒出遥远的地平线。

"我爸爸藏起来的是什么？"回程的路上陆云歌问江楚桓。

"这些事情你不知道更好。"江楚桓面无表情地开着车。

"我爸爸因为藏这东西被乔四杀了，我连知道这是什么都不可以吗？"陆云歌伤心地问。

江楚桓沉默了半晌，开口道："你父亲藏起来的是一个 U 盘。"

“U盘？里面有什么内容吗？”陆云歌追问。

“有一份乔四跟一个毒贩往来的证据。”

“证据很重要吗？”

“很重要。”

“这样的话，又可以多抓一个坏人了？”

“是的。”

陆云歌知道江楚桓不会再多说什么，不再问他，扭头看着黑黝黝的窗外。

江楚桓表面风平浪静地开着车，内心实际是巨大的惊喜。陆百川的U盘里存下的是一份乔四与石佛交易的证据，与他现在卧底的案子不谋而合，加上这份证据，案件将有重大突破，原本计划还要再有一年的卧底才能实现一网打尽，眼下有了这份关键证据，半个月后等黄丧和石佛的会面就可以全面收网了。

只是越临近结束越是凶险，半个月后，他是死是活只有天知道。

方向盘在手下忽地一晃，江楚桓反应灵敏一把牢牢把住，车身猛然大幅度偏转，陆云歌吓得一声尖叫。

“抓牢扶手！”江楚桓冲陆云歌喊道，用力控住方向盘矫正方向，随后脚下点刹，慢慢将车停了下来。

陆云歌在车身猛转中胃部翻涌，车一停下便拉开车门跪到了路上。

江楚桓奔过去，扶住她问：“不舒服？人有没有磕到？”

她还来不及摇头，胃里一阵翻江倒海，对着路面吐了出来。

江楚桓一手把住她额头，一手轻抚她的背，替她舒缓呕吐的不适。她像一只病猫，搜肠刮肚地吐了阵儿，手脚发软地只能靠在他怀里。

他也不嫌脏，问：“吐完了？”

她惨白着脸点头。

江楚桓掏出随身带的纸巾帮她擦干净嘴，又扶她坐到了宽敞的后排座，找来一瓶矿泉水，拎开盖子，将水送到她嘴边，缓缓地喂，另一只手依旧轻抚她的背。

喝了几口后，她恹恹地斜靠在江楚桓肩上，江楚桓原先抚她背的胳膊环过她的腰放在她身侧，撑住她乏力的身子不倒，她感受到那只环过她腰的臂膀，坚实有力，那只修长如玉的手，隔着一段距离放在她身侧。

陆云歌脸上抑制不住地飞上片片红霞，她不知道这不太明亮的车灯下江楚桓是否看得见，只是低了头小声道："我好多了。"

江楚桓嗓音低沉地说了一声"那就好"，扶着她慢慢坐正，抽出胳膊，让她背靠在座椅上。自己则转身下车仔细查看轮胎，随后又打开后备厢找了找，走到车旁，拨通了张小北的电话。

江楚桓回到后排座对睁着一双眼睛的陆云歌道："前轮胎爆了，车上没有备胎，小北车上也没有，他们车上人是满的，只能等他们先回县里，放下几个人，拿了备胎再来接我们。"

"这好像不是一会儿的事儿？"陆云歌揉着眼问。

"天亮时能赶来就不错了。"江楚桓淡淡地答，"是不是困了，你在后排睡吧，我去前面坐。"

陆云歌揉着眼，可能是刚吐过，胃也不舒服，点了点头，脱了鞋在后排蜷缩起身子。

江楚桓坐回驾驶座，关了车内灯，打开暖风，脱下自己的外套回身盖在陆云歌腿上。

陆云歌把脚缩进江楚桓温暖的外套里，在舒适的温度下，很快睡着了。

江楚桓从后视镜中缓慢地扫了一眼陆云歌的睡颜，拿起一包烟，打开车门走下车，靠在两道明晃晃的车灯前，点燃了烟。

陆云歌睡了一觉醒来，精神大好，她伸了个懒腰坐起身子，转头看向窗外，天还是黑的，她又扭过头看前排，没有看到江楚桓，整个人立马慌了。

陆云歌腾起身，拉开门跳下车，刚下车就看到车旁立了一个人，暗红的烟头一明一灭，她才睡醒有点懵，对着那个黑漆漆的人影抖着嗓子叫了声"楚桓哥"。

江楚桓听到声音转过身，陆云歌就看到他穿着单薄的衬衣，脚下扔了一大堆烟头，而她身上披了一件他的外套，下车后都冻得直哆嗦。江楚桓真不怕冷吗?

她不由分说地将他拉上车，关上门，打亮车内灯，你看看我，我看看你，陆云歌便有点懂得江楚桓一个人在外面杵着是什么意思了。

他开车时有事做，现在他没事做，她也没事做，两个人待在一起，面面相觑，便很尴尬。

尴尬了一分钟，陆云歌受不了了，从包里摸出笔记本电脑，想找点事做，一开机满屏显示出她的剧本《重复爱你的时光》。陆云歌脑中轰然一炸，她怎么把这茬忘了，剧本白纸黑字全屏都是，而百无聊赖的江楚桓探过头来，陆云歌飞速敲击键盘在一秒内替换掉了男主人翁的名字，江楚桓头伸过来时她头顶冒着热气，脸红得像个番茄，主动交代道："这是我写的剧本。"

江楚桓"嗯"了一声，旋即问道："可以看吗？"

她像被踩了尾巴一样叫道："不可以！"

江楚桓没有说什么，坐了一会儿，又打算起身去抽烟。

这么冷的天，她不忍心见他独立寒风里，也不想见他抽烟伤害身体，即刻缴械投了降，拽了拽他的衬衣，无奈地说："唉，你想看就看吧，我事先说清楚，男主角虽然叫周楚桓，但和你没有一毛钱的关系，就是个称呼而已。"说完又懊恼地觉得何必强调这个，倒显得此地无银三百两。

江楚桓笑着把头探了过来："明白，只是个名字，男主角就是叫江楚桓，我都不会多想。"

这是他们见面后，江楚桓第一次笑，他的笑容如陆云歌记忆里的一样，薄唇微微上扬，轮廓鲜明的侧脸出现刚毅柔和的线条，明亮有神的眼睛上浓黑的剑眉轻轻舒展开。

和从前一样好看的笑容，她的心，也和从前一样在这笑容里悄无声息地融化。

他们两个并排坐在一起，看剧本，陆云歌扫过一段觉得场景太明显，拽着鼠标往下拖：“这段你不能看。”

拉到剧本的一半，再扫一段，还是觉得场景太明显，拽着鼠标继续往下拖：“这些你也别看。”

她头疼地一直往下拖，才发觉因为剧本的前半部是根据真实经历写的，江楚桓又是与她一同经历之人，一看就会露马脚。

越想越不好意思，脸也越来越红，鼠标一直拖拽到文档的末尾，那是她正在写的一段，她想象中的与江楚桓的重逢，文中的重逢和今天的重逢很不一样，她松了一口气，指着最后一段说：“就看这段吧，我写到这儿，也有点卡文了。”

江楚桓看着屏幕上的一段段对话道：“我们分角色读，我读周楚桓的词，你读女主的词，朗读可以创建出生动的情境，也许能为你提供一些往下写的灵感。”

陆云歌想了想觉得这提议不错，点了点头，旋即说道：“这段我之前想配背景音乐，但一直没找到合适的曲子。”

江楚桓拿出手机，接通蓝牙，越野吉普的音箱响起一阵熟悉的旋律，这段旋律她听了有千百次吧，在一轮明月的夜晚，下着雨的夜晚，春风沉醉的夜晚，他们站在阳台休息的时分，八音盒放着简单曲调，江楚桓抽烟提神很少说话，她站在他身旁，一同看着阳台外香樟织就的碧绿海洋，春深似海，静谧安宁，只有八音盒一遍一遍地重复播放着《今宵多珍重》。

温柔低徊的女声在音箱中浅吟清唱：“南风吻脸轻轻飘过来花香浓，南风吻脸轻轻星已稀月迷朦。”

“我回来了。”江楚桓低沉的声音在她耳畔响起。

她知道他开始念台词，一点点收拢飘散的神思，跟着剧本接着道：“你回来了？你真的回来了？楚桓哥，我不是在做梦吧？”

“傻丫头，你看看我是不是真的。”他拿起她的手，放到脸上轻轻一触，再轻轻放下。

这是陆云歌剧本里设计的动作，当江楚桓拿起她的手轻触脸庞的瞬间，她听到自己的心在剧烈地跳动。

“楚桓哥，你真的回来了！这么长时间没见，我很想你。”剧本此处设计了女主对周楚桓的一个大大的拥抱。

陆云歌心在跳，脸在烧，缩手缩脚地轻搂了江楚桓一下。

“这次回来，你不会再走了吧？”她控制住手别抖，声音别抖，以镇静平常的状态念词，这是她剧本里的最后一句台词，写到这儿时，她卡文了，因为她设想不出江楚桓的回复。

江楚桓目光从屏幕上移到她的脸上，他看向她的目光，是世上唯一的光束，照得她灵魂一片雪亮：“还要走。”

她听见这句话，眼泪顿时就下来了。

江楚桓俯下身，在离她脸两厘米的距离停住，眼底是深深翻涌的怜惜，他离她近，连呼吸都那么近，她呆愣在那儿，一动也不敢动，只是睁大眼睛望着他，直到看见他的唇摩挲去她腮边的泪珠，沉沉低叹：“傻孩子。”

他转过脸离开她时，抹过她泪水的微凉嘴唇在她的唇瓣上蜻蜓点水般轻触而去，她像过电一样全身惊悸，还来不及细想这柔软微凉的吻到底是有心还是无意，就听到江楚桓毋庸置疑的声音：“别等我。”

明亮的车灯照进了车窗，外面响起响亮的喇叭声，江楚桓打开车门走下车，同赶回来的张小北商量如何返程，陆云歌一个人在后排座，痴痴呆呆地坐了很久。

第十六章
当时噩梦

陆云歌听过很多故事，也写过一些故事，
但都没有下面她将知道的故事这般，
埋伏在宿命的掌心，翻覆轮回，不可思议。

返程的一路上陆云歌心里就跟堵了块大石头似的，然而张小北还不知死活地凑过来问她：“见到江楚桓高不高兴？”

陆云歌一张脸阴沉沉的，张小北觑着她的神色揶揄江楚桓：“看来你也不是那么人见人爱花见花开啊。不过总有人稀罕你，你带来的那位，看到我们回去没见到你人，大吵大闹了半天，你说你车胎破又不是我们扎的，一点道理都不讲，比起姐姐，陆云歌小妹妹好多了。”

陆云歌听着张小北的话，一张脸阴得要滴下水来。待车快到洛桑大爷的小卖部时，陆云歌远远地就看到一个黑丝短裙的熟悉身影，她看着只觉得恶心，等车一停，拉开门就冲进小卖部里，对陆依依的身影敬而远之。

张小北在后面叫她：“陆云歌，十分钟啊，门口集合上路。”

陆云歌情绪低落地跟洛桑顿珠告别。

洛桑大爷拍着她的脑瓜慈祥道：“陆云歌啊，你阿爸去世后，你也没亲人了，你要是不嫌弃，洛桑爷爷就是你的亲人，有什么事都可以来找爷爷。”

陆云歌含着泪点点头，犹豫了一下说：“洛桑爷爷，我有一个请求，不知您能否允许，我父亲看过的那本《海子诗集》，可以送给我吗？”

“当然可以的，我去给你拿。”洛桑正要进去，来了客人要买东西，陆云歌见状主动道："爷爷您先招呼客人，我去拿吧，还是在书桌上吗？"

"对的。"洛桑笑着点头，陆云歌返身进了后面的房间。

陆云歌在书桌上稍一搜寻便找到了陆百川看过的《海子诗集》，她将书装进包里，正准备走，听到窗下传来低低的话语。

"江楚桓啊，你把我带出来当幌子，跟陆云歌私底下待了一夜，说吧，怎么报答我。"是陆依依的声音。

"打报告给你加钱，上级如果不批，这笔钱我出。"江楚桓淡淡道。

"你跟她说了吧？你拿我作掩护的事儿。"

"没说。"

"你还真沉得住气，等你卧底完了，还是跟她说清楚吧，我可不想陆云歌恨我一辈子。"

"说不说有什么区别，卧底结束，我这辈子也是单身，误会也好，让云歌早点死心，不要耽误她。"

外面"嘀嘀叭叭"地一阵响，是张小北在催促登车，说话声音停止，脚步声远去。陆云歌晕晕乎乎地从房里跑出来，捏着的双手里全是汗，遵照安排她上了小北的车，上车前她忍不住回头看向后面的车，正对上江楚桓透过挡风玻璃看向她的目光，眼神交汇在一起不过一秒，江楚桓已淡淡移开了目光。

一个似是而非的吻，一句毋庸置疑的"别等我"，一个若有还无的注视。这三样令陆云歌魔怔住，回学校后，魂不附体。

江楚桓到底爱不爱她？如果他不爱她，他为什么要吻她？为什么要偷偷看她？

如果他爱她，关于陆依依的误会为什么不解释？为什么不许她等他？

他说，卧底结束，这辈子也是单身，为什么？

他有什么难言之隐？她实在想不明白，直到感觉再这么瞎想整个人要疯掉，她想到了张小北，张小北认识江楚桓的时间比她长，了解比她深，也许能回答她的疑问。

陆云歌坐在张小北面前吐露出心底的困惑时，张小北并不是很吃惊。

“江楚桓爱不爱你这事儿，我想除了江楚桓本人，谁也无法替他答复。”张小北嘿嘿笑着说。

陆云歌不好意思地垂下眼，咬住吸管吸了一口面前的蜂蜜柚子茶。

服务员端来一块提拉米苏蛋糕，张小北有礼貌地对服务员道：“谢谢，我们东西上齐了，这边不用管了，有事再麻烦你。”

服务员放下蛋糕离开了。

张小北看着服务员离去，不露声色地四方打量了下，压低声音对陆云歌说：“不过关于江楚桓这辈子保持单身的事，在你之前，有人也问过我为什么，我也不知道为什么，那个人就自己去查了。”

“有人也来问过你？她关心江楚桓，甚至专门去调查，说明她对江楚桓的感情不一般，那这个人是……”陆云歌看着桌面，一边紧握蜂蜜柚子茶的杯身一边分析情况。

突然灵光一现，她抬起头盯着张小北，吐出一个名字：“韩逸云。”

张小北深深点头，竖起大拇指道：“推断得很准确。陆云歌啊，我看你也蛮适合当警察的，不过太瘦了点，打架不行，只能做做内勤。”

“小北姐姐，”陆云歌看张小北开始带着话题跑偏，赶紧回到正轨问，“韩逸云她自己去查，查到什么了么？”

张小北抓抓头，回忆了片刻道：“好像没查到什么关键，她回来很不高兴，说公安的嘴太硬了，什么都不告诉她，但你想啊，人家如此守口如瓶，不也从侧面说明这其中确有事情。”

陆云歌若有所思地点点头。

张小北拿叉子切了块提拉米苏放进嘴里，边嚼边道：“再具体的，你只能去问韩逸云了。”

陆云歌坐在阶梯大教室的后排，远远地看着讲台上挥洒自如的韩逸云，只见她一把黑缎般的头发用一块手帕闲闲束在脑后，乌云般倾覆在背上，随着身体和手势的动作，黑亮发丝轻轻摆动。她的容貌同三年前比起来没有什么变化，唇上那一抹橘色唇膏衬得她粉白脸孔越发明艳。

韩逸云秀色可餐，讲课生动，忽略掉她有些喑哑的嗓音，课堂的现场体验几乎无可挑剔。

而她喑哑的嗓音，在柔和的语调下听久了，也生出种别致的味道。陆云歌惊异地发现，原来韩老师正常时台风如此正，端庄娴雅，知性从容，她都快被迷住了。

这和三年前找她碴儿，逼问她的女神经简直不是同一个人。

“丁零零……”

下课铃响，韩逸云收拾好物品，提着肩包走出教室，来往的男女学生都爱凑上来跟她说再见，她也微笑着一一回应，直到看到陆云歌，她脸上的微笑像被热风刮过的露水一样蒸发在空气中。

“韩老师。”陆云歌走在她身边，客气地打着招呼。

“找我有事？”韩逸云的语调变得又生又冷，挎上包，沉着脸前行。

“是有一事想问，你之前是不是调查过江楚桓？”

韩逸云的脚步一停，斜望着她问：“你问这个干吗？谁跟你说的？”

陆云歌老实交代：“小北姐姐跟我讲的，我问这件事是因为我想了解些情况。”

韩逸云鼻子里冷哼了一声：“张小北。”转身大步就走再也不搭理陆云歌。

陆云歌眼见韩逸云要走，虽然如此不被待见十分丢脸，却也不得不跟着她赶，如果死缠烂打能问出些信息，丢脸也认了。

陆云歌埋着头急匆匆跑了两步，直直撞到一个人身上，原来是韩逸云竟又停了步子站在原地等她。韩逸云被她撞得险些摔倒，怒气冲天道：“走路都不带眼睛，慌慌张张的，拿纸出来记！”

陆云歌赶紧找出纸笔一脸恭敬地看着她，将韩逸云说的信息记了下来。

“谢谢！”陆云歌向韩逸云深深一鞠躬。

韩逸云嫌弃地摆手像赶一只苍蝇样赶她：“走吧，走吧。”

陆云歌也不知自己怎么有这种神奇的能力，总能让韩女神一秒破功成韩神经。考虑到女神的形象，她速速离开了韩逸云的视线范围，希望韩逸云能尽快恢复正常。

韩逸云见她走了，黑着脸从包里掏出手机。张小北懒洋洋京味十足的“喂”一传来，韩逸云破口就骂：“张小北你这个叛徒！吃里爬外的东西，下次见面我不打死你！”

张小北对这番骂的根源心知肚明，“嘿嘿”笑着道：“吹牛吧，就你那小胳膊腿，打得过我？别忘了你从上大学开始遇到的那些小流氓都是谁去替你摆平的。”

“你为什么把我查江楚桓的事告诉陆云歌？”韩逸云语气缓和了点，依旧有些恨恨的。

“你查到什么了吗？”

“没有啊！”

“是啊，你都没查到，告诉陆云歌又怎么了，她也很可能查不到啊。”

韩逸云嘴角浮出一丝笑：“我也是这么想的，我都查不出来，就不信她有能耐查出来。”

“那你？”张小北问道。

“信息我都给她了，就让她去湖北白跑一趟吧。”韩逸云冷冷道。

“韩老师，你真狠啊。”

“她自己跑来找我要的，又不是我逼她去的，不跟你说了，叛徒。”韩逸云挂断了电话。

陆云歌在火车站候车时接到了张小北的电话，张小北把韩逸云发脾气的事简短说了下，陆云歌听了愧疚道：“小北姐姐，对不起，都是我不好，我是不是不应该提你，害你也被韩老师骂。”

张小北无所谓道："逸云就这个脾气，有火马上发出来，转头就忘了，我跟她没事的，只是你啊，我也在想，这次你去湖北可能真的什么都查不出来，你还去吗？"

陆云歌握着手机，坚定地点头："我要去，无论如何我都要去一趟。"

张小北"嗯"了一声叮嘱道："在外面一定注意安全，有任何情况给我电话。"

"好的。"刚说完，提示检票的声音响起，陆云歌背上包，踏上了去湖北的列车。

陆云歌站在一栋陈旧的建筑前，她拿着手中的纸条同建筑上锈蚀的铁字比对，这里就是宜市的老公安局。

和熙的阳光透过路边梧桐的叶隙星星点点洒在陆云歌身上，陆云歌看着面前陈旧阴冷的老公安局，深吸一口气，走了进去。

来的路上的哥已经告诉她，她地址上的公安局已经整体搬到了新办公楼，老公安局基本已经空了，没什么人，的哥建议她直接去新办公楼找人，出于某种直觉，陆云歌还是决定先去趟旧址。

现在她走进水磨地的大厅，打量着两侧走廊上一张张老旧紧闭的木门，走廊边缘上楼梯的转角处挂着警容风纪镜，镜面蒙着一层厚厚的尘埃，依稀照出模糊昏黄的人影，陆云歌站在这栋七十年代的老建筑中，感觉如时光倒流了一般，外面鲜活明媚的阳光，丝毫影响不到里面尘封停滞的世界。

"你找谁？"苍老的声音从身后传来。

陆云歌循着声音看去，一个上年纪的大爷端着一杯热茶，从小门房的窗口探出头望着她。

"我找陈德满，请问您，他是在这儿吗？"陆云歌客气地问门房大爷。

"哦，老陈啊，五楼，502档案室。"门房大爷伸出苍老的手往楼上指指。

陆云歌说了声谢谢，沿着楼梯的两边寻找电梯的踪迹。

门房大爷看出她的想法，指着宽长的水磨石阶梯道："老房子没有电梯的，小姑娘你从这个楼梯爬上去。”

陆云歌恍然大悟，觉得自己好傻，微红着脸向门房大爷再次道谢，转身两步作一步地爬起了楼。等她爬到五楼时已经累得气喘吁吁了，她扶着楼梯的木扶手，调整呼吸，五楼的楼道里安安静静的，她看着门牌找到502，对着那扇厚厚的旧防盗门，犹疑地伸出手，敲了敲。

门内响起椅子挪动声，片刻后，门被打开，一个清癯的大叔站在她面前问她：“什么事？”

她底气不足地问：“请问陈德满在吗？”

清癯大叔看着她，目光像一只锐利的鹰：“我就是陈德满，什么事？”

陆云歌捏着衣角有些局促：“陈伯伯好，我是从北京来的，有件事情想向您请教。”

陈德满听她从北京过来，又一副学生样，拉开自己座位旁的一把空椅子道：“坐吧，我看你像是学生，现在没有放假，你从北京专门跑来找我，请教的不是一般的事吧。”

陆云歌坐下身，端正着背，身体朝着他微倾，诚恳道：“是的，那件事对我来说很重要，也只有您能告诉我具体情况。”

陈德满转身拿了方便杯，端起电热水壶倒了杯热水递给她：“同学，你不是第一个来找我的人，我做刑侦半辈子，到今年要退休了，每年都有人过来找我问一些老案子，一个原则，不是案件当事人询问，我什么都不会说。”

陆云歌一听陈德满这不容转圜的口吻，心凉了半截，哀求道：“陈伯伯，我只想打听一个人的过去，知道情况后我谁都不会告诉，我向您发誓！他对我真的太重要了，我真的想了解是不是曾经发生过什么事情，他才要坚持一辈子单身。”

“一辈子单身？你是说江楚桓？”陈德满摸出一支烟。

“是，就是江楚桓！您知道江楚桓！”陆云歌有些激动，看来是找对人了。

陈德满用打火机点燃烟，也不急着抽，夹在指间，看着陆云歌笑了一声：“这小子真有女人缘，上次那个姑娘叫韩逸云吧，打发走没多久，你又来了。”

“陈伯伯，您就告诉我吧，您看我这么远来了，我保证不给任何人说。”陆云歌央求他。

陈德满笑着吸了口烟，摇头道：“小同学，你别跟我磨，没用的。”对着电脑点开了网页。

陆云歌急得没办法，难道真的是竹篮打水一场空，白跑一趟，越想越心焦，一时间也顾不得矜持害羞，红着脸把她父亲被黑社会杀害，江楚桓救她抚养她，她后来又爱上江楚桓的事说了出来。

陈德满咬着烟，朝她探出手，牙缝里挤出几个字：“身份证给我。”

陆云歌不明所以，以为陈德满要验证她身份，找出身份证和学生证恭恭敬敬地递了上去。

陈德满拿过身份证，望着她，按灭烟头：“同学，我不是辅导员，也不是心理咨询老师，你的情感问题还是回北京后跟你们辅导员，还有学校的心理咨询老师好好聊一聊，我给你买张火车票，你回去后跟老师多沟通，解开心结，正常学习。”

陆云歌这时才知道陈德满是要了她身份证来给她买票，给一个快退休的大叔讲自己的爱情故事本来就很尴尬了，他还一点都不同情她，直接让她从哪儿来回哪儿去，这让她十分沮丧。

她再也没有办法了，知道自己说不动这位铁面无私，石头心肠的大叔，低着头，默默地掉眼泪。

“你叫陆云歌？”

“嗯。”她情绪低落地应了一声。

“你爸爸叫什么名字？”

她不知道他干吗问她爸的名字，无精打采地回答：“陆百川。”

过了好一会儿，她听到陈德满用打火机点烟的声音，听声音他打了好几下，才打燃火机。

她觉得自己很丢人，一直垂着头，等着陈德满将身份证还她后便起身告辞，却听到陈德满压抑的有些沧桑的嗓音：“陆云歌，你都这么大了。”

她不知道他这话什么意思，抬眼看陈德满。

陈德满指尖夹着烟，夹烟的手按着额头，手指从前往后重重从头顶梳过，看着她的目光意味深长：“行，关于江楚桓的过去，我全部告诉你。”

陆云歌被他 180 度大转弯弄得有点懵，奇怪地问：“您之前不是坚持不说吗？怎么突然又……”话没说完就用手捂住嘴，生怕自己的提问令陈德满改变主意。

陈德满定定地看着她，吸了口烟，缓缓吐出道：“我愿意告诉你，原因很简单，你是案件当事人。”

陆云歌转不过弯儿来，指着自己问：“我是，案件，当事人？”

微凉的风从窗口涌入，轻轻拂动窗台上君子兰丰腴的叶片，陆云歌听过很多故事，也写过一些故事，但都没有下面她将知道的故事这般，埋伏在宿命的掌心，翻覆轮回，不可思议。

二十年前宜市公安局刑侦队在一起杀人案的侦缉中意外缴获一大批海洛因，当时牵头办案的刑侦队长江建军由此获得个人三等功嘉奖，随着新案件的出现，已经了结的杀人贩毒案渐渐淡出人们的视野，只有江建军出于卓越的办案直觉，感觉除了这批海洛因，背后似乎还潜藏着一些更深的内幕，私下里他继续寻找着线索，直到 7 月 3 日，惊变发生。

7 月 3 日发生的事，是江楚桓这辈子都逃脱不了的梦魇。

在江楚桓眼中，他的家庭很幸福，他有个温柔善良的母亲，还有个神勇无敌当警察的父亲，他聪明、学习好，长得也好看，从读小学起就是老师的心头宝，不快乐、不幸福这样的词离他很远，如果硬要说有什么小缺憾，那可能就是他妈妈厨艺不好，不过这点小缺憾在楼底的小炒摊开张后也解决了，小炒摊的那对年轻小夫妻和和气气的，做的饭菜也好吃，自从楼下有了这家小炒摊，就成了他家定点的厨房，家里的伙食因此大为改善，所以生活，真的很美好。

7月3日的下午，江楚桓照常和小伙伴去游泳，傍晚他兴冲冲地跑回家，到楼下时肚子已饿得“咕咕”叫，他闻到一股番茄炒蛋的香味，跟着香味咽着口水走到小炒摊前，小夫妻一个在颠勺炒菜，一个在盛饭。男厨子挥舞炒勺，翻锅快炒，煤气灶的火舌“砰”一声舔进锅里，香味又胜一筹，菜随后出锅，女下手立刻将饭盒和菜打包好，递给等候的顾客。

“陆叔叔，你这火苗是怎么炒出来的？”江楚桓吞着口水问。

男厨子手心一转炒勺，冲他眨眼笑道：“想学啊？行！做我女婿我教你！”

女人伸长手在男厨子头上敲了下：“你个不正经的！”回脸望着江楚桓微笑地问，“楚桓，今天想吃什么菜啊？告诉小张阿姨，一会儿做好了给你们送上去。”

江楚桓咽着口水说：“我想吃刚才的番茄炒蛋，还想吃魔芋泡菜肉丝，还有三鲜汤。”

小张阿姨探着身子摸摸他的脑袋温柔地笑道：“好咧，小张阿姨记下了，一会儿给楚桓送上来，上去跟妈妈说，可以拿出碗筷准备吃饭啦。”

他高兴地重重点头，同时看到小张阿姨背袋里背着的宝宝，睁着一双圆溜溜的大眼，也在咽着口水。

“她是不是也饿了？我看她也在咽口水呢！”

小张阿姨利索地取下背带，把宝宝抱在胸前，看着宝宝咽口水的样子，爱怜地说：“是呢，云歌也饿了，谢谢楚桓提醒我。”

江楚桓凑上头，看小张阿姨胸前的云歌，像一个粉白的大面团，蠕来蠕去，黑黝黝的大眼睛盯着他瞧，那黑亮的眼睛比他跳棋里的黑珠子还好看。

他伸手逗了云歌一阵儿，蹦蹦跳跳地跑上了楼，用挂在脖子上的钥匙打开门，一边开门一边高喊：“妈妈，我回来了。”

他刚进门，大门重重地从内被人关上。屋内站了四个高壮的男人，沙发上传来一道低沉的骂声：“你他妈关门不会轻点？”

关门的大汉垂首静立答“是”，大气都不敢喘。

江楚桓看着沙发上坐着的骂人的男人，瘦削、阴沉，看起来没什么很特别，但不知为什么，就让人觉得可怕。

男人手握一把锋利的匕首比在他母亲腰侧。

母亲惊恐地望着走进门的江楚桓，脸上没有一点血色。

江楚桓意识到什么，正想叫，嘴里已被塞进东西，手脚被绑缚住，被高壮男人提溜着扔上了沙发。

江楚桓母亲伸手拽住江楚桓，拼命将他拉到自己怀里，用身体护住他，哀哭出声。

“哭哭，哭你妈哭，找个警察当老公，早怎么不哭，现在哭有毛用。”男人手里的匕首从江楚桓母亲腰侧一路上滑到脸，“你再哭，我就在你腮上穿一个洞洞。”

江楚桓母亲拼命咬住嘴唇，压抑下腔子里的哭声。

“江建军查案的证据放在哪儿？”男人问道。

江楚桓母亲重重呼吸着小声地说：“他工作上的东西都在办公室，不在家里。”

男人的匕首对着她脸颊晃动：“你还不肯说实话，中午他拿回家的牛皮档案袋下午上班没带出去，放在哪儿？”

江楚桓母亲咬着牙，盯着晃动的匕首尖不说话。

“咚咚咚！”

敲门声响起。

“楚桓，阿姨送饭来了，快给阿姨开门。”小张阿姨熟悉的声音传来。

江楚桓母亲见门外来人，抬起脚冲面前的男人狠狠踹去，嗓音尖厉地对着门口喊：“小张！报警！报警！”还没叫完，被爬起身的男人重重抽了一耳光，嘴里也被塞进了布条。

站在门口的高壮大汉，不待小张阿姨有所反应已经一把拉开门，将她猛扯了进来。小张阿姨摔倒在地上，手里拎着的饭菜洒成一片，她惊讶地抬起头，看清屋内的情况，浑身跟筛子一样抖动，跪在地上乞求："放我走吧，我只是送饭的。"

她背上背的宝宝受到惊动，"哇"地发出嘹亮的哭声。

"哟，又来了一个，不对，两个，把小的那个给我抓过来。"

小张阿姨拼命挣扎，不过三两下就被抢下了宝宝。男人接过宝宝，对她笑着说："想孩子没事，你就老老实实地蹲在那儿。"

宝宝在男人怀里哭得很厉害，男人伸出小拇指放进宝宝嘴里，宝宝含住吸吮着，慢慢不哭了。男人看着怀里的宝宝，露出一个笑容："跟我家仔一样，喜欢吃指头。"

他抱着宝宝，一边用手指喂宝宝，一边问江楚桓母亲："牛皮档案袋放在哪儿啊？"

江楚桓母亲青白着脸，不肯开口。

男人指着地上的小张阿姨："你过来。"

小张阿姨惊恐地挪动了过去，颤颤巍巍地伸出手，想从男人手上接过宝宝，男人俯下身，将一块布塞进她嘴里，对左右使了个眼色，就有人上前捆住了小张阿姨的手脚。

小张阿姨拼命挣扎着，却感觉刀锋挑破了她的裙子，她雪白的胴体暴露在空气里，由于恐惧迅速起了一层鸡皮疙瘩。江楚桓母亲挣扎着要将沙发上的毛巾被盖到小张阿姨身上，又被一巴掌重重打回到沙发上。

"刚才问你你不说，现在你就好好看着她，她什么下场，你什么下场。"

江楚桓母亲感觉到巨大的恐惧，死命拍打着沙发指着自己的嘴。她嘴里的布被人拿出来，惊惧地喊道："东西在床头背面的夹板里。"刚说完，嘴又被堵上。

男人命一个手下把牛皮档案袋找了出来，拿起匕首，对着江楚桓母亲冷冷一笑："你呀，说晚了。"

手一落，寒光闪闪的刀尖划上了小张阿姨的身体，在她雪白胴体上雕刻着，雪白的皮肤很快变得血肉模糊，一阵阵悲鸣从被塞住的口腔缝隙中窜出，或许是太痛，听起来竟不大像人的声音。男人像工匠般在肉体上反复雕刻，肉体被画满了花纹，黄昏的房间弥漫起浓重的血腥味，刀下的身体，传来越来越慢的抽搐，他竖立起刀尖，对着女人的喉咙横拉了下去。

江楚桓被一个温暖而熟悉的怀抱紧紧搂住，他知道这是母亲的怀抱，母亲的手指拼命捂住他的眼，可他还是从不停颤抖地指缝中看到了一切。这如噩梦般，恐怖、荒谬、不可思议的一切。

不知过了多久，捂着他眼睛的手松掉，母亲被人直直拖走，经过地上血肉模糊的残体，扔上卧室的床。她被扒光了衣服，捆住手脚，像一条虫子似的在床上死命蠕动，拿着匕首的瘦削男人当着他的面，一件件脱干净自己的衣服裤子，男人胸前挂着一个牌子，象牙的材质，雕刻着一尊用双手挡着脸的佛，和小张阿姨尸体上被雕刻出的图案一模一样。男人赤身裸体地走向他母亲，半道上回头，朝他露出狰狞的笑容。

晚上还在大队加班的江建军 BB 机收到一条未知留言：东西我拿走了，看看你老婆，想想你儿子。石佛。

江建军冲回家时，陆百川正在上楼，看到他热情招呼道："饭吃完了吗？小张又赖在你家玩，我这边生意忙完了，去你家找她回去。"

江建军不答话，飞速往楼上跑，打开门，里面黑漆漆的，传来八音盒的轻响，这在一片死寂的黑暗里显得格外诡异。他按下电灯开关，看到满地的鲜血和地上的残体，他的儿子坐在沙发上，像傻了一样，抱着宝宝，身边摆着一个正方体棕色木头八音盒，江楚桓目光呆滞地听着八音盒内循环播放的《今宵多珍重》，没有一点反应。

江建军转头看见卧室床上熟悉的身影，跌跌撞撞地冲了进去，看着床上妻子的尸体，爆发出一阵痛彻心扉的怒吼。

晚一步从楼梯爬上来的陆百川，站在门口看着屋内的这一幕，彻底呆滞住，腿一软跪在地上，片刻后，悲痛地爬到小张阿姨的尸体旁，张大嘴，一句话也说不出来。

陆云歌望着面前的陈德满，他面前的烟缸已经塞了一堆烟头，夕阳的最后一缕光辉从办公室的窗口一层层退下，陈德满起身打开头顶的白炽灯，安静地坐下，留下一段静默的时间给她消化。

她说不出自己是什么样的感受，只觉得难以置信。

她是不想相信的，这过于残酷的往事，但八音盒里《今宵多珍重》的旋律在她脑海深处无可抑制地一遍遍地回旋，所有的蛛丝马迹一点点连了起来。

陆百川为什么不脱离黑社会，不当出租车司机，也不愿打工，偏要做混混，为什么？——为了她惨死的母亲，陆百川卧底在黑社会寻找仇人石佛，搜集证据复仇。

陆百川是出了名的老油子、老滑头，江楚桓年纪轻轻，陆百川却甘愿做他下线，听他使唤，为什么？——因为他们在同一天失去亲人，陆百川相信江楚桓一定会竭尽全力将恶人绳之于法。

所以江楚桓在夜总会救她时并不是他们第一次见面，他们在很多年前就见过很多次，只是那时她太小，什么都不记得。而在陆百川死后，江楚桓主动要照顾她，因为他们之间的羁绊，比她一度以为的要深得多。

第一次见她在书房摆弄八音盒时江楚桓如此沉默，他们一起听过那么多次八音盒放的《今宵多珍重》，她做梦也想不到，早在二十年前，漆黑的充斥着血腥味的房间，她被少年的江楚桓抱在怀里，听的也是这首曲子，在那天，他们都失去了母亲。

陆云歌呆坐了很长时间，只觉得陈旧的时光复活过来，在她身边穿梭呼啸，为什么现在所有的搜查都是江楚桓在做，江楚桓的父亲江建军呢？

她向陈德满提出了疑问，陈德满点燃烟，看着窗外升起的星辰，低声道：“江队他，很不容易。”

家里发生大变故后，江建军整个人都变了，他变得消沉寡言，每天上班下班，回到家也默然无语。江楚桓也变了，三天后他开口说了第一句话，问江建军："你当警察为什么要结婚？你不知道可能会害死妈妈吗？"

江建军无言以对，父子二人从此不再交流，江建军每个月把生活费放在客厅桌上，江楚桓自己拿了用，两个人生活在一个屋子里，却跟陌生人一样。

除了吃饭和买文具必要的花销，江楚桓将生活费存下来，每个寒暑假都去武当山学功夫。江楚桓家里的事，传到了学校，有嘴贱的学生挑事，江楚桓抄起凳子就砸，被砸的小孩头上缝了五针，老师们都同情江楚桓的不幸，再加上他是好学生很是维护，但从这以后，一年一年，江楚桓性子就野了。

到初中时，打架斗殴几乎是家常便饭，他跟着外面的流氓打群架，把别人的一条腿生生踢成粉碎性骨折，被抓进公安局拘留时，江建军拿起桌上的茶缸就冲他砸去，他望着他爸爸冷冷道："现在这么狠，我妈被人弄死了，你怎么不狠呢？"

江建军把他拖到走廊上往死里打。

江楚桓被他爸爸打得满脸是血，躺在地上，最后江建军队里的陈德满还有几个小伙子，使出吃奶的劲儿才把他们队长拖开。

江建军就是在那天气狠了后，才发觉肝不对劲的，晚上一宿宿作痛，痛得受不了，第二天他独自去医院检查，医生郑重告诉他，是肝癌晚期。

江建军拒绝了医院的住院安排，给局里打了辞职报告，辞职后，拿着手上的存款和高利贷借的钱开始炒股，人说炒股十炒九赔，江建军偏偏是聪明的那个，他口袋里装着药瓶，每天坐在大户室炒股，两个月后，资产翻了五倍，有了第一桶金，江建军又开始研究期货，他期货断断续续炒了八个月，终于在死前赚了一大笔钱。

江楚桓见到江建军的那日，他已是弥留之际，他把银行卡放到江楚桓手上，卡的背面写着密码。江楚桓望着他只剩一口气的父亲，泪盈于睫，说不出话。

江建军把他招到身边，吃力地说："你恨我，我明白，但你要知道，我不是为了自己。”说完一阵急促而沉重的喘息。

江楚桓含着泪，轻抚他父亲消瘦的身躯，医护人员跑进来，给呼吸不畅的江建军戴上氧气罩。

江建军牢牢抓着江楚桓的手，在戴上氧气罩前艰难地吐字：“江楚桓，要走正路。”

这是江建军留给江楚桓的最后一句话。

江建军去世后，江楚桓把自己关在家中一个礼拜，狐朋狗友来砸门都不开，他独自待了很久才想明白，江建军不去找石佛，并不是本身胆小懦弱，而是因为他，江建军因为他这个儿子的安危变得胆小懦弱，他是他失去妻子后最后的牵挂。

男儿有泪不轻弹，江楚桓从小到大没哭过，却在那个星期躲在家里哭得像个傻 ×。他还能怎么办，除了遵照他父亲最后的嘱咐走正路，他还想做什么，他是没有任何牵挂的人，父亲做不了的事就由他来做吧，石佛，有一天，我一定要亲手抓住你。

陆云歌红着眼圈，手中拽着擦过眼泪的纸巾，哽咽道：“楚桓哥，后来确实走了正路，没有辜负他爸爸的期望。”

陈德满弹了一指头烟灰感慨：“是啊，这小子打他爸去世后就很争气，初三断绝了跟校外混混的来往，他跟江队一样，脑子好，稍微认真学一下就以初中第一的成绩上了重高，重高住读三年，高考又是全省前几名，这样的成绩完全可以去最好的大学选热门的专业，他还是去了中国人民公安大学。”

“他去公大报到时，是我开车送他去的火车站。江楚桓也没什么行李，就是随身一个包，去的路上我问他，他眼里的优秀警察是什么样的？你猜这小子怎么答？”陈德满回忆过往有了笑容。

“楚桓哥怎么说的？”陆云歌伸长脖子问。

“他说，不怕牺牲，没有弱点。我当时就说你这要求太高了，人就是人，是人就多少会有弱点，这无法避免的。他说不是，如果你减少跟世界深入的交集，不给自己任何的牵挂，你就能减少弱点。我问他，这样的活法又有什么意思？他的回答我记得很清楚。”

陈德满按灭了烟头，望着陆云歌道：“他说这是他的选择，他愿意牺牲掉人世中的一部分乐趣，来成为一个不怕牺牲，没有弱点的警察，因为只有这样的警察，在面对石佛这种丧心病狂的犯罪分子时才能豁得出去，即使玉石俱焚也毫不犹豫。”

陈德满走到门口，关上头顶的白炽灯，她跟他出了门，知道这段对话要结束了。

他们寥落的脚步声在楼梯上响起，陈德满一边下楼一边说：“这就是江楚桓的过去，他保持独身的原因，你明白了吗？”

感应灯暗淡的光线打到她脸上，她听到自己清楚的声音：“明白了。”

走出老公安局的大门，陈德满让她去他女儿家里住，陆云歌拒绝了邀请，告别陈德满后，她在陌生的宜市胡乱地走动，经过一家小客栈时，进去登记住下。

陆云歌在宜市待了十日，每天不是在街上闲逛，就是坐公交绕城跑，她观察着这个陌生的城市却又觉得有一丝久远的亲切。

她独自去了江楚桓的老家，她看着楼下支起的书摊，想象这是她父母当年的小炒摊，又去了江楚桓念过的初中，想象当初打架斗殴的混混少年，最后去了江楚桓念过的高中，想象江父去世后，他又变成了好学生，应该就是那种老师最喜欢的聪明学生，有一副好相貌，情书收得也不少的帅哥学霸。

她明白了这段深藏的少年往事，明白了江楚桓一意独身的缘由，如果江楚桓要做没有弱点，没有牵挂的警察，尊重他的选择，不让自己成为他的弱点、牵挂是她唯一能做的事。

她在陌生的宜市游荡，在街头，在车上，在江边，在清晨，在午后，在夜晚，在下雨天，在晴朗时，在起风日，她戴着耳机，手机里反复循环着五月天的《温柔》。

那句歌词，一遍遍地听，一遍遍地哭："没有关系你的世界就让你拥有，不打扰是我的温柔，就让你自由，这是我的温柔，我给你自由，我给你自由，给你全部全部全部自由。"

从前她不懂，放弃原来这么痛，越想越不舍得，越不舍得越痛，心口痛得换不过气来，好像快要死掉的痛，她咬着牙，一天天熬过去，每天都觉得自己快要死了。

第十一天，她在客栈的床上醒来，心口处缺了一块，但如跗骨之蛆的疼痛却消失了，她走到洗面台前洗漱，用手机外放《温柔》，一首歌听完，她没有流泪，她含着牙刷，看着镜中粗粝麻木的自己，知道心里的那道坎过去了，她匆匆洗了脸，收拾好包退了房，踏上回北京的归途。

第十七章 云朵破碎

她闭上眼，一颗眼泪倏地滑落，
听到自己毅然决然的声音："我爱你。"

陆云歌回到北京的第一天在寝室见到了廖静雅。林一峰生日宴后，这是她们第一回碰面，从陆云歌进寝室，廖静雅的目光就追着她。

陆云歌冲她淡淡点了一下头，廖静雅张了张嘴，似乎有话，最终闷闷道："前天陆依依来找你了，很着急，问张小北的手机号。"

"她找我问张小北的手机号？"陆云歌换着鞋奇怪问。

"她说出大事了，非常着急，我就问了张教授张小北的手机号告诉她。"

"陆依依非常着急，说出大事了？"陆云歌心头浮出一层不祥的阴翳。

"是的，她拿了号码就拨了，躲在我们阳台上打电话，没多久张小北就来把她接走了，我看张小北的神色也不好。"廖静雅刚把来龙去脉讲完，看到陆云歌又换回了鞋，踉跄地跑了出去。

廖静雅起身叫她："你又要去哪儿？"跟到门口时只看到陆云歌瘦削单薄的身影在楼道拐角快速消失。

廖静雅感觉很不妙，拔脚追着陆云歌的背影而去。

陆云歌跑下楼，心跳如雷，她打陆依依的手机没人接，又打张小北手机，电话接起她大喊："小北姐，江楚桓是不是出事了？"

张小北在电话那头静默了一瞬，陆云歌眼前一黑，脚下一软险些摔倒，

她拼了所有力气跑到校门口，冲上马路拦的士，险些撞到车上时，廖静雅从身后伸手拉开了她，一辆空车在她面前急刹车停下，的哥伸头就骂："操，不要命啦！"

她不管不顾地坐上车，对着手机大吼："你现在在哪儿！"

廖静雅跟着上了车，安静地坐在后排关注着陆云歌。

张小北低沉道："北京禁毒总队。"

陆云歌赶到北京禁毒总队时见到了惊慌失措的陆依依、神色凝重的张小北，陆云歌扑到陆依依身上扯着她胳膊问："江楚桓呢？"

陆依依神色慌张地看着她："陷阱，我们中了陷阱。"

张小北上来拉开陆云歌："你先等等，十五个小时前我们抓到了一部分犯罪分子，禁毒大队大队长方波正在进行第二轮审讯，看能不能问出江楚桓的下落。"

正说着，方波走了进来，拳头重重砸到桌上，张小北迎上去问："还是问不出来？"

方波摇头叹气道："黄丧好像真的不知道江楚桓的下落。"

陆依依先是直着眼睛听，听到此处"嗷"的一声哭了出来："死定了，江楚桓这回死定了，两天找不到基本没救了。"

陆云歌听着陆依依的话，心惊不已。陆依依控制不住情绪跑到他们面前哭道："江楚桓这种卧底被发现的，尸首都不会留下，我在道上混这些年听过这种事，抓到后装麻袋里用狼牙棒活活打死，倒出来时从头到脚都被人打碎了，再分尸几块扔山里埋了。"

张小北听不下去一声怒吼："你别乌鸦嘴胡说！江楚桓不会那么容易死的！"

陆依依呜呜哭着："我也不想他死啊，可都两天了！石佛什么人，黑道上的人都怕得要命，江楚桓还有活的可能吗！"

陆云歌扳过陆依依的身体："石佛？抓走江楚桓的是石佛？"

陆依依哭着点头："前天黄丧和石佛碰头，不知怎么搞的他们就知道了江楚桓是卧底，江楚桓帮我跑了，他自己没跑成。"

方波一拍桌子吼道："别哭了！哭有什么用！你再想想细节，关于石佛和他带的人，有没有什么特征？"

陆依依挥舞着手喊："你凶我有什么用！我说了多少遍了，没什么特别的！除了一块刻了一个佛的白牌子，石佛和黄丧见面时给他看了一下。"

方波见陆依依说不出所以然，返身出门，对着外面的警员喊道："打开审讯室！继续审！"

陆依依一屁股坐在凳子上还在生气，陆云歌挨到她身边轻声问："你说石佛拿了个白牌子上面刻了佛，那个佛是什么样的？"

陆依依嘟囔道："那个佛用手把脸挡着，看着奇奇怪怪的。"

陆云歌又问："石佛本人是男是女，多大年纪？"

陆依依看了她一眼："你对石佛那么感兴趣？我见到的是个男的，五十来岁，但江楚桓说那是个假的。"

张小北看着她们聊天也走了过来，陆云歌站起身往门外走去，张小北在背后问道："陆云歌，干吗去？"

陆云歌回头淡淡道："我先回学校了，小北姐姐，如果有进展，给我发短信。"

张小北愁眉不展地点点头。

廖静雅先前安静地站在一个角落，见陆云歌要走也跟了上来，到门口时陆云歌回头按住她，目光冰冷坚定道："廖静雅，你回学校，别跟着我。"

廖静雅愣愣地站在原地，没有再前行。

陆云歌走出北京禁毒大队，拿出手机拨出号码，电话那头传来惊喜又责备的声音："你给我打电话了，你可算给我打电话了，这些天我……"

陆云歌握着电话道："我们见面说吧，正好有些事，我想跟你好好聊聊。"

电话那头热络地回复："好！你在哪儿？我来接你。"

陆云歌想了下，说了附近一个地标性建筑，另一头兴高采烈道："我也在这块附近，你等着，我马上到。"

林一峰拿了车钥匙起身往外走，身边的酒肉朋友拉住他："峰少这还没喝几杯了又要走了？"

林一峰从钱包里摸出一沓钱摔在台子上，冷冷道："放手，我现在有事。"

酒肉朋友看着他的神色松了手，拿了台子上的钱道："多谢峰少买单，下回您要心情不好再找我们，哥几个随叫随到。"

林一峰懒得看他们一眼，兴冲冲地跑出了会所。

林一峰的大红捷豹停在陆云歌面前，她拉开车门坐了进去，身后黏了一堆各种意味的目光。林一峰一踩油门，载着她离开，各种目光消失了，只剩下一种灼热的目光，来源于林一峰。

他开着车，抽空恋恋不舍地望向她："云歌，你瘦了，这段时间你去哪儿了？我总也找不着你，我快急疯了，每天要喝很多酒才能睡觉，今天看到你，真是太好了。"

她坐在他身边沉默不语。

他看她不说话，自己先笑了起来："好好好，我不问了，想出去逛逛也很正常，只是你要能给我发一条短信就好了，我就不用那么担心。"

她轻声叫他"一峰"，林一峰温柔地回应"我在"。

她沉沉道："我们去你家吧。"

林一峰有点惊讶陆云歌主动要去他家，瞧了她一眼，见她不是说笑，眉眼都乐了起来，打着方向盘踩着油门道："得咧，去我家！"

陆云歌这种女孩不轻易去男生家，现在她主动要去他家，是否意味着在这段时间的离开后，她终于想明白，愿意做他的女朋友？林一峰满怀憧憬，加速往家开去。

捷豹在隐蔽的高档别墅前停下，陆云歌跟着林一峰进了别墅，走上西洋实木雕花楼梯，走进林一峰的卧室，陆云歌站在林一峰面前问道："一峰，上次来你家，见到你妈妈，她戴了一块项链很好看，白色雕佛的那块，可以给我看看吗？"

林一峰笑道："你喜欢那个？简单，当我老婆后我妈就会传给你，掩面佛的项链最早是我爸的，他去世时留给了我妈，我妈说了，以后会送给我老婆。"

陆云歌淡淡地问："我现在就想看了。"

林一峰为难地挠挠头："掩面佛我妈随身携带的，从不离身，你现在想看我也拿不了，要不等她回来，我要过来给你瞧，不过这几天她有事，不在家。"

陆云歌直直地对上林一峰的眼睛："一峰，你之前说你家是做生意的，你家是做什么生意？"

林一峰神色一滞，随即笑道："就一般生意，没什么可说的，你渴不渴？我泡咖啡给你喝。"

他朝着咖啡壶走去，被陆云歌一把死死拉住，陆云歌使的劲儿很大，他一个站不稳，坐到沙发上。

陆云歌站在他面前，面色苍白却有种异乎寻常的坚定，她瘦了很多，衣服挂在身上显得有些空，她其实并不很美，也不够性感，但他却深深为她着迷，就像此刻她瘦弱的身躯站在他面前带着压迫性的气场，令他感觉压抑不住的兴奋。

"一峰，我问你两个问题，你可以不答，但不要说谎。"她站在他面前，是居高临下的女神。

他恭顺地点头，想臣服在她面前。

"第一个问题，你家里是不是贩毒的？"

他像听到一声霹雳，精神全部集中起来，目不转睛地看着陆云歌，很长时间他没有说话，也没有反驳。

“第二个问题，石佛是不是你父亲？”

问题一个比一个尖锐凌厉，他像不认识似的望着陆云歌，不知她的嘴里怎么会问出这两个问题。

陆云歌看着他的表情，心下了然，走到他身边坐下：“很奇怪是不是？我认识你父亲已经二十年了。”

“胡说八道，你多大，二十年前有你吗？”林一峰忍不住，沉声驳斥。

“有的。”陆云歌失神地回答，“二十年前我一岁，我认识你父亲那天，他亲手杀了我母亲。”她转头看着林一峰，哀痛的脸上露出一丝悲惨的笑，“嘿，别不相信，我说的都是真的，你要想知道详情，我可以告诉你。”

林一峰如临大敌地看着她，艰难地挤出两个字：“你说。”

陆云歌一五一十地将那段往事告诉了林一峰。

林一峰听完，一动不动地坐在沙发上，很久之后艰难道：“我……”随即又失去了言语，他抱着头，拼命地左右摇晃，停下时眼中满是泪水，他跪在地上，膝行到陆云歌面前，抱着她的腿，仰望着她，“陆云歌，事情过去了，我知道我爸爸做了很多不可饶恕的事，但请你相信我，我是爱你的，我是真心爱你的，你妈妈不幸去世了，我爸在几年前也死了，过去的就让它过去，不要来影响我们，我可以为你做任何事，只要你愿意原谅我，爱我，跟我在一起。”

陆云歌虚弱地笑了：“我今天来找你不是来跟你算账的，我是有一件事求你。”她同样跪倒在林一峰面前，“江楚桓被你妈妈抓住了，你能不能帮我救他出来？”

林一峰愣住了：“谁？江楚桓？你之前一直喜欢的男人？当警察的那个？”

他想了几秒，恍然大悟似的爆发出一阵笑声，笑声里满是心酸的味道：

江楚桓回应道："来了！"转而对陆依依说，"刚才见的石佛不是真的，情况比预期的更复杂，你不要再回宾馆，找到张小北跟她待在一起，可以保证你的安全。"

陆依依抬头看着他，一双手摸到他脸上低声慌忙道："江楚桓你听我说，追踪器只有一个了，这个追踪器你一定要放在自己身上，这样外面的警察才能找到你，你不会有事的……"

江楚桓一言不发地拉开厕所门离开了。

江楚桓跟着石佛一行人，进入暗门，穿过一条狭长的地道，地道深远，他们走了近二十分钟才从一扇隐蔽的小门内出来，一出来外面大亮的天光晃得人几乎睁不开眼，两米外停着几辆车，一辆黑色的加长林肯窗户上的帘子全被拉上，石佛、黄丧、彪叔、江楚桓四人交枪后上了车，手下们上了其他车辆一路随行。

江楚桓是最后一个坐进林肯的，待他关上车门，老严坐在副驾驶室上吩咐司机开车，车辆便缓缓行驶起来。除了他们进去的四个，车内还坐了一个保养得宜、衣着讲究的中年女人，她抬起斜长的眼，浅浅淡淡地打量了江楚桓一眼，将备好的酒，一一递到乘客的手上。

石佛率先举杯，满脸笑意："为我们今日见面，干杯。"

在座的将酒一饮而尽，黄丧问石佛："还要多久到目的地？"

石佛没有回话，手探到座位下，摸出一把枪，指着他们道："这就是目的地。"

彪叔爆发出一阵嘹亮的笑声，望着保养得宜的中年女人道："这又玩的是哪一出啊？"

不好的感觉升上江楚桓心头，面前的石佛是假的，并不是他记忆中拿着匕首的瘦削阴沉的男人。方波的队伍在茶楼周围设伏，假石佛却带他们临时转换地点，林肯一直在正常行驶着，他带着芯片追踪器虽然可以定位，但警方抓捕通常是倾向犯罪分子停歇时一网打尽，换言之，只要车一直在开，在没有确定信息前，警方实施抓捕的可能性很小。

江楚桓思索间，抬起手臂，突然发现手臂沉重得像千斤巨石一般，他心下一惊，同时移动四肢，发现头脑虽然清晰正常，但身体已经不受控制了。

中年女人冷眼看着江楚桓身体的僵硬，笑了一下："他的酒里我下了药，现在动不了，黄丧，我是想送你一份大礼呢，我这份礼，你肯定喜欢。"

她冲着江楚桓扬扬下巴："你被他骗了，现在只有我能救你。"

黄丧嘶哑道："不可能。"

中年女人看都不看他一眼，摇晃着手中的酒杯："黄丧，哦，不，黄大伟，你就别跟我玩这一套了，找个傀儡装成你来跟我说话，你糊弄外面的人可以，我要是连这都看不出来，咱们三十多年的交情不是白瞎了。"

彪叔又爆发出一阵笑："弟妹，我知道糊弄不了你，可你是怎么看出来的？知道他不是我？"

中年女人笑着抿了一小口酒，看了彪叔一眼："女人嘛总有些直觉，虽然没有百分百的把握，刚才一诈，不就确定了。"她抬手敲了敲身后驾驶室的车窗。

林肯车辆停了下来，拿着枪假扮石佛的男人将假黄丧带下了车，上了后面跟着的车，加长林肯短暂停留后，继续开动。

彪叔笑道："唐素琴，你啊，真是个可怕的女人，难怪石佛老弟得病死后，你还能打着他的招牌混这些年。"

唐素琴轻轻叹了口气："不是为了峰儿，我也不会在老公死后沾这个买卖，峰儿他学电影，明年大学毕业，我想给他准备两个亿开影视公司。"

彪叔摇着头叹气："这我就要说你了，儿孙自有儿孙福，你一个女人操心那么多干吗，北京合作方的位置，多少人跑来求我，我也是想了又想，考虑到你一个女人顶着石佛的名字不容易，才决定跟你合作。"

唐素琴听到彪叔的话，摇着酒杯笑了："大伟，这么说就不对了，好像生意给我，你施了多大的恩惠，要说实力，我的实力你清楚，并不需要你多照顾，说到人情，你记性真是不好，二十年前，江建军追查毒品案牵出关于你的线索，求我老公出面取回证据，杀他老婆的人，又是谁呢？到底是谁欠谁人情？”

彪叔的脸色霎时变得不好看，江楚桓坐在他身边心中无比惊骇，二十年前的事，没想到还有更深一层的隐情。

唐素琴不管彪叔难看的脸色，摊开手掌道：“所以我向来喜欢跟乔四做生意，他还是个重义气的人，被警察抓住判了死刑都没把我供出来，当年乔四、你、我老公和我，当知青插队云南，金三角那时风云鼎盛，你是他们的大哥，蛊惑乔四和我老公跟你去境外贩毒，你脑子好，布局筹谋的是你，卖命危险的他们上，你还能拿大头，当年我就不高兴。后来你回湖北搭建贩毒网络，被江建军查出苗头，又支使我老公去动他。这件事我老公做了后才跟我讲，黄大伟，如果我早点知道，就算拼了命，我也不准石佛去动警察。之后你犯案太多，被列为A级通缉犯，跑到境外没了踪影，再有消息时就是你被火烧毁容，我就知道这里面肯定有猫腻。”

唐素琴浅淡地看了彪叔一眼，继续道：“你这脸整得真普通，比你原来的样子差多了，不过要保命转移视线也无所谓脸好不好看了。”

江楚桓调动全身的力气，试图举一举胳膊，结果只有手指勉强能动，他将芯片追踪器捏在手指上，藏在暗处。

彪叔望着唐素琴，面色冷了下来：“你今天存心是要给我难堪，话说到这份上，我们也没什么谈下去的必要，停车。”

唐素琴摇头：“大伟，你就是见不得人比你聪明，尤其是女人比你聪明，开头我就说了，要送你一份大礼。”

她举手指着江楚桓：“他不是你弟弟，是警察派来的卧底。”

彪叔猛然转过头，目光阴沉地看了江楚桓一眼，扭过头，冷笑出声：“他是不是我弟弟，我会不清楚？现场采集头发、血液做了两次DNA亲缘鉴定，小时候经历的细节全都对得上，不可能错的了。”

唐素琴将一张死亡证明放到彪叔面前：“那可真巧了，我查到的是黄小伟七岁在宜城一医院得肺结核死了，如果你面前的黄小伟是真的，死的又是谁呢？”

彪叔一把抢过死亡证明，一字字看过上面写的基本信息，生日、籍贯，全都对得上，他将证明捏在手上声音微微有些颤抖：“碰巧吧，总有同名同姓的人。”

唐素琴貌似怜悯地点点头：“我也很希望是碰巧呢。以前听乔四说，你逃命时把蛋伤了，之后一直都不行，形单影只挨了几十年，又对乔四许以重酬来找你弟弟黄小伟，是想找到后，让他给你黄家留个后吧？”

她一手指着江楚桓摇头道：“如果这个黄小伟是假的，真的早就死了的话，黄家就只能绝种了。大伟啊，你挣再多钱连个后都没有，又有什么意思呢？”

彪叔的面色已经变得卡白，这种卡白让他看起来苍老，他摇着头道：“不会的，DNA 鉴定不会出错的，我做了两次鉴定，不会有错的。”

唐素琴盯着他，不放过他每丝表情的变化：“大伟，你相不相信因果报应？”她顿了顿，目光放回江楚桓脸上，“DNA 鉴定确实不会错，只有一种情况会混淆，你让石佛去对付江建军，一方面是你不想出面，还有一层原因，因为你和江建军毕竟是亲戚，亲自动手，呵呵，心里还是有障碍吧。”

唐素琴缓缓摇晃着手中的红酒，放近唇边抿了一口，好似在闲叙家话，埋藏多年丧尽人伦的罪行又被她翻了出来。彪叔疑惑的目光中升出一道狠厉：“唐素琴，你到底想说什么？”

唐素琴端着酒杯笑望着彪叔：“说你家的亲戚关系啊，还真是巧得很，江建军是你父亲的亲弟弟，他娶了你母亲的亲妹妹，这种亲上加亲的关系可不稀罕？江建军的独子江楚桓是这个世界上唯一鉴定出来会与你弟弟的DNA 匹配的人。”

头的林一峰手里，轻言细语地说，“峰儿，你回家吧，妈妈过一会儿也回来。”

林一峰顺从地点点头，拉起陆云歌的手要一起出门，一拉之下没拉动，抬起头，发现他母亲的手压在陆云歌肩上，斜长的眼挑起，浅浅淡淡的目光笼住陆云歌：“你自己回家。记住，你的手是干净的。”

他领悟到母亲的言下之意，从脚底升起一股寒气，他挡在陆云歌和母亲之间颤声道：“不可以啊妈妈，她已经是我的女人了，你不可以伤害她。”

唐素琴转身从老严手上拿过枪，向躺在床上的江楚桓走了过去。

陆云歌一声惊呼，本能地弹跳起来，狂奔到床边，扑倒在江楚桓身上，用自己的身体挡住江楚桓。

唐素琴拿着枪转过头，望着林一峰哀伤地说：“峰儿，你还看不透是怎么一回事吗？”

林一峰看到陆云歌甘愿用身体替江楚桓挡子弹的一幕还在发愣，铁门外突然传来震耳欲聋的枪声，唐素琴举枪对着铁门，刚射击出两发子弹，身上已中了枪，老严和打手抄起身上的枪支对着门外疯狂射击，林一峰想跑到中枪的母亲身边，刚抬脚，面前的地上扫过一串流弹，唐素琴倒在地上，对着门外喊道：“带峰儿走！”

司机拿着枪从后门冲进来，一把抓住林一峰，往门外拖去。

林一峰看着她母亲倒在地上，身体流淌出的血液迅速浸成血泊，她倒在血泊里，一直望着他，伸着手虚弱发声：“走，快走。”突然，一枚跳弹从背后击中了她，她的手顿时停滞在空中，她斜长的眼瞬间睁大，一动不动地望着被拖出仓库后门的林一峰，停止了呼吸。

眼睁睁看着母亲被打死，林一峰看向灯下的那张床，陆云歌依旧趴在床上，用自己的身体挡住江楚桓，现在随便一颗流弹都可以轻易打死她，但她毫不在乎。林一峰只觉得热泪糊住了眼，他在被拉出仓库的一刻，迸发出一声撕心裂肺的叫喊：“陆云歌，你害死我妈！毁了我！只要我不死！我一定要毁了你！毁了你的一切！”

陆云歌伏在江楚桓身上，在林一峰的诅咒中微微颤抖。她心底有愧疚，知道对不起林一峰，可她不在意遥远的诅咒，因为也许下一秒她就会被子弹打死，她唯有一个愿望，希望身下的江楚桓还活着，还能好起来，他做了这么伟大的事，遭了这么多的罪，不应该死在这个破旧的仓库里。

林一峰被拉到车旁，还在用力挣扎，似乎想杀回仓库，一个响亮的耳光打到他脸上，随后被重重推进车内，他身旁的门被人关上，听到一个熟悉冷静的声音对司机说："沿小路马上离开这儿。"

车沿着隐蔽的小路狂飙起来，他回过头看到廖静雅冷若寒霜的面容。

老严和打手一番顽抗后，打手身中数弹当场被击毙，老严打光子弹后被生擒，方波带人冲到江楚桓的床边，身后的救护车的医生抬着担架跑了过来，将江楚桓绑缚的手脚解开，抬上担架送上救护车。方波对陆云歌敬了一个礼："谢谢你深入虎穴，通风报信，江楚桓这条命全赖你救了。"

陆云歌头也不抬，收罗着床边破椅子上扔的药瓶，又在旁边垃圾桶里翻出了几支注射器，爬上救护车对医生道："他们给他打了药。"将手上抱的东西展到医生面前。

医生看着药瓶上的标注，喊道："立刻回医院！"

冷汗趴在床边呻吟，被清晨来查房的护士看见，迅速叫来了医生。

医生简单查看后问陆云歌："你这个月的月经来了没？"

陆云歌一愣，摇头老实回答："还没有。"

"晚了多久？"

她算了算，心中微微一沉："一周。"

医生把陆云歌叫到了办公室，开出几张单子，递给她："先把这些检查做了，结果拿给我看。"

陆云歌拿着单子一处处地排队做检查，看着医院来来往往的病人，一颗心茫茫然的，取到结果后，她穿过纷纷扰扰的人流走回住院部，医生告诉她，她怀孕了，还是宫外孕，最好马上做手术，她按照安排躺上了手术台。

等她走出手术室，张小北跑过来扶住她，她开口第一句话就问："楚桓哥怎么样了？"

张小北小心地扶着她慢慢走："他情况基本稳定了，各项监测结果都不错，医生预计这一两天可以恢复神智，后面慢慢调理就可以康复了。"

陆云歌被她扶上车后，突然抓住她的手："小北姐姐，我想见韩逸云。"

张小北为她绑好安全带："你见她干什么，现在养好你的身体最重要。"

陆云歌恳求她："我有些话想跟韩逸云说，你带我去见她一面吧。"

张小北纠结地想了想："我不会放你现在瞎跑乱折腾的，你去我家坐小月子养身体，没得商量，韩逸云那边我会让她来我家，你有什么话，坐在床上跟她讲。"

韩逸云下午下课后来到张小北家，在卧室里见到了憔悴不堪的陆云歌，她窝在床上露出半截身子，看起来那么伶仃，好像风一吹人就散了。

张小北端来刚出锅的老母鸡汤给陆云歌灌下，嘱咐她："别聊太久，多养神休息。"

陆云歌露出苍白的微笑点点头，韩逸云在床边的椅子坐下："你有话就说吧，我一会儿还有事儿。"

陆云歌手放在毛巾被上交握了一下：“楚桓哥这一两天就要清醒了，我想求你，去照顾他。”

韩逸云眼睛看着墙上挂的一幅画，没有回应。

陆云歌继续说道：“他这次是真的好起来了，会恢复得跟从前一样，卧底的任务也结束了，他应该会回北京。韩老师，你之前一直喜欢他，这一次，我觉得是个好机会。”

韩逸云将目光从画上收回，转到陆云歌脸上：“你在医院照顾江楚桓将近一个月，现在他要清醒了，要好了，你交给我来，你之前吃这些苦遭这些罪为什么？”

陆云歌苍白笑着：“什么也不为啊，楚桓哥以前救过我，现在我帮他也很公平。”

韩逸云不解地问：“你是不是傻？”

陆云歌摇着头道：“这是我自愿的。韩老师，江楚桓这次回来是你们发展感情的好机会，但他最后会不会真的成家，还是他自己的选择。我是觉得，如果他要成立家庭，你是很好的选择，你喜欢他很多年，一直等着他，你还是北京人，又是大学老师，如果他会有一个妻子，你真的很适合。”

韩逸云看着她问：“我很适合，那你呢？”

陆云歌保持着微笑回答：“我很快就要走了。”

“走？去哪儿？”

“天大地大，哪儿都可以。”陆云歌看向窗外那一方蔚蓝的天空。

韩逸云修长的手指按住额头：“我真的搞不懂你们这种小女生，你弄到现在，自己走了，江楚桓留给我，到底为什么？”

陆云歌愣愣地看着那一方蔚蓝的天空：“为了，江楚桓啊。我跟黑社会结了仇，因为宫外孕，手术切除了一侧输卵管，已经不再是完整的我了。”

她转过头认真地看着面前的韩逸云：“他为了国家，为了警察事业做出了这么多牺牲，我希望他能拥有完满的幸福，有安稳的家，有孩子。”

“那你呢？”韩逸云问。

“不必记得我。”陆云歌疲倦地闭上眼睛。

“南风吻脸轻轻飘过来花香浓，南风吻脸轻轻星已稀月迷朦。我们紧偎亲亲说不完情意浓，我们紧偎亲亲句句话都由衷。”温柔的女声在车载音箱中浅吟低唱。

“我发现你很喜欢听这首老歌。”韩逸云坐在车上笑着说。

江楚桓开着车，淡淡一笑。

阳光透过车窗打到江楚桓身上，韩逸云看着光晕下刚毅的侧颜只觉得每一处都赏心悦目。

她心情更加地好，单臂架在车窗上，斜斜支着头看着他，说道：“这半年你调去了公安部，平时我有事麻烦你，你也都来给我帮忙，关于咱们的未来……”她没有再说下去。

江楚桓将车开到路边停好，转脸看着她，犹豫了一下道：“逸云，这些年你的心意我都明白，半年前我住院，你日夜照顾我，我很感激。所以你有任何事情找我，我都不会觉得麻烦，这是我应该回报你的。不过，你刚说到咱们的未来，我还是想告诉你，我给不了你，我们是好朋友，希望你能理解我的选择。”

韩逸云呆愣了半晌，苦笑地点头：“理解。”

江楚桓继续说道：“公安部我不会待很久，一线有了合适的岗位我会申请过去，相比待在公安部，我还是更喜欢在一线打击犯罪。”

韩逸云依然了然地点头：“明白。”

她拉开车门走下去，冲着车内的江楚桓挥手：“江楚桓，我想我以后，没有什么事儿再麻烦你了。”

她拎着包转身离去。

一片雪花落在她头顶，她抬头看着今年的第一场初雪，对着天空叹气道：“陆云歌，我努力过了。”

江楚桓发动汽车，沿着道路行驶，温柔的女声在车载音箱中继续吟唱：“我俩临别依依怨太阳快升东，我俩临别依依要再见在梦中。”

这段时间，他总会想起那个四肢纤长的丫头，她伸着头叫他楚桓哥，纸片般单薄的身影有时会出现在他梦里。

他想她的频率增多，听这首老歌的次数也变多，《今宵多珍重》几乎成了他万年不变的单曲循环。

半年前他九死一生地活了过来，清醒后问起陆云歌，张小北告诉他，陆云歌因为成绩优异交换到美国留学。刚恢复那段时间他身体还很虚弱，石佛的案子便没有再跟，方波那边有需要时才派人来跟他录下口供，一个月后他身体渐好，嘉奖和调令同时颁下，他进入公安部展开了新阶段的工作。

雪花一片片落下，天地间缤纷了起来，不知美国那边现在下雪了没有，陆云歌在那边过得应该不错吧。

口有些渴，他看到前方停车道旁有家小小的便利店，门口用电饭锅加热着一瓶瓶饮料。

江楚桓将车停到路边，下车走向便利店。

他拿着一瓶饮料到收银台结账，收银台却没有人，旁边的货架上蹲着一个女人，正在上货，他对着背影道：“请结下账。”

那人从地上站起来，回身看到他时爆发出一声惊呼：“江楚桓！”

他笑了，对着那人问：“陆依依，你在北京？不是说你回湖北了？”

陆依依跑过来，热闹地说：“我没回湖北，我跟了这家便利店的小老板，现在是老板娘了！”

江楚桓笑着点点头：“那也不错，你当线人的奖金都领了吧？”

陆依依立刻把手指比上嘴唇：“别说！那是我私房钱，保密啊。”

她呵呵笑着，随后问：“你和云歌还好吗？”

江楚桓答道：“云歌去美国做交换生了，应该还不错吧。”

陆依依困惑地望着江楚桓：“云歌去美国了？我最后见她时，你被绑走了，她好像跑去救你了，后来我去领线人奖金，听到方队他们聊天说陆云歌休学了，她怎么又突然去美国了？”

一时间，江楚桓只觉得脑海里的念头电光石火，摸出钱放到台子上：“我先走了。”

江楚桓一路开到北京禁毒总队，半道上扭开饮料，灌下半瓶，心口还是狂跳不已。车一停下他拉开车门径直跑到方波的办公室。

方波正坐在书桌前，看到他来微微一愣，旋即嬉皮笑脸地站起身：“今天是什么风，把公安部的领导吹来了啊？”

江楚桓逼近他，问：“想找方队了解下石佛案后面的案情。”

方波见他这逼迫的气势，眼观鼻鼻观心道：“后面，就是破案了呗。”

“我想知道细节。”江楚桓目光灼灼地看着他。

方波看他这个样子，为难地欲言又止。

江楚桓冷冷道：“你别跟我说我拿命卧底的案子细节不能告诉我。”

方波一拍脑袋：“江楚桓，你别逼我，要问你去问张小北，我叫她来，三个人当面说清楚。”

方波一通电话，二十分钟后张小北来到了办公室，方波朝着江楚桓一努嘴：“他在问了，这事瞒不住了，你自己跟他讲吧。”

张小北规规矩矩地坐在凳子上，望着江楚桓叹了口气：“你别审我，我自己说。”葫芦倒豆子般将江楚桓被绑走后的事一清二楚地说了出来。

张小北边说边觑江楚桓的脸色，只见黑得吓人，眉头都要锁成一个结，说完后补充一句：“瞒着你不要讲是陆云歌的主意，她拼命求我，我也只能答应。”

“胡闹！”江楚桓将拿在手中的半瓶饮品重重掼在地上，炸裂出一地的水花，“她才多大，她懂什么？你们和着她一起瞒我，看起来顺了她的意，但你们有没有想过，她一个女孩孤身在外飘荡，过的是什么日子！”

方波一手插在裤袋，一手敲着桌面：“江楚桓，陆云歌今年也已经二十一岁了，她是一个成年人，作为成年人，我们应该给予她相应的尊重，你别把她看成一个无法自我保护的孩子。好，你去找她，把她带回来，放在你身边，然后呢？”

张小北在一旁神补刀道：“然后您还不是坚持一辈子单身。”

方波默契地点点头，张小北继续补刀道：“依我看你就别管陆云歌小妹妹了，不然你要怎么办？当她的义兄？把她弄回来，再给她找男朋友？能让你看得上眼的男的可不好找。”

江楚桓听出他们两个阴阳怪气，一唱一和，转身走出办公室。

方波见江楚桓走了，把手竖在嘴边问张小北：“激将法有用吗？”

张小北翻翻白眼：“死马当活马医了，江楚桓这种泰山崩于前面不改色的人，今天能有这么大反应，已经是破天荒了，我们这多重刺激一给下去，有用当然好，如果没用，那注定他是和尚命了。”

江楚桓回到家，钥匙扔在茶几上，坐上沙发开始想。他做决定向来很快，因为头脑素来清晰，这一次，他想了很久，曾经的片段像生了翅膀的飞蛾不断地扑向他。

九岁的他抱着襁褓中的陆云歌面对母亲被杀的惨烈凶案现场，她在他怀里哭个不休，软软的小身体蠕来蠕去，他像木偶一样机械地拿出八音盒，他抱着她，同她一起听八音盒放出的《今宵多珍重》。在他们母亲还活着的时候，陆云歌妈妈带着粉白的陆云歌来串门，她哭时，只要他找出八音盒放，她小小的脸蛋上长睫毛还挂着泪珠也会咧开嘴“呼哧”地笑。现在他抱着她坐在修罗场一般的房里，黑暗中一无所有，他看着她，感受到生命深处的一种连接，那一瞬间他放弃了从楼上跳下去的想法，他多活一刻她便多有一刻的依靠，他看着她，知道彼此相依为命，他因为她熬过了生命里最黑暗的夜晚。

《一个陌生女人来信》的公演日，他带着陆依依来北京，蓄意受伤以苦肉计离间黄丧与北京原合作方的关系，按照计划他用方波送来的枪打伤了手臂，原本应该立刻撤退，回去治疗，鬼使神差地，他还是去了小剧场，守在门外听她的公演。他一向纪律严明，严格执行任务，为什么流着血也要去看她？

五一文艺会演那日，他来京代表黄丧初次接洽北京合作方，会面在晚上八点，七点时他戴着黑色扬基帽去到会演舞台下，远远地望着台上穿镶碎钻小鱼尾裙的陆云歌站在雪亮光束里深情款款地唱《矜持》，他是没料到他站那么远，她还是看到了他，更没料到她会跑下舞台，举着话筒声嘶力竭地对他喊“江楚桓，我爱你”，陆依依出面拦下了陆云歌，才没有进一步惹出麻烦。

青海湖返程的路上，轮胎破了，他们困在原地，百无聊赖下他陪她对剧本《重复爱你的时光》，他一行行念诵剧本上的台词，却在空白无词的结尾俯下身，用唇摩挲去她腮边的泪珠，蜻蜓点水般轻触过她的唇瓣，他为什么要吻她？

江楚桓觉得自己像是鬼迷心窍，这些事，是向来有原则的他不可能做的。

他又想起他被绑走失去意识后，陆云歌为救他失去女孩子最宝贵的贞洁，为救他不惜用身体替他挡子弹，她日以继夜地在医院照顾他，还因宫外孕导致身体受到伤害，他心中的剧痛一浪高过一浪，在惊涛骇浪的袭打下，他对自己说，够了。

洛桑顿珠坐在他亮着招牌的小卖部柜台后，皮袄的袖口卷起，粗糙的手翻拣出炭盆里的一块红薯。

下雪天没啥生意，吃块热腾腾的烤红薯看看电视倒也乐呵。

他正乐呵着，柜面上传来寒冷沉郁的声音：“买包烟。”

“要哪种烟？”他边起身边问。顾客指指柜台，他拿了烟递上去，觉得面前落着一头雪的顾客有些眼熟。

顾客拿了烟，客气问道：“洛桑大爷，还认得我吗？以前来办过案子，请问陆云歌在这吗？”

洛桑在前半句点着头：“是的，是的，我认得你，英俊的小伙子。”

问到陆云歌时，他脑袋摇得像拨浪鼓，“不在，不在，你们上次一起走后，我就没见过她了。”

江楚桓观察着他的神色，微微一笑，拿着烟走了。

洛桑顿珠坐在柜面后，一点点撕着手里的红薯皮，心不在焉地看着电视，红薯吃到一半时他站起身拿住柜台上的座机准备拨打，起身看到小卖部外北风呼啸凛冽，长街空荡无人，这样一个孤清寒冷的冬夜，眼瞅没啥生意，他关了店面，开车走了。

洛桑大爷长长地开了一路，路上雪渐渐密起来，停下车后他徒步走到女儿的屋前，重重敲响房门。

屋里的狗吠了起来，片刻后，房门锁起从内“吱呀”一声被推开，陆云歌的脸在橘黄门廊灯的映照下显出温暖欢喜的神色：“洛桑爷爷，您过来啦？今晚下雪路不好走，现在过来是感应到我和大姐在包饺子吗？大姐是说今晚多包点，明天给您送过去，可没想到您今晚就过来了。”她乐呵呵地说着闪身让洛桑顿珠进屋。

洛桑顿珠打落头顶身上落着的一层轻雪，一边抬脚往里走，一边道：“开始想打个电话，后来想想还是来一趟吧，云歌，有人来找你了。”

她的笑容在听到这句话时顿在脸上，声音微微颤抖：“谁来找我？”

门廊灯照不清的来路上响起一下两下的脚步声，脚步声沉而稳，一步步行到橘色门廊灯下，熟悉的身影覆着一层刚落的轻雪，一步步走到她面前，暖黄侧光下，他鼻若悬峰唇似薄峭，明亮有神的双目带着暗黑的涌动锁定住她。相比从前，他瘦了一点，挺括劲拔的身材立在那儿还是很英气，他看着她，浓黑的剑眉微微皱起：“你瘦了。”

陆云歌呆在原地，不知说什么。

他并不需要她说什么，第二句话便毋庸置疑地下了命令：“跟我回去。”

洛桑顿珠看着从天而降的江楚桓挺发懵：“小伙子，你跟着我过来的？”

他挡到陆云歌面前气势汹汹道：“上次你跟警方一起来的，这回你一来就找陆云歌，你是什么人？”

陆云歌被洛桑拦在身后，抓住他衣袖晃道：“爷爷，他不是坏人，他是警察。”

洛桑顿珠的女儿洛桑云格见他们半天不进门也跑了出来，锁了大门，把他们都轰去了客厅：“远来都是客，吃了饺子再说。”

江楚桓坐在客厅和洛桑大爷有一搭没一搭地闲聊，目光时时落在陆云歌身上，她穿着藏服，脸颊有点高原红，一双素手包着饺子，随着身体的动作，耳边晃过银色的光练。

第一锅饺子煮好，大家围坐在一起吃。

羊肉馅饺子汤汁饱满，味道鲜美，洛桑大爷和女儿吃得赞不绝口，陆云歌被夸得有点不好意思，微红着脸笑着安静地吃饺子，倒是江楚桓有意无意说了句：“做饭好吃也是有遗传的。”

她不由得想到她家与江楚桓家最初扯上关系也正是因为吃，尘缘起落，已过去二十年。

她吃了几个饺子，匆匆退席。即使背对他走开，她都能感觉到他目光的追随，她曾经一度多么渴望他能这样看着她，但此刻却感到沉重的负担，慢慢地压垮她艰难寻求的平静。

第二日，雪停。

陆云歌一早跨上马背赶往羊场，没多久一辆越野车跟了上来。

抵达羊场后，她开始了一天的工作，忙忙碌碌地赶羊，喂羊，而江楚桓则不远不近地跟着她，看着她。

一天工作结束已是下午，她牵了马准备回程，江楚桓拿过她手里的缰绳，将马关回马厩，握了她的手往越野车走，她被他温暖修长的手包裹着，只觉得自己的手又小又冰，她挣扎着要抽回手，一番努力后发现毫无用处。

上车后暖气开得很足，她慢慢缓过劲儿来，生了气，嘟着嘴不说话。

江楚桓坐在她旁边开着车道："跟我回去。"

她恨恨地扭过头，看着窗外咬牙道："我不。"

"为什么不？"他淡淡地问。

"为什么要？"她反问他，"我在这边过得很好，不想回去。"

"在青海牧马放羊就是你的理想？"

"对！"她响亮地回答，"这就是我的理想，我现在过的正是理想的生活，江楚桓，你走吧，不要打扰我。"这话她说得很不客气。

车内有了一段寂静的时光。

随后她听到江楚桓略微发涩的声音："以前你叫我楚桓哥，现在你叫我江楚桓，以前你总问我什么时候回来，现在你赶我走。"

她听到自己的心上裂出一道道缝隙，有多疼，只有她知道。

江楚桓将越野车停靠在路边，在她一声不吭的沉默中问道："云歌，你还爱我吗？"

她感到自己的心如被一记重锤砸过，疼得发麻，听到自己不带一丝感情冰冷的回答声："不爱了。"

江楚桓看了她一会儿，淡淡道："昨天我找到洛桑顿珠问他陆云歌在这边吗，他说不在，而他的眼睛往左看有撒谎嫌疑，这是一个想掩饰内心真实想法的经典动作。"

陆云歌眼珠子在眼眶内转了一周。

他修长的手指在她额上弹了一记："你也往左看了，神色不够自然，耳垂微微发红。"

陆云歌被当面戳破，瞬间破功，演技全面下线，只能大声掩饰："没有！我没有！我不爱你了！我早就不爱你了！"

江楚桓微笑着，斜支着头看着她："哦，这样啊，那你为什么还戴着我送你的耳环？"

陆云歌满脸通红，急急伸手取下耳环。这对"吉祥"银耳环是她十八岁生日那年江楚桓送她的生日礼物，这么多年一直戴着，竟成了疏忽。

她将耳环递到他面前，大声道："我不要了，还给你！"

这时，天上一层深灰低沉的云团从后面压了过来，江楚桓注意到云团移动的速度很快，他启动车踩下油门向前驶去："这辈子就送了女生一回礼物，隔了三年还被退回来，我可不接受，你不要了，就扔了吧。"

他从驾驶室按下了副驾的车窗，狂放的北风从窗口狂啸地涌入，追在他们车后的云团像一只巨大的灰白怪兽，一点点逼近想要吞噬这辆高速行驶的越野车。

陆云歌捏着耳环，无论如何也狠不下心，将耳环丢到窗外。北风刀子似的刮着她的脸，她只有这么一件江楚桓送的礼物，如果扔了，连最后的纪念都将失去。

她已经失去了父母、挚友、理想、爱情，失去了能失去的一切，眼下手里有的，只是这一点残存的纪念，如果连这也失去，这场生命于她而言已无意义。

车窗慢慢升起，北风消失了，迫人的寒冷消失了，暖气的热风再一次吹拂了她，她听到江楚桓冷静平稳的声音："如果扔不了，就紧紧拽在手里，别再放开。"

"我不懂你说什么，我只想留在这里一辈子牧马放羊，过平静的生活。"她望着窗外，那股妖风追了上来，在外面卷起飞沙走石，响亮地砸到他们车上。

"那我也留在这儿，和你一起牧马放羊。"他淡淡道。

她心下一惊："你不能留在这儿，你不是要做一个优秀的警察，留在这儿牧马放羊算什么事？国家人民需要你！"

"国家人民需要我，我需要你，你不跟我回去，恕我也难以回去满足国家人民对我的需要。"

"你需要我什么呀？你是不是觉得我做饭好吃，你是想让我回去给你当厨子？"她也被绕得有点懵，没想到江楚桓耍起无赖也挺溜。

深灰低沉的云团追上了他们，如怪兽般张开了巨口将他们吞噬，周围狂风大作，石子猛烈地击上车身，越野车绕过一个弯道时，山上的石块松动，纷纷滚落下来，毫无征兆地一块大石猛砸到车前盖上，越野车瞬间熄火。

江楚桓跃到车后座，探手拦腰搂住陆云歌，将她一把也抱了过去。云团里风速太快，卷起的石块越来越大，车窗被飞起的石块打出道道裂痕，山上的大石块在越野车周围纷纷砸下，江楚桓紧紧搂着陆云歌，用身体包裹住她，她头一次贴他这么近，外面一片黑暗，她什么都看不到，只听到石块不间断地击打车窗。

她听见自头顶传来的江楚桓低沉悦耳的声音："我需要你做我的妻子。"

她惘然地依偎在他怀中，被他的外套和身体温暖包裹，听着他一下下快速的心跳。

这一刻多美好，能永远暂停多好，她闭上眼，泪水从眼角滑下，片刻后，她听到自己艰难干涩的声音："江楚桓，不该是我。"

"你值得更好的女生。而我，得罪了林一峰，他这辈子都不会放过我，我没有父母，被最好的朋友抛弃，毕不了业……更何况，"她艰难停顿，最终开口，"我做过手术，切除了半边输卵管，我已不再完整，也可能不会再有孩子，你要找的那个人，不应该是我。"

她流着泪说完。

话音刚落，已有柔软的唇吸去她眼角的泪珠，抹过她泪水的微凉嘴唇随即覆上她的唇瓣。她心中一阵惊悸，不知这带着令人迷醉气息的唇是否如上次般快速离去，然而这微凉的唇停驻在她唇瓣上渐渐升起灼人的热度，探寻着分开她的唇瓣。她明白他要再进一步，全身惊得一抖。

他搂着她，修长的手一下下抚着她的脊椎安抚着她的惊恐，舌尖在她牙齿上轻敲，她看出他的不熟练，不想为难他，张开牙齿。

江楚桓的吻，开头很含蓄，很快摸索出门道，便掌握住全盘主动，他尝试各种方式吻她，她被吻得脑子全懵了，浑身绵软无力，像要变成一汪温泉，从他指缝流走。

他不许她流走，搂着她，在她耳畔道："只能是你，如果不是你，我根本不会有这个想法，你以为让我改变单身的想法很容易？我是有原则的人。”

她抬着蔷薇似的脸问他：“那你为什么改变原则了？”

他定定看着她：“因为我爱你，很爱你，我愿意为你改变，我不能看着你在外漂流，我要你在我身边，看着你，照顾你。”

泪水盈出她的眼眶：“如果我不能再生育，你不觉得遗憾吗？”

他吻走她的泪水微笑道：“我不需要孩子，我只要有你就够了。”

她抓住他的衣襟，大哭了起来，上气不接下气地问：“要是林一峰来报复呢？”

“让他来，怕什么。我们活一日，爱一日，过一天，乐一天。”石块咚咚地撞到车窗上，“也许我们连今晚都过不了，你会后悔和我一起死在这荒郊野岭吗？”

她重重地摇头：“不后悔。”

“所以，我们从今天起在一起的每一分钟都是赚的，这样想还有什么可担忧的。”他摸着她的头笑道。

“如果我们活过今晚，明天跟我回去？我们重新开始。”他轻声问她。

她抬手试探着搂住他的脖子，将耳朵搁在他胸前，听他有力的心跳，闭着眼点头：“好。”想起什么突然睁开眼坐起身，平视着他问，“江楚桓，你刚才是不是初吻？”

他面上微红了一下，眯起了眼。

她不禁“扑哧”一声笑道：“都三十一岁了才终结初吻，你还真是守身如玉啊。”

他长臂一揽，转眼她又倒回他怀里，他盯着她唏嘘道：“是啊，好在现在不必再守了。”灼热的唇又覆上她正准备说话的嘴。

江楚桓带着陆云歌重新出现在方波、张小北面前时，张小北是有点吃惊的：“这么快就搞定了？”

方波一巴掌拍到她背上："你也不看看江楚桓是从谁手上培养出来的，不是我自吹，我方波带出来的人，缉毒卧底都没问题，泡小姑娘那还不是分分钟的事儿！"

张小北一脸坏笑地望着陆云歌："你们，到哪一步了？"

陆云歌通红着脸不说话，低着头默默吃菜。

江楚桓沉下脸："张小北，你再乱说话就给我出去。"

方波嘿嘿笑着给张小北夹了一个猪蹄："你就吃吧，也是搞公安的，这点儿眼力见没有？"

张小北哼道："我不就觉得人家很有效率嘛，流氓不可怕，就怕流氓有文化。"

江楚桓摸出手机给秦刚打电话："是我，过一个小时我和张小北学姐来特警队转转，主要来看看师弟师妹们，顺道切磋，好的，待会儿见。"

张小北手痒欣然赴约，赴约交手后发现，自己是皮痒，完全是来找虐的，老实了很久。

第十九章 等我回来

他牵住她的手，在光芒下低头吻她，她眼底折射出潋滟的光芒，漆黑的瞳仁倒映着他的影子，是他九岁时对视过的眸子。

江楚桓与陆云歌的恋爱谈了一年，这一年，他身边的男人日子都不大好过，不好过的原因在于，他们身边突然出现了一个完美标杆，江楚桓单身时还没什么，现在恋爱了，对女朋友陆云歌百般宠溺，刮风下雨亲自接送这样的小事就不必说了，周末和假期江楚桓会做出一些游玩或旅行计划让陆云歌挑选，遇到节日和生日必有价值不菲的礼物外加别出心裁的浪漫，至于哪儿又开了新馆子，又有了好玩的去处，则是一定会带着陆云歌去的。江楚桓观察力太强，每回去商场，陆云歌要对什么东西表现出兴趣，金卡已经递到了售货员手里，买买买，一路走一路买，最后害得陆云歌都不敢四处乱瞧了。

就这样，江楚桓成了广大女性口中别人家的男友。

男人们只能无力地开脱："江楚桓第一回谈恋爱，对女朋友超好也能理解啊。"

按张小北的话说："三十岁的男人情窦初开，那力量是毁天灭地的。"

方波有个更通俗的总结："老房子着火，救都救不下来。"

不久，陆云歌怀孕了。这个突然来到的小生命让本不抱希望的两人惊喜不已。

江楚桓执意要给陆云歌一个婚礼，陆云歌心中始终存着一份顾忌，他们很小心，只请了两桌最要好的朋友。

婚礼办得简单而温馨，江楚桓穿着礼服在璀璨的灯光下朝她伸出手，她看着逆光中风神玉致的男人，他是她心底最明亮的光，光像是勇气，驱散恐惧，指引她穿过海洋、沙漠和牧场，穿过那些甜蜜和忧伤，到他身旁。

他牵住她的手，在光芒下低头吻她，她眼底折射出潋滟的光芒，漆黑的瞳仁倒映着他的影子，是他九岁时对视过的眸子，明媚似深秋的葡萄。

二十年前短暂相交又偏离的两个人，在命运的安排下，再度拥抱到一起，誓言永不分离。

陆云歌在第一个环节结束后去后台换衣服，肖琳子作为伴娘正手忙脚乱地帮她脱婚纱换上红旗袍，配套的耳环被肖琳子落在外面箱子里，她跑出去找，陆云歌独自坐在梳妆镜前，想起圆脸戴眼镜的廖静雅，她曾是她最好的闺蜜，理想中的伴娘，她陪她排话剧，和她在四川玩，同她一道做枪手拼命写剧本，最后了无音讯。林一峰逃走的那天，廖静雅也失去了踪影，好似人间蒸发一般。

陆云歌对着镜子补上有点脱落的口红，却在镜子一角看到一张熟悉的面容。她低呼一声转过身，面容在镜中一晃而过，她跟着晃过的影子追了出去，见到了此生最不想见的人。林一峰端着枪，背后跟着两个同样拿枪的人，他斜长的眼闪出兽一样的凶光，他看见她，咬牙切齿道："你还敢结婚？"

她想说话，刚张嘴被人从后面用东西捂住了嘴，刺鼻的气味呛进喉咙，晕倒前她回过头，看到廖静雅近在咫尺的脸。

肖琳子拿了耳环跑回后台没有看到陆云歌，却看到玩火机的林一峰，她吓得一声尖叫，林一峰站起身对她说："让江楚桓上路边尾号 478 的黑色桑塔纳，我等他三分钟，赶不到，陆云歌死，玩花招，陆云歌死，带人来，陆云歌死。”

肖琳子跌跌撞撞地从后台跑到酒席上拽住江楚桓，在他耳边惊恐地重复林一峰的话，江楚桓听完，一个飞身冲下了楼。

陆云歌在昏昏沉沉中醒来，一阵恶心，她趴在地上干呕起来。一杯水递到她嘴边，她抬起头，是廖静雅。她接过水喝了两口，死死地看着廖静雅，没有说话。

廖静雅笑了下：“你这么看着我干吗，难道是因为我变丑了？”

她点燃烟熟练地吸起来：“大哥的女人不好当，三天两头地逃命，毒品更是沾不得，一年不到，人都给你变成鬼，给你看看。”她扒起袖子，上面是密密的针孔，“一峰太不开心了，每天都要吸，我劝不住他，只能陪他一起。”

陆云歌哭了起来，起身抱住她：“你这是为什么？”

廖静雅圆润的身体变得瘦骨嶙峋，她转过瘦得只剩尖尖下颌的小脸。

“你问我？我们其实是一样的，只不过爱的人不同，都是命。”

廖静雅低落着声音继续道：“我曾经有过一个孩子，但一峰不许要，说生下来不是畸形怪胎就是天生瘾君子，都已经有五个月了，引产时我差点痛死在黑诊所，医生把孩子拿给我看，有头，有身子，都成形了。”

陆云歌紧紧抱住她，却感觉自己的身体不停地颤抖。

廖静雅的手拍在她背上：“别怕，只是想和你说说我的故事，我不会让他伤害你的。”

陆云歌满脸是泪惊慌失措地抓着廖静雅：“林一峰到底想干什么？”

廖静雅从身上拿出一张揉皱的纸巾替她擦泪：“他就是想毁了你，毁了你的一切。”

那张揉皱的纸巾贴近她脸时令她惊心胆战，她侧过脸，用手背擦了眼泪，廖静雅敏锐地捕捉到这个细节，移开手，站起身：“嫌我脏，好，我先走了。”

“静雅！”她在身后凄惨地叫住她，“放过我和江楚桓，我已经怀孕了。”

廖静雅的背影停顿了几秒走出了房间。

夜晚时分，廖静雅开车载着陆云歌到了一个破旧仓库，仓库很眼熟，正是林一峰母亲殒命的地方。仓库门外站在两个拿枪的马仔，廖静雅带着陆云歌走下车，押着陆云歌走过去冷冰冰道："把门打开，你们两个回去。"

马仔互相看了眼："峰哥让我们守在这儿。"

廖静雅从身后摸出一把枪指向他们："我让你们回去，我在这儿就行。"

马仔拉开门，拿着枪走了。

廖静雅押着陆云歌走进一星灯火的破仓库，陆云歌看到浑身是血的江楚桓，还有旁边站着的林一峰，惊叫一声冲了上去。她跪倒在江楚桓面前抓住他的手，他被打得头破血流，躺在地上，艰难地回握她。

陆云歌哀哀地哭着，看着面前血人一样的江楚桓心痛不已。

"你老公挺看重你啊，我不让他还手，他就不还手，打了三个小时，我手都要打断了。之前我以为我是最爱你的，现在想想，即便为你，我也扛不了三小时。"

陆云歌抬头死盯着林一峰，道："人打成这样了，以前有什么能不能一笔勾销了？"

林一峰弯下腰俯身看着她："你怎么算账的，我妈死了，我被你毁了，打他一顿就完了？"

"可你父亲之前杀了我的母亲、江楚桓的母亲，这笔账你又怎么算了！"陆云歌愤怒地喊。

"几十年前的事太远我不算，我只算眼下的。就像现在，我就特别恨你为了这个男人不顾死活的样子。"他逼近她，反手一巴掌重重抽到她脸上。

她被林一峰打得头脑一懵，栽到灰尘扑扑的地面，干呕了起来。

廖静雅走到她身前挡住她："一峰，你怎么打算的，不管怎么说，我们三个以前是死党，江楚桓又是警察，你真的想把他弄死？"

林一峰一掌推开挡在陆云歌面前的廖静雅："滚开！江楚桓死定了，

张小北在男孩脸上大大亲了一口："真乖，小北姨带你买糖吃。"一阵旋风似的带着孩子蹿没了。

陆云歌回过神来，顾不上旁的，只目不转睛地继续看戏。台上的男演员俯下身吻去女演员腮边的泪珠，与此同时，一片温柔的唇瓣贴了过来，吻了吻陆云歌的眼角，随着台上的男演员一道沉沉低叹："傻孩子。"

台上演员虽在认真演戏，却也瞧见黑暗中有人在亲吻他们的导演，戏中断下来，男演员指着台下问："哎哎哎，你谁呢？干什么呢就动手动脚？"

灯光师把一道追光射到陆云歌身上，想一辨情形，只见明亮追光下，一个穿警服的英俊男人，慢慢收回了伸着的头，冷不丁地看了台上一眼。

舞美瞧着这位警官很眼熟，一拍脑门对着灯光师道："乱打什么光！大惊小怪的！这是陆导老公！"

一群人瞬间了然，"哦哦"地复了原。

灯光师对着台上说："我们继续啊，"小声对着台下陆云歌道，"你们也继续。"

陆云歌沉着脸推开又伸过来的脸："办案子一个月不着家，你还知道回来？"

他黏在她身边沉声道："那肯定知道回来。"

她还有些置气，却被他不由分说扳过了身体，又不由分说地继续吻了起来，她拼命推搡他："干吗，这么多人呢！"

他顺着话答："回家。"手上紧搂着她丝毫不松。

她心底一声喟叹，感觉江楚桓憋了一个月，不要脸的功力又增强了。

还没感叹完，张小北扛着她儿子又一阵风似的跑了回来："江局，公安部领导来了，让你赶快过去一趟，这件大型贩毒案你指挥完美，公安部领导说要立成典型。"

陆云歌在他腰间轻轻推了一把："去吧。"

他恋恋不舍地蹭了蹭她的脸颊，她被他弄得一身鸡皮疙瘩，顺手接过张小北递过来的儿子。

儿子鬼精灵地瞧着，有样学样，用光滑柔嫩的小脸蛋也蹭了蹭妈妈的脸颊。妈妈咯咯笑了起来，他爸爸却站在一边横眉冷目地怒视着他，吓得他把脸埋在妈妈怀里。

张小北拖着江楚桓往外走："走啦，江局长。"

台上的音乐渐强，男演员对女演员沉重道："别等我。"

江楚桓听到这句话，站住脚，回身叫她："云歌。"

她抱着儿子一起扭过头，看到他无限情意翻滚在眼底，正了正帽檐上的警徽，严肃地叮嘱她："等我回来。"

她露出灿烂的笑容冲他做了一个鬼脸，儿子有样学样也冲他做了一个鬼脸。

踏板行歌的女腔如清水逐溪般围绕着她，她跟着轻声哼唱：

南风吻脸轻轻飘过来花香浓

南风吻脸轻轻星已稀月迷蒙

……